AF280505

Das Buch

Susanna Schubert lebt seit Jahren mit dem erfolgreichen Wirtschaftsjuristen Konstantin Lindemann in einer Kleinstadt an der Nordseeküste. Ihr Leben besteht aus Kinderhüten, Kochen und Büffeln für das Referendariat am Gymnasium.

Alles wächst ihr zusehends über den hübschen Kopf und ihre Beziehung zu Konstantin beginnt zu bröckeln. Daneben erschweren ihre „lieben" Verwandten ihr das Leben um Nuancen.

Sie verliebt sich in einen angeblichen Marktverkäufer, der später der neue Schulleiter wird und sich als Flop herausstellt.

Zwischendurch ist da noch ihre Freundin Bärbel, die für ein Jahr nach Boston zieht und dort Susannas leiblichen Vater, einen avancierten Galeristen jüdischer Abstammung, kennenlernt. Susanna bucht spontan einen Flug nach Boston, der ihr Leben verändert...

Die Autorin

Sabine Bresan, geboren 1960 in Wilhelmshaven, studierte Germanistik und evangelische Theologie. Sie ist Mutter zweier Kinder und lebt und arbeitet heute in Hannover.

Sabine Bresan

Lehrer, Lambrusco und Lollo Rosso

Roman

Libri Books on Demand

Alle Personen und Ereignisse sind frei erfunden; jegliche Ähnlichkeit mit realen Personen oder Begebenheiten könnte darum nur auf einem Zufall beruhen.

Oktober 2000

© Sabine Bresan

Umgeschlaggestaltung: Stephanie Gümmer-Thomas, Hannover

Herstellung : Libri Books on Demand

Printed in Germany   ISBN 3-8311-0844-7

Dieses Buch ist meinen Lieben gewidmet:

Jens, Sarah und Josefin

und meiner Freundin Birgit

Danksagung

Dieser Roman nahm seine heutige, endgültige Form an mit Hilfe einiger Menschen, denen ich für all das, was sie für mich getan haben, danken möchte:

Meinem besten Freund und Partner Jens Müll, der mich finanziell, ideell und mit viel Geduld und Liebe unterstützt hat. Dafür werde ich ihm immer dankbar sein.

Meinen Freundinnen Stephanie Gümmer-Thomas, Sylvia Bohmann und meiner Schwester Gabriele Heuschkel, die immer an mich geglaubt haben und ohne die mein Leben nicht so lustig wäre.

Für das Layout und die EDV-Unterstützung danke ich Frank Graupner. Susanne Degener danke ich für ihre konstruktive Kritik.

Und natürlich auch vielen Dank an alle, die ich hier vergessen haben sollte...

Susanna stand vor dem großen beleuchteten Badezimmerspiegel und betrachtete sorgfältig jede einzelne Falte in ihrem Gesicht. Mißmutig stellte sie fest, daß ihre Lachfalten um die Augen wie Krähenfüße aussahen. Der sichtbare Beweis des Alterns, des schleichenden Zerfalls! Schlimmer als diese Augenfältchen war für Susanna jedoch die angedeutete Linie zwischen ihren dunklen, markanten und wohlgeformten Augenbrauen. Dieser Ansatz einer Falte war für sie eine kleine Katastrophe. Wenn sie nicht aufpaßt, wird sie sich von Tag zu Tag tiefer eingraben, und ihrem Gesicht einen harten Ausdruck verleihen. Wenn dies nicht geschehen soll, müßte sich ihr Leben ändern. Sie fragte sich bloß wie? Ein Tag glich dem anderen, man konnte sie kaum auseinanderhalten. Kindererziehung, Haushalt und immer wieder Unterrichtsvorbereitungen, Protokolle und Referate. Und obendrein ein Mann, der sie viel zu oft alleine ließ.

Sie blickte wieder in den Spiegel und dachte: Sie sah noch ganz passabel aus. Ein frischer gesunder Teint, große blaugrüne Augen, die so spitzbübisch blicken konnten und von denen dann ein magischer Glanz ausging. Zudem besaß sie ein strahlendweißes Vorzeigegebiß, mit dem sie unbeschwert lachen konnte. Ihr Zahnarzt sagte ihr jedesmal, sie wäre die perfekte Fernsehmoderatorin mit solch schönen Zähnen. Leider war der Zahnarzt alt, klein und dick.

Susanna fragte sich, wie lange sie wohl noch ihre eigenen Zähne behalten konnte, wann eine Prothese ihren schönen Mund verändern würde, und ob sie dann in der Lage sei, damit fertig zu werden? Sie war jetzt 36 Jahre alt.

Konstantin stieg aus der Dusche, umfaßte sie von hinten und sagte: „Siehst gut aus!" und küßte sie auf ihre nackten, leicht gebräunten Schultern, während er sich an sie drückte.

„Quatsch, ich sehe Scheiße aus, verdammt noch mal. Guck dir diese Falten an, ich werde alt und wenn du so weitermachst auch noch naß“, konterte sie.

Konstantin war von diesem Weibergezeter genervt. Er hatte sich einen anderen Morgenbeginn vorgestellt. Zärtliche Leidenschaft nach dem Zähneputzen, Erotik vor dem Spiegel. Sein Versuch, seine Lebensabschnittsgefährtin mit seinem Standardspruch: „So jung kommen wir nie wieder zusammen“ zur Geliebten zu machen, erreichte seine mit sich selbst beschäftigte Freundin auch nicht, und wie so oft war seine Laune dahin. Ihm blieb nichts übrig, als sich und seinen kleinen Freund trocken zu rubbeln.

Schlecht gelaunt und nur in Unterhosen ging er in die Villeroy & Boch Küche, goß sich in seinen gelben Lieblingsbecher mit dem Label „The Boss“ Kaffee ein und schmierte sich lustlos ein paar Brote mit Reformhauspastete, sein Standart-Biofrühstück. Er dachte bitter an die Zeit, als Pauline noch nicht geboren war und Susanna studiert hatte. Susanna war nicht ständig genervt, hatte Spaß am Sex, und seine Brote mußte er auch nicht eigenhändig schmieren. Sie hatte ihm immer liebevoll ein kleines Freßpaket mit Obst, Broten und Süßigkeiten zusammengepackt, bevor sie irgendwelche literaturwissenschaftlichen oder pädagogischen Vorlesungen besuchte. Oft lag auch ein kleiner Zettel mit einer Liebesbotschaft dabei oder irgendein Vers eines alten Dichters. Seine nostalgischen und leicht sentimentalen Gedanken wurden durch lautes Gekeife aus dem Kinderzimmer unterbrochen. Susanna kämpfte verzweifelt mit dem zweijährigen Monster Pauline, das sich mal wieder nicht die Pampers umwickeln lassen wollte und dies mit Gestrampel und Geschrei demonstrierte.

Konstantin zog sich indessen seinen grauen Designer-Anzug an, natürlich erst nach dem Frühstück, damit er ihn nicht bekleckern konnte, band sich eine Seidenkrawatte mit gelb-weißem Blümchenmuster um, die zum Teil unter der Anzugsweste verschwand. Er fand sich klasse im Spiegel. Selbstzufrieden rief er seinen Frauen ein Tschüs in das Kinderzimmer und machte sich auf zur Arbeit. Er war Wirtschaftsjurist bei einem international tätigen Unternehmen.

Als Susanna erschöpft vom Kampf im Kinderzimmer in die Küche ging, um sich auch eine Tasse Kaffee zu gönnen, blieb ihr Blick an einer Photographie von sich und ihrer ersten Tochter Marlene haften. Ihr kleines Mädchen beim ersten Rutschversuch, es war fast 14 Jahre her. Wie süß sie doch aussah und wie jung sie selbst. War es mit Marlene auch so anstrengend wie mit Pauline? Sie wußte es nicht mehr. An den Kindern sieht man erst, wie die Zeit vergeht. Eine alte, aber wahre Binsenweisheit, dachte sie.

Das Leben erscheint schön auf diesen Bildern. Erinnerungsfetzen. Photoalbenreif. Momentaufnahmen. Falsche Tatsachen? Jedenfalls unwiederbringlich vorbei, stellte Susanna bedrückt fest. „Das größte Manko im Leben ist seine Vergänglichkeit", beliebte Oma Tilda immer zu sagen. Beim Betrachten eines Photos von Oma Tilda, das ebenfalls am Kühlschrank hing, bekam sie einen melancholischen Zug um ihren Mund und ihr Blick schweifte in die Ferne.

Sie erinnerte sich genau: Pauline wachte eines nachts auf und rief energisch nach ihr. Sie ging zu ihr und holte sie zu sich ins Bett. Platz genug war mal wieder, da Konstantin aufgrund einer seiner zahlreichen Geschäftsreisen in irgendeinem Hotel einer fremden Stadt schlief. Ihre kleine Tochter nervte sie über zwei Stunden lang. Sie saß mal aufrecht im Bett, mal wälzte sie sich hin und her und brabbelte ununterbrochen. Frühmorgens, endlich waren die beiden Übermüdeten eingeschlafen, klingelte das Telefon. Ihre Mutter war am Apparat und weinte in den Hörer: „Oma Tilda ist heute Nacht gestorben."

Susanna wurde die Endgültigkeit und Brutalität dieser Aussage schlagartig bewußt. Sie hatte keine Oma mehr.

Sie versuchte noch, ihre Mutter zu trösten und überlegte gleichzeitig, wie sie es Pauline schonend beibringen konnte, daß Oma Tilda nicht mehr in ihrem Gitterbett bei Oma Ingeborg und Opa Kalle lag und ihr keine Pullmoll-Bonbons mehr geben konnte. Ihr fiel auch nur der gottverdammte Himmel ein. Oma Tilda ist im Himmel.

Bei der Trauerfeier weinte der Himmel und mit ihm Susanna. Es war November. Novemberregen.

Der Pastor lobte Familie Krause, insbesondere Ingeborg, mehr als ihr zustand. Susanna überkam zu ihrem Schmerz und ihrer Trauer noch unsagbare Wut. Sie wußte, wie lange ihre Großmutter gespart hatte, um ein tolles Begräbnis zu bekommen. Einen todschicken Sarg, ein extravagantes Totenhemd, und ihren schönsten, elegantesten Schmuck wollte sie haben. Dazu einen Gedenkstein aus Marmor für die Ewigkeit auf Erden. Diesen Spleen hatte sie, seit Susanna denken konnte. Und nun sollte plötzlich ihr Letzter Wille ein anonymes Grab unter einer großen, gewöhnlichen Wiese sein? Und dann noch die Einäscherung, gegen die sich Oma immer vehement gewehrt hatte? Aber es gab darüber kein Schriftstück und somit war das Wort dieser so aufopfernden Familie Krause das Entscheidende. Das übriggebliebene Geld stand zur Erbschaft bereit und konnte in neuen Tand und Plunder umgesetzt werden, dachte Susanna sarkastisch. Und dieser Egoismus brachte ihnen auch noch die Lobeshymne dieses ahnungslosen Gottesdieners ein. Grotesk.

Susanna tröstete sich mit dem Gedanken, daß wir letztlich alle nur eine Quintessenz von Staub seien und daß diese Art der Beisetzung die umweltfreundlichere war. Auch wenn der Anblick der Schornsteine der Krematorien ihr jedesmal Schauer über die Haut jagte. Sie assoziierte diese mit den Grausamkeiten der Naziherrschaft. Sie forschte weiter in ihrer Erinnerung, um herauszufinden, seit wann und warum sie so unzufrieden und unglücklich war.

Das Telefon läutete laut und riß Susanna aus ihrer Gedankenwelt heraus. Eigentlich wußte Susanna genau, daß zu dieser Tageszeit nur ihre Mutter anrufen konnte. Diese rief regelmäßig zu bestimmten Uhrzeiten an, es sei denn, es herrschte gerade mal wieder schweigende Eiszeit zwischen ihnen. Einfach nicht abnehmen lag ihr nicht, dafür war sie zu neugierig. Es könnte ja doch jemand anderes sein. Sie verfluchte sich wieder einmal dafür, daß sie sich bislang immer gegen die Anschaffung eines Anrufbeantworters gewehrt hatte.

Nachdem Susanna sich mit „Hallo" gemeldet hatte, dröhnte ein „Na, wie geht's? Was machen die Kinder?" in ihren Ohren. Unverkennbar, sie war es.

„Was sollen die Kinder schon machen. Marlene ist in der Schule und Pauline spielt gerade in ihrem Zimmer Playmobil", erwiderte Susanna leicht genervt.

Ein bekanntes „A-ha" kam von der Gegenseite und ein „wann kommt ihr uns wieder besuchen? Wir haben uns einen niegelnagelneuen Teppich gekauft. Sieht sehr gut aus. Den müßt ihr euch unbedingt angucken!"

Als ob Susanna nichts Besseres zu tun hätte, als sich irgendeinen schnöden Teppich anzugucken. „Weiß ich noch nicht, solange ich krankgeschrieben bin höchstwahrscheinlich nicht. Im übrigen muß ich noch die Zeit nutzen, um zu büffeln. Das Referendariat ist schließlich kein Zuckerschlecken. Ich muß jetzt aber auflegen, die Kleine ruft mich. Tschüs", log sich Susanna aus der heutigen Störerei.

Heute war einfach nicht ihr Tag. Erst die Erkenntnis des Altwerdens, des sichtbaren Zerfalls, dann der abgewehrte Annäherungsversuch von Konstantin, das Gezeter Paulines und das wiederholte Nichtmiteinanderredenkönnen mit ihrer Mutter. Wie es ihr ging, hatte ihre Mutter noch nie interessiert. „Ach, Oma Tilda, warum bist du nur nicht mehr da?" seufzte Susanna vor sich hin. Sie war dem Heulen nahe. Oma Tilda war doch die einzige in diesem Kaff, zu der sie gehen konnte. Jedenfalls bevor sie vor ein paar Monaten ihren Oberschenkelhalsbruch bekam und sich bei Krauses einquartiert hatte. Bei ihrer Oma war es immer gemütlich. Sie saßen in bequemen Ohrensesseln, tranken Tee, aßen Gebäck und plauderten wie zwei Freundinnen. Eine Freundin. Genau das ist es, was mir fehlt, dachte Susanna.

Lustlos räumte sie das Geschirr in die Spülmaschine, stapelte die Lebensmittel wieder in den Kühlschrank und wischte die Arbeitsfläche und den Eßtisch sauber, nachdem sie diese zuerst von den vielen Brotkrümeln befreit hatte. Klar wäre der Fußboden noch zu wischen gewesen, aber das verlegte sie auf später. Im übrigen wurde ihr in Situationen wie heute überdeutlich, daß Erfolge in der Hausarbeit nur von kurzer Dauer waren. Spätestens bei der Zubereitung des Mittagessens war alles wieder schmutzig und wartete auf das nächste Aufräumkommando.

Jetzt mußte sie zusehen, daß sie, solange Pauline spielte, das Badezimmer wieder auf Hochglanz brachte, und das war harte Arbeit. Schnell und zielstrebig sammelte sie die Kochwäsche ein: aus dem Wäschekorb, vom Fußboden des Badezimmers und aus Marlenes Zimmer - es war scheinbar zuviel verlangt, die schmutzige Wäsche in den dafür bestimmten Korb zu packen. Statt dessen durfte Susanna die Wohnung absuchen, ob auch nirgends in einer Ecke oder unter dem Sofa ein schweißiger Strumpf oder gar eine verschissene Unterhose lag und auf Besuch wartete. Sie verstaute nun den Haufen Schmutz samt Riesen in der Waschmaschine und drückte auf den Knopf.

Jetzt ging es darum, die Dusche, Fliesen und die edlen, sündhaft teuren Chromarmaturen von den lästigen Kalkflecken zu befreien. Dafür zog Susanna sich ihre rosafarbenen Gummihandschuhe an, denn sie mußte auch so eklige, mit Seifenschaum verklebte Haarreste aus dem Abfluß zu ziehen, um sie im Klo zu entsorgen. Diese ganze Schrubberei war nicht besonders geeignet für zarte Hände. Auch tat ihr jedesmal davon der Rücken weh. Leider kam kein Meister Proper mal eben vorbei, um im Vorbeifliegen alles spiegelblank zu wischen. Als sie endlich die Dusche blitzsauber hatte und das Hängeklo in Angriff nehmen wollte, kam Pauline mit der Forderung ins Bad:

"Du sollst mit mir spielen!"

„Nachher, mein Schatz", versuchte die Mama ihr Kind zu vertrösten.

„Aber du sollst **jetzt** mit mir spielen", beharrte die Kleine.

„Aber Mama muß **jetzt** das Badezimmer saubermachen, mein Schatz", erwiderte Susanna.

„Warum?" nervte Pauline.

„Weil es dreckig ist und Papa ein sauberes Badezimmer haben möchte", erklärte sie.

„Warum will denn nur Papa ein sauberes Bad haben?" fragte Pauline scharfsinnig.

„Mama will auch ein sauberes Bad haben, und deshalb laß mich jetzt in Ruhe weitermachen. Nachher gehen wir dann auch auf den Spielplatz, okay?" versuchte Susanna einen Deal, während sie sich sehnlichst eine Putzfrau oder ein Kindermädchen oder am besten beides wünschte.

„Okay, ich will aber mitsaubermachen", beendete Pauline den Machtkampf.

Susanna gab ihrem Kind einen Putzlappen.

*****

Als Susanna an einem der nächsten Tage mit Pauline ihre Eltern besuchte, saßen die Alten gerade beim Mittagessen. Es war Sonntag, 11.30 Uhr, Familie Krauses obligatorische Essenzeit. Der alte Krause schob sich ein Stück Braten mit einer Portion Rotkohl in seinen mit Soße verschmierten Mund. In seinem grauen Vollbart hatte sich ein fettiger Tropfen glänzender Soße verfangen. Kaum runtergeschluckt, kam seine ständige Frage nach dem Essen von morgen.

Ingeborg antwortete ihrem nimmersatten Karl-Heinrich alias Kalle: „Morgen gibt es die Reste. Soße mit Pfifferlingen und Kartoffeln."

Er, nachdem zwei Pfifferlinge seinen schmatzenden Schlund passiert hatten, nörgelte:

„Pilze sind doch so stark strahlenbelastet, Ingeborg!"

„Wieso das denn?" fragte Ingeborg erstaunt.

„Na ja, du weißt doch, der Unglücksfall von Tschernobyl", belehrte Karl-Heinrich seine Frau kauend und lechzte wie der Skakespearsche Heinrich nach Bier.

„Aber Kalle, die sind doch hier vom Markt und nicht aus Tschernobyl", erwiderte Susannas Mutter und schaufelte sich verständnislos die nächste Fuhre in den Mund.

Im Gegensatz zum eher schmächtigen Karl-Heinrich, der scheinbar einen Bandwurm hatte, setzte sich jedes Gramm Fett an Ingeborg fest, was wohl damit zu erklären war, daß sie am liebsten irgendwo sinnlos herumsaß, die Wände anstarrte, sich eine Zigarette nach der anderen zwischen ihre aufgesprungenen, ungeschminkten Lippen steckte und die Luft verpestete.

Sie war natürlich nicht immer so gewesen. Irgendwann hatte sie einfach aufgehört, auf ihr Aussehen zu achten. Erst war sie schlank. Dann vollschlank. Rundlicher. Pummeliger. Dicker und noch ein bißchen dicker.

Schließlich war sie fett.

Auch ihre Haare waren mittlerweile graumeliert und ließen nichts mehr von ihrer ehemals schönen Haarpracht erahnen. Sie war eine menschliche Ruine geworden. Alles an ihr war abgestumpft. Lediglich die Sucht nach Zigaretten und die Sucht, Geld für unnützes Zeug auszugeben, waren für sie von Bedeutung.

Ingeborgs Herz wurde kalt.

Susanna spürte Welten zwischen sich und ihren Eltern. Schon seit ihrer Kindheit war sie ein Außenseiter der Familie Krause gewesen. Sie war ein Stiefkind. Trug den Namen Schubert und nicht Krause. Und das bekam sie in Abständen immer wieder zu spüren. Aber in dieser Gemeinheit und Verlassenheit lag für Susanna auch ein Hoffnungsschimmer, - ihr richtiger Vater! In ihn, den Unbekannten, projizierte sie alle ihre Wünsche nach Geborgenheit, Intelligenz, Freiheit. Sie wußte kaum etwas von ihm. Das wenige, was sie über ihn wußte, setzte sie aus verschiedenen Wortfetzen zusammen, die sie heimlich mithörte, wenn ihre Mutter und ihre Oma leise über ihn sprachen, den brotlosen Künstler und Juden. In ihrer Gegenwart war ihr Vater tabu. Es wurden folglich auch keine Fragen beantwortet, wo er stecken könnte und was er tat, wer er war. Wieso, weshalb, warum...? Susanna hörte lediglich: „Laß mich mit diesem Kerl in Ruhe: Er ist für mich gestorben. Im übrigen ist Karl–Heinrich dein Vater." Das war's. Auch für Oma Tilda existierte er nicht mehr. Sie war streng katholisch und somit immer schon gegen diese Liaison gewesen. Oftmals war Susanna traurig, keine echte Familie zu haben. Einen Vater, der sie liebte und eine Mutter, die nicht so lieblos war. Und sie hatte panische Angst, so zu werden wie ihre Mutter. Manchmal erkannte sie sich aber doch in ihr wieder. Nicht äußerlich, nein, äußerlich waren keine Übereinstimmungen oder Ähnlichkeiten erkennbar. Gott sei dank, dachte sie. Ehrlicherweise mußte Susanna zugeben, daß auch sie zeitweise unsensibel gegenüber anderen war. Und depressiv. Sie mußte verdammt aufpassen, daß sie ihr inneres Gleichgewicht wieder fand. Daß sie sich nicht aus Einsamkeit vernachlässigte, um dann allmählich auch äußerlich ihrer Mutter zu ähneln. Hilfe, bloß das nicht, dachte Susanna bestürzt.

Susanna war die einzige in der Familie Krause, die ihr Abitur geschafft und dann noch ein Studium absolviert hatte. Und zwar mit guten Noten. Allerdings nicht so gradlinig, wie es sich gehörte.

Sie hatte schon früh ein Kind von einem Schauspieler bekommen. Marlene. Es war mit 21 Jahren das erste, was sie in ihrem Leben zu Ende gebracht hatte. Ihre Schauspielkarriere konnte sie, schwanger wie sie war, an den Nagel hängen. Auch die Beziehung mit dem smarten Schauspieler war nur ein Akt in einem Drama. All diese kleinen Episoden führten dazu, daß sie ein gesellschaftliches Nichts war. Bis sie Konstantin traf.

„Wo sind Konstantin und Marlene denn?" hörte Susanna ihre Mutter fragen.

„Ach, Marlene ist bei einer Freundin, bei der sie auch zu Mittag essen darf, und Konstantin trifft sich mit einem ehemaligen Studienfreund beim Italiener zum Essen." Susanna knurrte hörbar der Magen.

„A-ha", machte die Interaktionspartnerin. So genau wollte Ingeborg es auch nicht wissen und schon gar nicht die Anspielung ihrer Tochter aufs Mittagessen verstehen. Sonst würde es für morgen nicht reichen und sie müßte was neues kochen. Nee! Dazu hatte sie keine Lust!

„Paulinchen, möchtest du ein Überraschungsei essen, Oma hat eins für dich!" lenkte sie geschickt vom Mittagessen ab. „Es liegt im Wohnzimmerschrank."

„Au ja", antwortete Pauline natürlich.

„Susanna, hol doch Pauline das Ei aus dem Wohnzimmerschrank!" Ingeborg nahm sich noch eine Kartoffel und etwas Rotkohl.

Warum bin ich nur hierhergekommen? Werde ich denn nie schlauer? Und warum hatte Konstantin heute auch keine Zeit? Wie lange ist es her, daß sie und er alleine beim Italiener waren, fragte sie sich hungrig? Eine Ewigkeit. Sie hatten kaum noch Zeit für einander. Beide mußten auch zu Hause noch viel am Schreibtisch arbeiten. So saßen sie getrennt an ihren häuslichen Arbeitsplätzen, anstatt gemeinsam eine Flasche Wein zu trinken. Und wenn Zeit war, fiel Konstantin nichts Besseres ein, als sich durchs Fernsehprogramm zu zappen. Vor allem immer am Samstagabend, wo andere Paare sich aufbrezeln, um auszugehen, wurde pünktlich um 18.30 Uhr „ran" auf Sat I angeschaltet und jegliche Kommunikation für zwei Stunden ausgeschaltet, bis es um 22.00 Uhr mit dem „Aktuellen Sport-Studio" weiterging. Das einzige, wofür Konstantin fast immer

Zeit hatte, war Sex. Sex von vorne und hinten, von oben bis unten. Kalter Sex. Dafür verzichtete er sogar auf sein geliebtes „ran". Warum mache ich das alles nur mit? fragte sie sich unzufrieden. Weil ich von ihm finanziell abhängig bin, schoß es ihr durch den Kopf. Sie fühlte sich auf einmal schlecht. Wie eine Prostituierte. Außerdem hatte sie Hunger.

Susanna knurrte erneut der Magen. Warum kann ihr ihre dickfellige Mutter nichts vom Sonntagsbraten anbieten? Werde ich denn nie schlauer? Ich hätte doch wissen müssen, daß es hier nichts gibt. Sieht echt lecker aus! Ist das denn zuviel verlangt? Hört und liest man nicht überall, daß Töchter von ihren Müttern mit Essen und Fürsorge gemästet und verwöhnt werden? Warum ich nicht? Und wenn sie auf dem Rückweg selber zum Italiener fährt? Diesen Gedanken verwarf sie sogleich wieder. Was sollte Konstantin denn von ihr denken? Als ob sie ihm nachspionieren würde. Nein! Ein Tag Diät ist auch nicht schlecht.

Nachdem sich ihre Eltern die letzten Reste von den Tellern gekratzt hatten und sich in ihre Münder steckten, sagte Ingeborg ungeniert: „Susanna, kannst du Papa gleich beim Abwaschen helfen? Ich muß eben eine rauchen." Susanna nahm sich zögernd ein kleinkariertes Küchenhandtuch und trocknete das Geschirr, das ihr Vater ihr hinhielt, ab. Irgend etwas mache ich falsch, dachte sie. Auf alle Fälle fahre ich so schnell nicht wieder hierher. Es reicht! Zu Essen gibt es nichts, aber den Dreck wegmachen darf ich. Wütend knallte sie den getrockneten Topf auf den Küchentisch, und sagte laut und deutlich: „Ich habe auch Hunger!"

„Komm Pauline, wir beide gehen jetzt zum Griechen und essen einen großen Teller Gyros", sagte sie wildentschlossen.

„Ich will aber kein Gyros, ich will Pizza haben!"

„Mal sehen, was die dort haben. Okay? Vielleicht hat Janni auch eine Pizza für dich. Sag Oma und Opa endlich Tschüs", forderte sie energisch.

„Ich will aber eine Pizza haben!"

„Susanna, du hast doch gehört, das arme Kind möchte doch so gerne eine Pizza haben, nicht wahr mein Schatz!" beugte sich Oma Ingeborg zu ihrer Enkelin runter und gab ihr einen Kuß, dabei die qualmende Zigarette in der Rechten haltend.

„Ja, ich will eine Pizza haben", wiederholte das Kind.

„Gut, sag jetzt Tschüs", befahl Susanna tatkräftig und zog ihre kleine Tochter ins Treppenhaus, um endlich diesem ungastlichen Irrenhaus zu entkommen.

Aus Trotz fuhr sie zu Janni. Schon allein aus dem Grunde, daß sie Konstantin mit einer strengen Knoblauchfahne zeigen konnte, daß auch sie in der Lage war, essen zu gehen und nicht wie ein dummes Ding zu Hause auf ihn wartete. Nur zu dumm, daß sonntags alle in diesem Nest auf Familie machten und es an diesen Tagen unangenehm war, als Single essen zu gehen. Jedenfalls hier in der Kleinstadt. Zu schade auch, daß Bärbelchen, Astrid und Pia zu weit weg wohnten und ihre Halbschwester Christiane zu sehr auf ihre Figur achtete und sich ausschließlich vegetarisch ernährte und ihr Verhältnis sowieso nicht das Beste war. Es fand sich also niemand, der mit ihr essen gehen konnte. Also ging sie wie eine Alleinerziehende mit ihrer kleinen Tochter essen. Allein zu zweit.

*****

Konstantins Studienfreund Lars Großwendt hatte gleich zwei Frauen im Schlepptau. Beide blond und begehrenswert. Die eine, Katja, mit verlockendem Ausschnitt - wahrscheinlich mit Hilfe eines Wonderbras - machte Konstantin nicht nur Appetit auf Lasagne. Aber auch sie hätte gerne diesen 193 cm großen und gutaussehenden blonden Mann statt ihren großen, kalorienarmen Salatteller verspeist. Sie flirtete daher heftig mit ihrem Gegenüber, ließ ab und zu ein paar gar nicht so blöde Kommentare über Wirtschaftskriminalität fallen, während sie einladend an ihrer Peperoni lutschte. Konstantin wurde ganz nervös. Diese Frau! Ich muß sie haben! Susanna hat doch selber schuld mit ihrer ewigen schlechten Laune und ständiger Lustlosigkeit. Ich bin doch auch nur ein Mann! Und so eine kleine Affäre kommt in den besten Familien vor. Und überhaupt, es ändert ja nichts an meinen Gefühlen für Susanna, machte er sich Mut.

Da fühlte er ihren nylonbestrumpften Fuß an seinem Hosenbein entlang gleiten. Er wurde sofort geil. Und dieses tierische Gefühl verstärkte sich, als sie endlich mit ihrem Fußballen sein bestes Stück bearbeitete. Konstantin wurde still, er saß wie gelähmt, war unfähig nur ein Wort zu sprechen, während sie wie ein Wasserfall redete. Sie ließ sich oberhalb der Tischkante nicht anmerken, was sie unterhalb der Tischkante trieb.

Konstantin stöhnte auf.

Alle guckten ihn verdutzt an. „Alter, was hast du denn?" fragte Lars leicht besorgt.

„Nichts!" Konstantin schob Katjas Fuß sanft beiseite. „Ich hatte gerade nur so ein furchtbares Stechen in der Leistengegend. Ist auch schon wieder vorbei", redete er sich aus dieser Peinlichkeit raus.

„Ja, ja, man wird auch nicht jünger, Alter", kommentierte Lars.

„Irgendwann setzen bei jedem die Wehwehchen ein."

„Und ihr Männer seid ja bekanntlich ganz empfindlich. Außen hart und innen ganz weich oder war es umgekehrt?" tat Katja naiv und setzte dabei ihr Jungmädchengesicht auf.

Konstantins kleiner Freund schrumpfte zusammen.

Draußen angelangt, wehte den leicht angetrunkenen Gästen ein schneidiger Wind ins Gesicht. Lars Großwendt wollte sich seinerseits mit der Blondine Gabriele allein amüsieren und daher kam ihm der rauhe Wind der Nordsee ganz gelegen.

„Ganz schön frisch heute, also einen Spaziergang am Meer muß ich nicht mehr haben."
Zu Konstantin gewandt flüsterte er ihm kumpelhaft zu: „Übrigens, nach dem Essen sollst du eine rauchen oder eine Frau..."

„Du unverbesserlicher Chauvi", entgegnete Konstantin und grinste innerlich.

Katja nahm die Gunst der Stunde wahr und hakte sich bei Konstantin ein. „Komm, wir beide sind nicht kleinzukriegen. Wir sind nämlich nicht aus Zucker. Nicht wahr, Herr Lindemann?"

„Keineswegs! Dann also los, meine Schöne! Macht's gut ihr beiden, bis demnächst mal", verabschiedete er sich.

„Grüß Susanna von mir!" hörte er seinen alten Freund noch sagen.

Ein leicht schlechtes Gewissen kroch in ihm hoch. Susanna! Doch Katja, geistesgegenwärtig wie sie war, zog ihn näher an sich heran, und ihr Parfüm löschte jeden Zweifel aus. Sie fuhren zum Strand. Dort angelangt, gingen sie ein bißchen spazieren. Stillschweigend. Plötzlich hielt Konstantin an, küßte sie wild und sagte: „Komm! Wir mieten uns ein Zimmer im Strandhotel."

„Das ist eine sehr gute Idee, Herr Doktor Lindemann", sagte sie begeistert und schenkte ihm ein unendlich verheißungsvolles Lächeln. Sie rannten Hand in Hand dorthin. Lachend. Kaum im Hotelzimmer angelangt, rissen sie sich wie ausgehungert die Klamotten vom Leibe, bis sie völlig nackt waren. Sein Schwanz stand aufrecht und prall. Ihre Hände, die ihn umfaßten, wirkten dagegen fast zart. Er stöhnte. Sie zog ihn sanft zum Bett, kniete sich darauf und tauschte ihre Hand gegen ihren verlangenden Mund. Konstantin konnte sein Glück kaum fassen. Er stöhnte lauter und faßte sie dabei an ihre prallen Brüste und knetete sie. Das Bett knarrte. Sie hörte auf, an seinem Schwanz zu saugen. Konstantin bettelte: "Mach weiter, bitte mach weiter." Doch Katja rekelte sich und rieb mit der rechten Hand ihre feuchte, kurzgeschnittene Möse. Dadurch verlor Konstantin die Beherrschung, er schmiß sie aufs Bett und vögelte sie wild und hemmungslos. Als sie schwitzend nebeneinander lagen, wollte er wissen: „Na, wie war ich?" Katja stand langsam auf, sammelte ihre Kleidung vom Boden auf und antwortete eiskalt: „Lausig. Du bist ein lausiger Liebhaber." Dann ging sie ins Bad, um sich anzuziehen. Konstantin fühlte sich, als ob er eine Ohrfeige bekommen hätte. Weiber! War sie nun völlig durchgeknallt? Er wollte doch nur wissen, ob er es ihr besorgt hatte. Ob sie auch einen Orgasmus hatte. Warum er sich jetzt als lausig beschimpfen lassen mußte, verstand er überhaupt nicht. Mag ja sein, daß er nicht gerade der zärtlichste Liebhaber war. Nun ja. Aber hier ging es doch auch nicht um Zärtlichkeit, sondern lediglich um Sex. Und Katja suggerierte ihm die pure Gier. Die Gier nach seinem stoßenden Schwanz. Sie stöhnte doch auch jedesmal dabei und krallte sich mit ihren langen

Fingernägeln fester an seinen Rücken. Es schmerzte ihn manchmal sogar. Hoffentlich hinterließ sie keine Kratzspuren.

Sie verließ vor ihm das Hotel. Wortlos.

Er fühlte sich auf einmal wie in einem schlechten Film. Außerdem fühlte er sich benutzt. Jawohl. Benutzt und weggeschmissen. Und für diesen schalen Geschmack konnte er noch 180 DM bezahlen. Er war verärgert. Vor allem ärgerte er sich über sich selbst. Warum hatte er auch Susanna betrogen. Es geschieht ihm ganz recht. Aber zumindest hatte er mal wieder so richtig gebumst.

Zuhause angelangt, stieg ihm sofort Susannas Knoblauchfahne entgegen.

„Wo warst du denn?" fragte er erstaunt.

„Wieso?" tat sie scheinheilig.

„Du riechst so nach Knoblauch, und deine Alten kochen doch anders."

„Wir waren beim Griechen, was dagegen?" fragte sie bissig.

„Nein, nein. Wieso auch. - Ich gehe jetzt in die Badewanne. Übrigens soll ich dich von Lars schön grüßen", sagte er wahrheitsgetreu. Er brauchte jetzt absolut seine Ruhe und hatte das starke Bedürfnis sich reinzuwaschen, um Susanna wieder unbefangen begegnen zu können.

Blöder Affe!! dachte sie. Jetzt läßt er mich schon wieder allein. Nie hat er Zeit für mich. Sie ging ins Wohnzimmer, schmiß sich aufs Sofa, schaltete den Fernseher, den Seelentröster, an und glotzte romantisch auf ein sich küssendes Liebespaar. Wie sagte Brecht noch: „Glotzt nicht so romantisch!"

******

Am Morgen schmiß sich Pauline auf Susanna und weckte sie mit der Frage: „Wann legst du mal wieder ein Ei, Mama? Ich hätte so gerne einen Bruder."

Susanna war verblüfft über so frühreife Assoziationen ihrer Tochter. Aber bei aller Liebe, sie hatte keine Lust auf noch mehr Geschrei, durchwachte Nächte, durchnäßte Windeln und keine Zeit für sich. Ihre Kleine war jetzt fast drei Jahre alt und eigentlich ein richtig süßer Fratz. Aber auch zuviel Süßes kann manchmal nerven, und diese Eigenschaft beherrschte Pauline exzellent. Wenn sie ihre fünf Minuten hatte, schrie sie wie am Spieß, und Susanna konnte machen, was sie wollte, - nichts half. Nach etwa 20 Minuten anhaltendem Geschrei war die Kleine wie aus heiterem Himmel plötzlich wieder still, friedlich und gutgelaunt. Als ob es nie einen Zwischenfall gegeben hätte. Susanna hingegen war am Rande eines Nervenzusammenbruchs, völlig erschöpft und erledigt. Aber schlimmer als die körperlichen Anzeichen von Streß waren die seelischen. Besonders in solchen Momenten überkam sie eine große Unzufriedenheit mit sich und ihrem Leben. Ihr fehlte der Ausgleich zu den häuslichen und beruflichen Strapazen. Vor allem fehlte ihr eine Freundin.

„Soll ich mir einen Freund oder eine Freundin backen? Hier in diesem Kaff tut sich nichts, alles eingefleischte Cliquen und Neid, wo man geht und steht", nörgelte Susanna.

„Ach was, du bist einfach zu anspruchsvoll und wählerisch. Vielleicht hast du auch gar keine Lust auf neue Freunde und Bekannte. Du hängst zu sehr an deinen Erinnerungen und an der „guten alten Zeit". Du mußt sie loslassen und dir klar darüber werden, was du eigentlich willst", predigte Bärbel erbarmungslos.

Susannas Freundin Bärbel war für ein paar Tage aus München zu Besuch an die Nordsee gekommen, um ihr ein wenig beim Prüfungsstreß zu helfen und ihre langjährige Freundschaft wieder durch Anwesenheit zu beleben. Bärbel war genauso alt wie Susanna und ebenfalls gut gebaut. Ihr besonderes Kennzeichen waren ihre wohlgeformten langen Beine mit äußerst schönen Fesseln, die daher ständig in edlen Highheels steckten. Dazu trug sie meistens klassische Kostüme, - sündhaft teuer. Sie machte den Eindruck einer verwöhnten, reichen Großstadtzicke, die den lieben langen Tag nichts zu tun hatte, als sich zu pflegen und zu hegen, und das Geld ihres Mannes ausgab. Und so war es auch. Sie hatte nicht einmal Kinder. Dafür kümmerte sie sich um Walters Hund.

Gott sei Dank war Konstantin nicht da, denn er hatte geschäftlich in Hannover zu tun. Für ihn war Bärbel Käfer ein rotes Tuch. Sie erfüllte für ihn das Klischee von blond und blöde. Er konnte es nicht ertragen, daß die beiden Frauen so ausgelassen gackern und kichern konnten, stundenlang die Küche besetzt hielten und Lambrusco schlürften. Seine kostbaren Weinflaschen hätte er für diesen Mistkäfer, wie er sie heimlich nannte, auch nicht hergegeben. Er fühlte sich in seiner Privatspähre durch diesen tagelangen Dauergast gestört, mußte er sich sein Furzen doch ab und zu verkneifen, was ihm und seinem Bauch arg mißfiel.

Er genoß es, in der Beziehung mit Susanna so zu sein, wie er war. Er brauchte keine Rücksicht zu nehmen, er konnte in ihrer Gegenwart ohne Peinlichkeit furzen. Und er furzte für sein Leben gern. Umgekehrt furzte Susanna natürlich auch manchmal, aber Konstantin konnte es in seinem Innersten nicht leiden, daß so ein Furz aus ihrem für ihn so entzückenden Hintern kroch und ihn für einen Moment entstellte. Aus seinem Objekt der Begierde wurde ein stinkendes, laut tosendes Subjekt, - ein furzender Hintern. Abscheulich!

Und nicht nur, daß Susanna ihm, während Bärbel zu Besuch da war, kaum Beachtung schenkte. Besuch nervte den Eigenbrötler generell. Für ihn galt der Spruch „Besuch ist wie Fisch": Spätestens nach drei Tagen fängt er an zu stinken.

Susanna hingegen fühlte sich endlich mal wieder pudelwohl. Ihre Freundin unterstützte sie beim Erledigen der Hausarbeit und verwöhnte sie mit Speis und Trank. Es war wunderbar, sich auch einmal verwöhnen zu lassen. Wenn sie abgespannt von der Schule kam, durfte sie sich einfach hinsetzen und ihre Beine hoch legen. Bärbel brachte ihr dann eine Tasse Kamillentee und beide plauderten eine Weile. Aber das Wichtigste war das gemeinsame Lachen. Lachen als Ausdruck von Unbeherrschtheit, sich fallenlassen. Sich schütteln vor Lachen. Lachen als Zeichen für Leben. Lebenslust. Sie fragte sich, seit wann sie schon nicht mehr mit Konstantin gelacht hatte? Es schien lange her zu sein. Viel zu lange. Dabei liebte sie sein breites Lachen so sehr und er war ein Mann, der sie früher oft zum Lachen bringen konnte. Aber seitdem er Jurist in dieser großen Firma war und seine Habilitation ihn zusätzlich sehr in Anspruch nahm, blieb kaum Zeit für Blödsinn. Statt dessen

Streß, Hektik, Streit, ernste Gesichter. Karriere und Kohle statt Spaß und Sinnlichkeit. Einsamkeit statt Gemeinsamkeit.

Bärbel kochte am Abend für die vier Frauen Spaghetti mit selbstgemachter Tomatensoße. Dazu gab es eine große Schüssel Salat. Sie nahmen in der großen Küche Platz, in deren Mitte sich ein langer Holztisch mit Korbsesseln herum befand. Susanna hatte liebevoll den Tisch gedeckt und viele Kerzen angezündet. Es wurde ein gemütlicher und feuchtfröhlicher Abend. Die Kinder waren gut gestellt und von einer seltenen Heiterkeit. Es war eine ganz andere Atmosphäre, total entspannt. Frauenluft eben.

Später, als die Kinder im Bett waren, schüttete Susanna ihrer besten Freundin das Herz aus.

„Ich möchte andere Dinge im Leben als nur den ganzen verdammten langweiligen Luxus. Ich will mehr Romantik und Spaß. Ist das denn zuviel verlangt?" hieckste Susanna ihrer Freundin vor. „Außerdem will ich einen Mann und keine Modepuppe. Ich kann diese Anzüge und Krawatten nicht mehr sehen," lallte sie.

„Was hast du denn gegen Krawatten und Anzüge? Willst du, daß Konstantin in Lumpen läuft?" verteidigte Bärbel die elegante Männerwelt. „Das kann doch nicht dein Ernst sein?"

„Doch! Ich kann diese Krawattentypen nicht mehr ausstehen! Ich hätte lieber einen >Blaumann<!", beharrte Susanna trotzig und nahm einen großen Schluck Wein aus ihrem Glas.

„Ach du liebe Güte! Ich glaube, du bist ein bißchen betrunken. Oder versteht ihr euch überhaupt nicht mehr?"

„Weiß nicht. Konstantin hat keine Zeit mehr für mich und läßt mich viel zu oft alleine", klagte Susanna Bärbel ihr Leid.

„Ach, Susannchen, so sind die Männer nun mal. Die müssen heutzutage sehen, daß sie Kohle verdienen. Und du kannst mir nicht weismachen, daß du lieber einen arbeitslosen Bauarbeiter statt deines intelligenten Karrieristen hättest", belehrte Bärbel pragmatisch.

„Na ja, im Bett vielleicht?" fing Susanna wieder an zu scherzen. „Leider hat Konstantin zwar sexy Füße, aber keinen Waschbrettbauch wie der in der Cola - Light Werbung," lästerte sie.

„Ach, du meinst den, wo die geilen Sekretärinnen um halb eins den fast verdurstenden Adonis der Baubranche schmachtend vom Büro aus betrachten und ihren erotischen Phantasien für einen Moment freien Lauf lassen? Wahrscheinlich haben die Frauen zu Hause auch nur Männer mit Krawatten sitzen,“ amüsierte Bärbel sich köstlich.

„Genau! Wahrscheinlich trinken die auch literweise Bier, anstatt Cola- light“, grölte Susanna.
Beide prosteten sich daraufhin zu.

„Auf alle Fälle ist ein Waschbrettbauch besser als ein Bierbauch!“ bestätigte Bärbel und nahm sich mit den Fingern ein paar kalt gewordene Spaghetti und steckte sie sich in den Mund.

„Wem sagst du das? Aber Konstantin hält es lieber mit den alten Franzosen, die sagten: Wer es in den Muskeln trägt, kann es nicht woanders tragen.“ Dabei versuchte sie mit tiefer Stimme ihren Intelligenzbolzen nachzuäffen, was ihr auch gut gelang.
Beide prusteten vor Lachen nach dieser szenischen Einlage.

„Diese Männerlogik!“ schüttelte Bärbel ihren blonden Kopf und fragte neugierig: „Was trägt dein Konstantin denn? Latex, Tanga oder die gewöhnlichen Boxershorts?“

„Konstantin trägt Schiesser mit dem braunen Punkt, wenn du verstehst, was ich meine,“ bemerkte Susanna geheimniskrämerisch und rümpfte dabei ihre feingeschnittene Nase.

„Ja, die Welt ist ungerecht! Die Frauen sollen immer tadellos schön sein und vor allem einen tollen Body haben, einen Busen wie die Dame aus Baywatch, Cindy Crawford und die Schiffer zusammen. Was aber die Unverschämtheit überhaupt ist: intelligent, unabhängig, selbstbewußt und am liebsten vermögend sollten die Frauen der 90er Jahre sein“, ereiferte sich Susanna.

„Da kannst du doch eigentlich nicht klagen. Bis auf das eigene nötige Kleingeld verfügst du doch über alles,“ spottete das Alter Ego.

„Ha- ha -ha. - Nein, mal im Ernst. Zu den drei K's „Kinder, Küche, Kirche“, kommt noch ein weiteres K für Karriere hinzu, beziehungsweise ersetzt das Letztere. Aber damit nicht genug.

Attraktiv sollen die Frauen sein, jung aussehen, - schlank und faltenlos! Reich und schön! Und vor allem nicht zickig! Immer schön die gutgelaunte, alles meisternde und dabei begehrenswerte Frau sein. Und bloß keine prämenstrualen Beschwerden zeigen. Frau muß immer gut drauf sein in dieser verdammten Männerwelt. Das wird uns doch täglich suggeriert," redete sich Susanna in Rage. „Die verdammte Werbung ist doch voll davon."

Der Wein stieg ihr in den Kopf, ließ ihre Wangen zusätzlich zur Wut erröten. Bärbel hingegen wurde langsam aber sicher müde. Sie wollte schlafen und gähnte lauthals.

„Ach komm, laß uns ins Bett gehen! Wir können die Welt doch auch nicht ändern. Laß uns schlafen, damit wir nicht noch mehr Falten kriegen", drängelte Bärbel leicht ungeduldig.

„Na gut. Du hast ja recht. Allerdings, bei deinen Falten wäre ich gar nicht erst aufgestanden", stichelte Susanna. Sie hatte eindeutig zuviel Lambrusco geschlürft.

„Danke, danke. Ich sagte doch, laß uns ins Bett gehen!" sagte Bärbel leicht pikiert.

„Du hast ja recht. Gönnen wir uns den Schönheitsschlaf. Aufräumen können wir morgen auch noch."

Beide Frauen gingen ins Schlafzimmer und legten sich ins große Ehebett. Wenn das Konstantin wüßte...

******

Konstantin saß in Susannas breiten, gemütlichen Ohrensessel, der ihm vertraut war wie ein alter Freund, las das Handelsblatt und fühlte sich in seiner blauen Jogginghose und grauem Sweatshirt richtig wohl.

Auf dem kleinen Beistelltisch aus Teakholz stieg dampfender Tee aus der feinen Porzellantasse, leckere Kalorienbomben in Form von Keksen und Nougathäppchen gesellten sich dazu. Ein Bild der Muße. Konstantin konnte es so gemütlich und bequem, mit klassischer Musik im Hintergrund - aber leise, versteht sich - stundenlang aushalten. Am liebsten allerdings, wenn es dabei draußen stürmte und regnete. In dem Fall fühlte er sich doppelt geborgen.

Aber die kleine Pauline hatte für solche Vorhaben besondere Antennen und ließ ihn erst eine zeitlang in Ruhe, damit er sich an den Luxus gewöhnte, um dann erbarmungslos auf ihren Vater zu stürmen, an ihm herumzuzerren und ihm Löcher in den Bauch zu fragen.

„Papa, du, warum sitzt du hier?"

„Weil ich lesen muß!"

„Papa, duu, warum liest du?"

„Weil ich lesen muß", sagte er energischer.

„Aber warum denn?" fragte Pauline unbeirrt.

„Du, Papa, wollen wir spielen? Papa! Spiel mit mir!" quengelte Pauline.

Konstantin rief hilfesuchend nach Susanna.

„Susanna! Spiel du doch bitte mit Pauline! Ich habe jetzt keine Zeit!"

„Ich auch nicht!" erwiderte sie schnippisch. Soll er sich doch auch mal selbst abmühen! Er ist doch schließlich der Vater, dachte sie.

„Papa, spiel mit mir! Bitte, bitte!"

„Nachher, mein Engel", versprach der Papa.

„Nein, jetzt! Biitteee!"

Konstantin stöhnte genervt und wurde laut. „Kann man denn hier nicht mal fünf Minuten seine Ruhe haben? Ist das denn zuviel verlangt? Susanna!!!"   Er saß auch erst eineinhalb Stunden.

Susanna, die in den Wintergarten gelaufen war, kehrte ihm den Rücken mit der Bemerkung: „Ein Sanatorium ist das hier leider noch nicht."   Sie ging wieder in die Küche, um die schmutzigen Fliesen zu wischen, weil es ja sonst niemand tat. Und Pauline ging beleidigt zu ihrer Schwester, die auch nicht gerade in helle Begeisterung darüber ausbrach. Aber Marlene war sehr feinfühlig und wußte, daß nur so der Hausfrieden gewahrt werden konnte. Sie spielte mit ihr. Sie hatte keine Lust auf miese Stimmung im Haus. Marlene war für einen Teenager außergewöhnlich pflegeleicht. Vermutlich litt sie nur unter einem Helfersyndrom. Was auch immer! Susanna wüßte nicht, wie sie alles ohne ihre Tochter schaffen würde.

Konstantin indessen lehnte sich wieder selbstgefällig in die weichen Polster und guckte in den bewegten grau-blauen Herbsthimmel. Wieder einmal hatte er es geschafft. **Mann** mußte nur widerlich werden und hart bleiben, dann kuschten die Weiber von ganz alleine. Sodann hatte Mann seine gewünschte Ruhe, dachte er siegessicher und schloß mit einem Grinsen im Gesicht die Augen. Nun konnte er genüßlich seinen Männerphantasien nachgehen, die sich um tolle Brüste und schöne willige Frauenkörper drehten.

Es war nicht so, daß Susanna ihm nicht schön und erregend genug war. Ganz im Gegenteil. Er liebte und begehrte sie. Leider erwiderte Susanna sein Begehren nur äußerst selten. Viel zu selten. Sie war einfach nicht geschaffen für einfachen, puren Sex. Eben mal einen Quicki so zwischendurch war einfach nicht ihr Ding. Kuscheln, Schmusen. Ja, das wollte sie ständig. Er wünschte sie sich in erotischer Hinsicht viel aktiver, impulsiver. Er wollte gern verführt werden. Am liebsten jeden Tag. Doch ständig war sie müde, litt unter Kopfschmerzen und anderen Wehwehchen. Seit Pauline da war wurde es immer schlimmer. Es war schon Jahre her, daß sie sich gegenseitig die Klamotten vom Leib gerissen und es überall getrieben hatten. Wenn er sich ihr nähern wollte, redete sie sich ständig heraus: „Nicht jetzt, die Kinder" oder „Nicht jetzt, ich habe noch so viel zu tun." Und manchmal kam sie ihm beinahe frigide vor.

Dennoch hatte sich Konstantin, bis auf das eine Mal mit dieser Katja, unter Kontrolle und sein konservatives Ehrgefühl von Treue und Standfestigkeit ließen es nicht zu, sich andere Frauen für erotische Stunden zu suchen. Das zeitaufwendige und nervenkostende Lügengerüst einer Affäre kostete ihn zudem zuviel Energie, die er lieber in seine Karriere investiert, und teuer war so etwas auch noch. Statt dessen begnügte er sich mit seiner vulgären Vorstellungskraft, in der Susanna oft wollüstig und sinnenhaft auftrat.

Konstantin arbeitete in seiner knappen Freizeit an seiner Habilitation und liebäugelte mit einer Professur an der Hochschule. Genügend wichtige Aufsätze in sogenannten wichtigen Fachzeitschriften hatte er bereits veröffentlicht. Womit er nicht nur sein Budget, sondern auch sein Selbstwertgefühl aufmöbelte. Der Gedanke, bald Professor Dr.

Konstantin Lindemann genannt zu werden, war wie Balsam auf seiner vom Ehrgeiz zerfressenen Seele. Er war einfach ehrgeizig, geltungsbedürftig und karriereorientiert.

Von seinem Job her war er es gewohnt, zu delegieren. Im Fachjargon hieß es, Verantwortung auf andere zu übertragen. Auf gut deutsch, andere für sich schuften zu lassen. Und zu Hause waren es seit jeher die Frauen. Seine Mutter litt seit Jahrzehnten an einem chronischen Putzfimmel. Diese chronische Staubphobie konnte Susanna leider nur bruchstückhaft teilen. In akuten Fällen putzte sie dennoch das große Haus alleine, ging einkaufen, tat das, was eben getan werden mußte. Konstantin war in dieser häuslichen Beziehung eher faul und sehr bequem. Er konnte nicht kochen, nicht waschen und vor allem das Klo nicht schrubben. Immer öfter wurde das Badezimmer zum Ort des Streitens. Nicht nur, daß Konstantin beim Pinkeln nicht saß, sondern im Stehen ständig den Klorand bespackerte. Dann vergaß er immer den Klodeckel wieder runter zu klappen. Er war auch nicht in der Lage, die Urinspuren zu beseitigen, so daß Susanna täglich das Klo von diesem üblen Geruch ausströmenden Bakterienherd befreien mußte. Dies brachte sie wiederholt auf die Palme. Gleicherweise war das blaue Waschbecken gewöhnlich mit weiß-roter Zahnpasta besprenkelt, der Spiegel zeigte ebenfalls eine Art Dekoration und die Tuben und Flaschen seiner männlich duftenden Pflegeserie blieben nach Gebrauch stets offen. Konstantin war nicht nur faul. Er war stinkendfaul.

Konstantin meckerte im Gegenzug über Susannas Beinhaare in seinem Rasierer. Einfach ekelhaft, dachte er. Als ob es nicht genug wäre, daß Mann weiß, wie es um Frauenbeine bestellt ist. Haarig sind sie. Kann man den Männern nicht ihre Illusion lassen von makellosen glatten Frauenbeinen Marke Triumph? Muß frau sie jeden Morgen daran erinnern, daß dies nicht so ist? Daß Männer werbegeschädigt sind, wenn's um Frauen geht, ist doch hinlänglich bekannt. Warum also keine Rücksichtnahme seitens der Frauen? fragte sich der sensible Mann.

„Susanna!" schrie Konstantin Samstagvormittag zum wiederholten Mal aus dem Bad. „Susanna!"

„Was ist los? Was schreist du hier so rum? Haben sie dich gebissen? Hilf mir lieber beim Aufräumen!", forderte sie ihren Lebensgefährten auf, obwohl sie genau wußte, daß es völlig sinnlos war.

„Jetzt werd' nicht komisch. Guck dir lieber meinen Rasierer an! Ekelerregend. Einfach widerlich! Wie oft soll ich dir noch sagen, daß du ihn nicht für deine Beine nehmen sollst? Ist das denn so schwer zu kapieren?" Er hielt seinen Rasierer mit spitzen Fingern weit von seinem Körper entfernt, als ob er Angst hätte, von diesem mit einer schlimmen Krankheit angesteckt zu werden.

„Und wie oft soll ich dir noch sagen, daß du auch mal das Klo schrubben kannst? Oder ist der angehende Herr Professor zu fein für solche niederen Arbeiten? Wo er schon nicht im Stande ist, richtig zu pinkeln", moserte Susanna in ihrer aufsteigenden Wut.

„Du weißt ganz genau, daß ich für solche Arbeiten nicht gemacht bin. Das ist Frauensache! Einzig und allein Frauensache! Meine Mutter hat sich noch nie beschwert oder gar meinen Vater gebeten, das Klo zu schrubben. Außerdem bezahle ich diesen ganzen Luxus hier. Von deinen paar Ausbildungskröten könntest du dir höchstens eine Zweizimmerwohnung leisten", stichelte Konstantin fies.

„Du Widerling! Du und dein wichtigtuerisches Gehabe kotzen mich an! Du bist der Grund, warum Frauen Männer hassen!" Susanna knallte die Tür mit voller Wucht hinter sich zu. Sie war ganz außer sich. Dieser gemeine Schuft! Dieses Mamasöhnchen! Nur zu dumm, daß er mit den Finanzen recht hatte. Sie konnte sich wirklich nicht mehr als eine kleine zwei bis drei Zimmerwohnung leisten. Und ihren kleinen Fiat müßte sie bei einer Trennung dann auch aufgeben. Scheiße! Verdammt! Ich muß erst meine Ausbildung zur Gymnasiallehrerin beenden, damit ich endlich finanziell unabhängig werde. Mit einem A 13 Beamtengehalt kann ich mich und meine beiden Kinder auch alleine gut durch die Zeit bringen. Koste es, was es wolle! Ich muß da durch. Ich muß das schaffen. Ich muß frei werden, stählte sie ihren Willen und schwor sich, für ihre Freiheit wie eine Löwin zu kämpfen. Ich halte diesen Rosenkrieg einfach nicht mehr aus.

Susanna saß an ihrem kleinen Schreibtisch, der dem großen Wintergarten einen Hauch von Intellektualität gab und zusätzlich Gemütlichkeit ausstrahlte. Er wurde von einer antiken Messinglampe beleuchtet, deren Licht in den Abendstunden große Schatten der herumstehenden Palmen an die Wand warf. Susannas Arbeitsplatz war immer wieder aufgeräumt. Konstantin konnte es nicht ertragen, daß sein geliebter Wintergarten wie ein Arbeitszimmer aussah. Und schon gar nicht, wenn es nicht nach seiner Arbeit aussah. Aber auch Susanna konnte mehr Chaos nicht verkraften. Also räumte sie ihre Unterlagen immer wieder weg. Sie saß nun schon seit Stunden über diesen Tisch gebeugt, der Kopf tat ihr weh und dieser Mißstand wurde von einer Übelkeit in der Bauchgegend begleitet. Spannungskopfschmerz. Sie kannte sich damit aus. Sie brauchte einfach mal wieder eine Massage und eine Portion Spaß. Aber woher nehmen? fragte sie sich. Die Massage wäre das kleinere Übel, das könnte man notfalls ja noch selbst bezahlen. Aber mit dem Spaß und überhaupt mit Lebensfreude war das schon wesentlich komplizierter. Außerdem war sie noch krankgeschrieben - psychosomatische Bauchschmerzen, getarnt als Gastritis - und mußte die Chance nutzen, das lästige Protokoll der letzten Fachsitzung fertigzustellen und das Referat vorzubereiten, das sie in einer Woche halten mußte. Unterrichtsvorbereitungen für die nächste Woche warteten auch auf sie. Also war nichts mit Entspannung und Erholung. Das Protokoll wollte einfach nicht fertig werden. Sie quälte sich mit ihren Formulierungen und bemerkte, daß ihre Mitschrift einige Lücken aufwies. Sie konnte sich nicht mehr konzentrieren, sie fühlte nur diese entsetzlichen Schmerzen, die gekoppelt waren mit einer tief verwurzelten Unzufriedenheit mit sich und der Welt. Sie sehnte sich nach Leben. Sie wollte lachen, sich unterhalten, Gemeinsamkeit erleben. Aber sie mußte am Schreibtisch sitzen, ein Platz, den sie liebte. Da sie aber jeden Tag hier sitzen mußte, um sich didaktische Modelle und

Unterrichtseinheiten für Kinder anderer Eltern, die auch noch möglichst schülergerecht sein sollten, abzuringen, haßte sie diesen Platz zeitweilig und besonders die Totenstille. Und sich selbst. Sie fühlte sich wie eine Versagerin, unfähig mit den Anforderungen des Lebens zurecht zu kommen.

Keiner war da und füllte dieses riesige Haus mit Stimmen und Leben. Sie fühlte sich abgrundtief einsam und verlassen. Noch genau 25 Stunden und Konstantin ist wieder da und einen Tag später Marlene, die auf Klassenfahrt war, und ihre Pauline kommt auch wieder. Dann ist wieder Wochenendstimmung und Familienleben angesagt. Doch seit sie diese Ausbildung angefangen hatte, haßte sie auch diese Tage, weil sie nicht in der Lage war, abzuschalten und nicht die Zeit besaß, das aufzuarbeiten, wozu sie in der Woche nicht gekommen war. Susanna mochte das Lehrerdasein nicht, jedenfalls das außerhalb der Klassenräume. Einige Kolleginnen schnitten sie, redeten nicht mit ihr. Einfach so. Grundlos.

„Wahrscheinlich der pure Neid", beschwichtigte Konstantin sie immer. „Ihr Frauenzimmer seid doch alle neidisch. Sieht eine besser aus als die andere, taugt sie gleich nichts. Ihr macht euch das Leben doch selber schwer", philosophierte er jedesmal.

Susanna stach im weiblichen Lehrerkollegium durch ihr verdammt gutes Aussehen heraus. Sie war gepflegt, modebewußt und malte sich ihre vollen Lippen rot, was ihre sinnliche Ausstrahlung betonte. Und sie war, wenn sie wollte, charmant. Das paßte nicht ins elitäre intellektuelle Sammelbecken der Besserwisser und Besserwisserinnen. Im Lehrerzimmer hatte man es - ausgenommen wenige ältere Deutschlehrerinnen - nicht nötig, auf solche Äußerlichkeiten zu achten. Die Damen liefen vornehmlich in Sackkleidern rum. Wenn es gar zu schlimm wurde, steckten ihre Füße in Birkenstocks. Einige kamen aus den 70er Jahren einfach nicht raus. Wenn man sie sah, hatte man das Gefühl, die Zeit ist stehengeblieben. Wandelnde Chronisten.

Und in der Tat trug der Schiller seit Wochen ein und denselben geschmacklosen, karogemusterten Wollpullover im dezenten dunkelblau, so daß es nicht so auffiel. Und seinen spärlichen Haarwuchs wusch er bestenfalls alle zwei Wochen.

Ja, ein Beamtengehalt eines Oberstudienrates reichte so gerade für ein paar Tassen Kaffee in den Pausen. Lehrer leben augenscheinlich am Rande des Existenzminimums, dachte Susanna sarkastisch. Wo doch die Terrasse oder der Garten Unsummen für Begonien, Astern, Stiefmütterchen, Männertreu etc. verschlang. Dieses Lieblingsthema war neben sämtlichen Krankheiten Gesprächsstoff der großen, manchmal auch der kleinen Pausen. Wenn nicht der Unmut über die dummen Schüler – allesamt faule Säcke - sich kundtat.

Susanna merkte, daß sich in diesem Szenario ihr Gesicht zusehends verkrampfte. Sie wollte aus diesen unangenehmen Situationen der Pausen am liebsten flüchten. Weg aus diesem Geklüngel. Fort. Nach Hause zu ihren Kindern. Sie wollte lieber auf den Spielplatz gehen und sich mit anderen Müttern belanglos unterhalten. Alles andere erschien ihr besser. Hauptsache, sie mußte sich nicht mehr wie eine Außßenseiterin fühlen.

Sie wollte auch keine Angst mehr vor Prüfungen haben. Sich jeden Tag der aburteilenden Kritik aussetzen zu müssen, hing ihr zum Halse heraus. Sie hatte die Nase voll von der ganzen Theorie. Jahrelang gebüffelt. In der Abendschule das Abitur dank Konstantin nachgeholt. Studium mit Glanz und Gloria trotz Schwangerschaft und Geburt Paulines absolviert. Es reichte. Sie hatte bewiesen, daß sie nicht dumm war. Daß sie anders als ihre begriffsstutzige und beschränkte Mutter war. Sie wollte jetzt endlich sie selbst sein. Frau und Mutter ohne schlechtes Gewissen: abends gemütlich Salat und selbstgebackene Pizza essen, Frauenromane lesen, Fernsehgucken, ein paar Volkshochschulkurse besuchen, Freunde treffen, bügeln oder einfach faul sein. Sie wollte kein Karriereweib werden.

Dabei sehnte sie sich märchenverseucht von Kind auf nach einem bärenstarken Beschützer. Einem Mann, mit dem sie das Leben trinken und lachen kann. Ein Mann, der sie versorgen möchte, aber ihr trotzdem ihre Freiheit und Persönlichkeit läßt. Ein Mann, dem sie bedingungslos vertrauen kann. Ein Mann, der einfach ein Mann war. Ein richtiger Mann. Der richtige Mann.

Konstantin war von seiner Statur her zugegeben der ideale Beschützer. Er war groß und hatte halbwegs breite Schultern. Nicht wie die Bodybuilder, aber das mußte ja auch nicht sein. Susanna konnte zu ihm hinaufschauen und sich gegen seine männliche Brust lehnen. Sie durfte sich körperlich schwach und zart fühlen. Dennoch war es nicht mehr als eine kitschige Wunschvorstellung. Ein Relikt von tausendfachen Träumen.

Konstantin war nicht der Typ für so romantische, weibliche Luftschlösser. Er liebte das Sachliche, das Souveräne.

Er wollte eine gleichgestellte und ebenbürtige Frau, wenn auch nur auf gesellschaftlicher und finanzieller Ebene. Zu Hause und im Haushalt war er dann doch noch etwas gleicher als sie.

*****

Susanna ging mit Heike nach der Seminarsitzung ins „Lulu", einem Szenecafe in der Wedekindstrasse, zum großen Becher Milchkaffee. Man gönnte sich ja sonst nichts.

„Ich muß mal eine andere Atmosphäre spüren und andere Leute sehen als dieses Lehrerpack", stöhnte sie.

„Einfach mal abschalten. Mir geht es genauso", bestätigte Heike ihre Leidensgenossin.

„Wollen wir uns einen Sherry gönnen?" fragte Susanna.

„Das ist nach dem heutigen Streß genau das Richtige. Ich lade dich ein", meinte Heike großzügig.

„Gebont. Die erste Runde geht auf dich."

„Immer diese Fachleiter! Die haben sowieso viel zu viel Macht über die Referendare und Referendarinnen. Man beachte bloß immer diesen zwanghaften Pseudofeminismus!" begann Susanna das Gespräch, welches sich natürlich wieder um die Schule drehte.

„Ja, wehe man vergißt im Protokoll diese Geschlechtertrennung!" spotteten beide Frauen synchron.

„Alles, was sie sagen zählt und ist unantastbar; ihre didaktische Position und vor allem ihre Methodenvielfalt ist das Alpha und Omega der Referendariatsausbildung. Nicht

Methodenvielfalt, nein, das, was der Fachleiter liebt ist angesagt und wenn es jeden Tag das Rundgespräch ist, womit die Schüler gequält werden“, konstatierte Heike genervt.

„Ja, genau! Jeder muß ran, auch wenn nicht jeder etwas Gescheites zu sagen hat in diesem Moment und zu gerade dieser Leitfrage oder Impulsgebung“, versicherte Susanna. „Ich habe es so satt!“, jammerte sie.

„Nichts ist schön im Seminar. Das ganze Leben macht keinen Spaß mehr. Wenn ich könnte, würde ich glatt das Handtuch werfen“, erwiderte Heike.

„Und ich hasse Lehrer!“ sprach Susanna und kippte sich ihren Sherry runter.

„Lehrer sind ja auch wirklich keine besonders erotischen Exemplare“, registrierte Heike mit einem bedauernden Seufzer.

„Also, ich könnte mich nie in einen Pauker verlieben!“ versicherte Susanna felsenfest.

„Man sollte niemals nie sagen“, belehrte Heike ihre neue Freundin.

„Nein, wirklich nicht. Ich könnte mich nie in so ein besserwisserisches, bürokratisches Exemplar verlieben. Außerdem liebe ich meinen Konstantin“, betonte Susanna rechthaberisch.

„Ich denke ihr streitet euch in letzter Zeit soviel?“ schoß Heike einen kleinen Giftpfeil ab.

„Ja schon, aber das liegt an dem ganzen Streß, auch mit der Kleinen. Und außerdem kannst du gar nicht mitreden. Du hast ja keine Beziehung und Kinder schon gar nicht“, wehrte Susanna sich ebenfalls toxisch.

„Ja, ja. Ich weiß. Daran mußt du mich nicht auch noch erinnern. Das erledigt mein leeres Bett schon jede Nacht alleine. Aber laß uns das Kriegsbeil begraben. Du hast ja recht. Lehrer sind blöde!“ entkrampfte Heike die Situation.

„Saublöde!“ behielt Susanna das letzte Wort und prostete ihrer Verbündeten zu. "Und deshalb bin ich auch so froh, Dir begegnet zu sein. Ein wahrer Lichtblick in diesem ganzen Dunkeln.“

„Dito! Darauf trinken wir!“

„Auf das Licht und die Freundschaft!“

„Auf das Licht und die Freundschaft!“

Susanna war glücklich, in Heike eine Freundin gefunden zu haben. Sie war zwar jünger als sie und hatte keine Kinder und keinen „Ehemann", aber sie war erfrischend anders und von einer offenen direkten Art, die Susanna sehr schätzte. Sie hatte nichts von einer Mimose und besaß den gleichen Humor wie sie. So war nicht nur die Einsamkeit in diesem Kaff zu ertragen, sondern auch das Referendariat um Nuancen erträglicher. Sie hatte eine Gleichgesinnte, eine Leidensgenossin, eine Vertraute. Endlich.

****

Susanna kam am nächsten Tag zur dritten Stunde ins Lehrerzimmer. Dort saßen zwei ihrer Kollegen am großen runden Tisch.

Der eine machte sie mal wieder mit der gleichen dämlichen Frage an: „Na, Frau Schubert, heute gesund?"

Susanna wurde unsicher. Sie setzte sich auf ihren Platz, kramte nervös den Kakao aus ihrer großen grünen Tasche und stellte ihn auf den Tisch. Dies veranlaßte den Kollegen Fisch prompt zu einer weiteren blöden Bemerkung.

„Ach, kaum ist unsere kränkliche Kollegin Frau Schubert mal wieder in der Schule, schon steht der Kakao auf dem Tisch anstatt der Ordner mit den Unterrichtsvorbereitungen", ärgerte er sie.

Susanna erwiderte nichts. Sie stellte stattdessen auch ihre Brotdose provozierend, aber mit leicht zitternden Händen, zu ihrem Kakao, und trank einen Schluck.

Da trötete der Fisch: „Ach, auch noch 'ne Brotdose. Ein ganzes Frühstück wird hier aufgedeckt. Passen Sie auf, Frau Schubert, daß Ihre Kollegen nicht neidisch werden!"

„Wieso reden Sie denn im Futur? Sie sind doch schon grün vor Neid, Herr Fisch!" konterte sie und trank unbeirrt einen weiteren Schluck Kakao.

Der andere Kollege fragte Susanna, wahrscheinlich um die peinliche Situation zu entschärfen, ob sie denn morgens nicht zu Hause frühstücke? Susanna kochte innerlich. Es war kurz vor halb neun; sie stand frühmorgens, meistens gegen 5.10Uhr, auf, duschte sich, machte sich fertig, um 5.3o Uhr frühstückte sie, schmierte sich ihre Pausenbrote, also vor drei Stunden, und die Herren „der Tafel“ hatten nichts besseres zu tun, als sie zu sticheln.

Susanna konterte: „Doch, das habe ich. Anscheinend aber der Kollege Fisch noch nicht, sonst würde er nicht verbal so über mich und mein Frühstück herfallen. Wenn Sie Hunger haben Herr Fisch, dann greifen Sie ruhig zu. Aal ist aber leider nicht dabei. Bitteschön“, sagte sie laut und deutlich und unterstrich ihr Gesagtes mit einer offenen Handbewegung zur Brotdose.

„Tssse. Eine Frechheit!“ empörte sich der Fisch. „Frau Schubert scheint den Ernst der Lage nicht zu begreifen. Das hier ist eine Schule und kein Restaurant.“

„Herr Fisch, Sie glauben gar nicht, wie leid mir Ihre Schüler tun. Jede Fischvergiftung ist amüsanter als Sie. Sie, Sie aufgeblasener Stockfisch, Sie“, machte sie sich Luft. Doch innerlich war sie den Tränen nahe. Diese Qual!

Der Fisch hatte schon den passenden Namen erhalten. Er hatte tatsächlich so hellblaue, kalte Fischaugen und war sowohl in seiner Art als auch äußerlich aalglatt. Nie ein Haar zu lang. Immer glatt rasiert, stolzierte er durch die Gänge. Trotz oder gerade wegen seines billigen Aftershaves kam Susanna der Geruch von faulem Fisch in die Nase, wenn er in ihrer Nähe war. Alles phychosomatisch! Kein Wunder, daß das Meer ihn ans Land gespuckt hatte, dachte Susanna nachfühlend, so einen faulen fiesen Fisch.

Susanna liebte das Meer. Es veränderte sich ständig, aber vermittelte ihr trotzdem das Gefühl von Unendlichkeit und Ewigkeit. Es war auch der einzige Grund, weshalb sie an dieser kleingewordenen Großstadt hing, die irgendwanneinmal 100000 Einwohner zählte, worauf sich die Stadtpolitiker etwas einbildeten.

Die frische Luft, die Spaziergänge am Meer, das Blau im Sommer und das Grau im Winter, faszinierten Susanna und entspannten sie. Das Beste aber, was die Küste ihr bot, war der weite Blick. Nichts stand dem Auge im Wege. Weitblick. Träume. Ansonsten hatte dieses Kaff nichts zu bieten. Nur

Rentner, Arbeitslose und Ausländer und eine Menge Erinnerungen. Susanna mußte oft an den Spruch Oma Tildas denken: "Nur alte Leute hängen an der Vergangenheit." Susanna fühlte sich daher mächtig alt. Sie versank oft in ihre Erinnerungen. Erinnerungen an eine schöne Zeit. Rückblick.

Damals, als sie am Wochenende mit ihren Freundinnen durch die Gegend gezogen war, aufgestylt und aufgeregt, was der Abend ihnen Nettes bringen würde, sangen sie im Auto immer aus vollem Hals Ediths Piafs „Non, je ne regrette rien". Nein, ich bereue nichts. Dabei kifften sie selbstgedrehte Joints und fühlten sich stark. In ihrer Leichtigkeit der Jugend lachten sie viel und suhlten sich in der vertrauensvollen Gemeinschaft, wie sie nur unter jungen ausgelassenen Freundinnen bestehen konnte. Susanna wollte sich das immer sagen können, sie wollte nichts bereuen. Wie einfach und unbeschwert das Leben damals erschien - und heute?

Heute war wieder einmal Fachleiterbesuch angesagt. Susanna wollte ihn gleich in der Eingangshalle der Schule erwarten, sie hatte keine Lust sich im Lehrerzimmer sticheln zu lassen. Also setzte sie sich auf eine der Fensterbänke und wartete.

Die Schulhalle war ein quadratischer Flachbau aus den 7Oer Jahren mit einer Decke, die einen fast zu erdrücken schien. Unzählige kalte Neonlampen hefteten sich wie Insekten an ihr fest, was den bedrohlichen, lieblosen Charakter dieser Lehranstalt verstärkte. Auch wurde Susanna das unangenehme Gefühl nicht los, daß auch diese Schule, wie so viele andere aus dieser Zeit, asbestverseucht und somit krebserregend war. Die Wände waren grau getüncht und lediglich mit ein paar Plakaten wie „Schüler für Europa" oder mit der Bekanntmachung des neuen Schülertheaterstückes geschmückt. Und dieser unverkennbare Geruch. Bohnerwachs! Mehrere Putzfrauen hatten die Aufgabe, diesen Linoleumfußboden zu wischen und zu wienern. Eine undankbare Aufgabe. Die Schüler ließen gedankenlos oder absichtlich allen Unrat fallen. Chipstüten, Cola Dosen, Zigarettenschachteln. Müll.

Das Schönste an dieser Schule war für Susanna der Kaffeeautomat, der ganz passable Schokolade ausspuckte, wenn man 9o Pfennig reinsteckte. Dieser unpersönliche Automat erinnerte sie an ihre Studentenzeit, wo sie etliche Male Schlange standen, um etwas von diesem Gebräu zu bekommen. Nur die Getränke waren damals noch billiger. 6o Pfennige statt heute 9o Pfennige für Schüler.

Susanna wartete immer noch auf ihren Regenten Dr. Hilbert Koller. Der dunkle Schatten unter ihren Achselhöhlen ließ sich langsam nicht mehr verbergen. Angst. Angstschweiß. Immer diese Prüfungssituationen. Das machte Susanna ganz fertig. Sie dachte daran, bald wieder zu Hause sein zu können, welches ihr aus der Ferne eine ungeheuer große Geborgenheit versprach. Sie schaute auf ihre Uhr. Ein paar Stunden muß sie noch aushalten.

Das Gequatsche der Schüler „Fis, his, dis, f,b,e, es,..." , scheinbar mußten sie Musik üben vor der Stunde, nervte sie zusehends. Nervös roch sie unter ihren Armen und stellte fest, daß ihr Deo kläglich versagte. „8x4 der Koller ist gleich hier", surrte es in ihrem Kopf. Und da kam auch schon der Herr der Schöpfung herbeistolziert. Klein, schmächtig und, wie soll es anders sein, schmuddelig angezogen. Seine etwas zu weite und ebenfalls zu lange schwarze Stoffhose, die an etlichen Stellen aufgerauht war, betonte seine Gleichgültigkeit in bezug auf so weltliche Dinge wie Klamotten. Sein schwarzer Pullover unterstrich sein faltiges Gesicht von vornehmer oder intellektueller Blässe, je nach Interpretation des Betrachters. Der rechteckige schwarze Rahmen seiner Brille, die zu weit vorne auf der spitzen Nase hing, sollte seine Intellektualität betonen. Er begrüßte Susanna mit einem festen Händedruck, der ihr den großen Ring zwischen die Finger klemmte, so daß ihr beinahe die Tränen vor Schmerzen in die Augen traten, und katapultierte sie in das nahegelegene Klassenzimmer.

Nach der unrühmlichen Stunde bürdete Dr. Koller Susanna zusätzlich zur einer detaillierten, schriftlichen Unterrichtsvorbereitung, noch eine Ausarbeitung über Positionen der Literaturdidaktik auf.

„Selbstverständlich mache ich diese Ausarbeitung, Herr Dr. Koller", schleimte Susanna artig und dachte: „Du widerlicher Scheißkerl, ich schmeiß den Scheiß sowieso bald in die Ecke."

„Und überdenken Sie bitte nochmals gründlich Ihr didaktisch - methodisches Konzept, Frau Schubert. Damit Ihnen morgen nicht noch mal diese Fehler unterlaufen. Und beachten Sie die Lehrerrolle, die Sie einnehmen müssen. Bis morgen also, Frau Schubert", verabschiedete sich diese so wichtige Person und schritt von dannen. Diesmal ohne Händedruck.

Susanna stieg entnervt in ihren kleinen, grünen Fiat und fuhr mit Tic Tac Toe und „Mr. Wichtig" nach Hause. Dort angelangt, räumte sie das Nötigste auf, setzte einen Topf mit Wasser auf den Ceranherd für die Spaghetti Miracoli, wusch den Lollo Rosso und dachte verzweifelt nach, wie sie das alles schaffen sollte.

Marlene platzte in die Küche und plauderte auf Susanna ein. Der Teenager hatte einen starken Mitteilungsdrang. Auch hatte sie nach einem anstrengenden Schulalltag verdammten Hunger und quengelte wie ein Kleinkind, wann denn das Essen endlich fertig sei. „Was gibt es denn?" fragte sie hungrig.
„Heute ist Miracoli-Tag", sagte Susanna stolz.
„Bäh - schon wieder Miracoli!" stellte ihre Tochter ganz und gar nicht werbungsgemäß fest.

Susanna platze der Kragen. „Was denkst du eigentlich? Soll ich mich zerreißen? Ich bin auch erst vorhin aus der Schule gekommen und hatte ebenfalls einen anstrengenden Tag. Und wovon glaubst du, bekommst du deine ganzen Schicki - Micki Klamotten, die du selbstüberzeugt durch die Gegend schleppst? Hm?", polterte Susanna ihren Unmut raus und machte sich bei der falschen Person Luft.

Marlene merkte dies und entschuldigte sich. „Mama, es tut mir leid. Miracoli ist ja eines meiner Leibgerichte. Ich decke den Tisch. Kommt Pauline auch gleich?"

„Ach ja, auch das noch! Das habe ich ganz vergessen. Lindemanns bringen sie gleich vorbei. Dann ist der Ärger perfekt. Wie soll ich das nur alles bis morgen schaffen?" jaulte Susanna.

„Komm, iß jetzt erst mal was! Mama! Du schaffst das schon!" tröstete Marlene ihre Mutter. Susanna ging auf ihre Tochter zu, und nahm sie in ihre Arme. „Tut mir leid, Liebes, aber meine Nerven sind zur Zeit nicht die besten. Und Du weißt hoffentlich, daß ich alles ohne Dich gar nicht schaffen würde."

„Ist schon gut, Mama. Und nun laß uns endlich die Spaghetti essen, bevor sie noch kalt werden“, schlug Marlene pragmatisch vor.

Kurze Zeit später klingelte es, und Lindemanns standen mit Pauline in der nicht gesaugten Diele. Leere Flaschen und Altpapier taten das ihre dazu, um den Eindruck der Verwahrlosung zu schaffen.

„Wie sieht es denn hier aus?“ rief Frau Lindemann entsetzt.

„Wie bei Hempels unter dem Sofa!“ stimmte Susanna ein.

„Herbert, was sagst du denn dazu? Das geht doch nicht. Denk doch nur an den armen Konstantin. Bei uns zu Hause sieht es nie so unordentlich aus. Her-beert, sag doch auch mal was!“

„Was soll ich denn dazu sagen, Lisachen? Hm?“

„Na, daß das so nicht geht. Denk doch auch an die arme Linchen. Nicht mein Mäuschen? Linchen, meine Muschi, wo steckst du? Sag schön artig, auf Wiedersehen Oma, mein Muschilein!“

„Nein!“ schrie Pauline aus der Küche, in der Marlene nun saß und mit einer ihrer Freundinnen telefonierte, obwohl sie sich doch eben erst in der Schule gesehen hatten. Teenagertalk. Stundenlang.

„Siehst du, Herbert, kaum sind wir hier, da ist unser Mäuschen wie ausgewechselt. Rotzfrech. Aber wie soll es auch anders sein bei dieser Rabenmutter. Komm, Herbert! Wir gehen.“ Gesagt, getan. Kopfschüttelnd verließen sie das Haus. Der alte Herbert trottete folgsam hinter seiner Frau her.

Susanna fühlte sich vollkommen erschlagen, und verspürte den heftigen Drang nach einer Aspirin. Nachdem sie eine Tablette geschluckt hatte, mußte sie sich erst einmal hinlegen. Eingemummelt in Konstantins Kuscheldecke lag sie auf dem Sofa und versuchte zu entspannen. Es war mal wieder alles viel zu viel für sie. Ihre Nerven waren zum Zerreißen gespannt. Aber kaum lag sie, kam Pauline und sang aus vollem Hals:

„Hänsel und Gretel verliefen sich im Wald.

Sie kamen an ein Häuschen. Wer mag der Hermann von diesem Häuschen sein?

Es war so bitter und so dusterkalt.

Es gab Pfeffer und Kuchen und Wein.

Hänsel und Gretel verliefen sich im Waaald."

So süß dieser Kindergesang in seiner Verkehrtheit auch war, jetzt wollte Susanna für eine kurze Zeit nur Ruhe haben. Sie wollte nachdenken, wie sie am besten aus dem Dilemma herauskam. Als erste und bequemste Lösung fiel ihr Dr. Sonnenfeld ein, ihr Hausarzt und zugleich der bekannteste Krankschreiber dieser Stadt. Unter Kennern wird er nur „der Gelbe" genannt. Aber sie hatte ihn in letzter Zeit schon zu häufig konsultiert. Langsam würde es peinlich werden, ihn ständig um Hilfe zu bitten und die Wehleidige zu spielen. Alles im Leben hat seine Grenzen. Doch Susanna konnte kaum einen weiteren Gedanken fassen, da zerrte ihre Kleine liebevoll an ihr.

„Mama, warum liegst du denn auf dem Sofa? Hast du Aua? Mama! Kannst meine Puppe haben. Aber nur geliehen. Nicht behalten, weißt du, Mama. Nur zum Liegen. Mama!" drang der kindliche Wortschwall an Susannas erschöpftes Ohr.

„Danke, Pauline, mein Schatz. Mama möchte ein bißchen heia machen. Ich bin so müde", erzählte Susanna.

„Ich gehe zu Marlene ins Zimmer. Gute Nacht, Mama."

Marlene ermahnte ihre kleine Schwester: „Laß Mama doch mal in Ruhe!"

„Aber laß ich doch. Ich hab doch nur Gute Nacht gesagt", protestierte die Kleine.

Als Susanna dies hörte, lächelte sie. Sie liebte ihre beiden Kinder über alles und diese kurzen Momente von heiler Welt.

Sie schlief ein.

Nachdem sie aufgewacht war, plagte sie das schlechte Gewissen. Ihr Magen begann unruhig zu kribbeln. Ein Anzeichen völliger Überforderung. Wie soll ich das nur schaffen bis morgen? fragte sie sich nervös. All das verdammte Zeug lesen und eine ausführliche schriftliche Unterrichtsplanung abgeben. Und dann diese beschissene Ausarbeitung. Literaturdidaktik! Ihre Übelkeit wurde größer.

Sie griff zum Telefonhörer und wählte hektisch die Telefonnummer von Konstantins Arbeitsstelle. Kaum hatte er sich gemeldet, jammerte Susanna in den Hörer: "Ich schaff das alles nicht, ich schaff das alles nicht. Kannst du nicht heute früher nach Hause kommen? Du mußt dich um die Kleine und den Haushalt kümmern! Ich muß unbedingt an den Schreibtisch und für morgen den Unterricht vorbereiten! Der muß gut werden, sonst reißt mich der Koller in Stücke", betonte sie die Dringlichkeit ihres Anliegens.

Doch Konstantin, der von diesem wehleidigen Wortschwall angewidert war, sagte lediglich, ohne auf ihre Belange einzugehen: „Susanna, wie oft muß ich dir noch sagen, daß du nicht bei mir auf der Arbeit anrufen sollst? Ich habe zu arbeiten! Du kannst ja heute abend, wenn Pauline im Bett ist, an den Schreibtisch gehen! Und im übrigen, so eine Unterrichtsvorbereitung kann doch nicht so schwer sein! Bis heute abend also." Er hatte den Hörer aufgelegt.

Susanna konnte diese Dreistigkeit nicht fassen. Darf das wahr sein? fragte sie sich fassungslos. „Dieser alte Chauvi. Dieser verdammte Egoist. Der Affe kann ja in Ruhe arbeiten gehen. Muß sich um nichts kümmern. Und verdient ein Schweinegeld. Kommt nach Hause, wann es ihm paßt. Will ständig seine Ruhe haben. Kocht nicht, putzt nicht, paßt nicht auf die Kinder auf. Aber Sex, das will er! Dieser Kotzbrocken! Und dann diese unerträglichen Eltern!" fluchte Susanna vor sich hin.

Lindemanns hatten donnerstags immer ihren Bridgetag, was soviel bedeutete wie: „Stört uns ja nicht! Wir haben keine Zeit!" Auch ihre Eltern konnte sie nicht mit dem Aufpassen auf Pauline behelligen. Krauses sahen ihre Enkelkinder lieber von weitem. Kinder waren viel zu laut und nervig, und kosteten viel zu viel, da sie immer alles haben wollten. Ab und zu mal eine Stunde mit ihnen spazieren gehen, um anschließend bei Susanna ihren Kaffeedurst zu löschen, das war auch das höchste der Gefühle und das Gegenteil von Entlastung. Susanna blieb also nichts anderes übrig, als zum wiederholten Male ihre Tochter Marlene, die sich langsam zum au-pair entwickelte, um Hilfe zu bitten. Sie liebte ihre Tochter und wußte nicht, was sie ohne sie machen würde. Es plagte sie daher ein schlechtes Gewissen. Sie nahm sich vor, es irgendwann wieder gutzumachen.

Sie kochte sich eine Kanne starken Kaffee, nahm sich Kekse und Schokolade und ging damit an ihren Schreibtisch. Sie mußte arbeiten. Sie mußte es schaffen. Irgendwie.

Nachdem Marlene ihre Schwester Pauline ins Bett gebracht hatte, traf wenig später auch Konstantin zu Hause ein. Er erfaßte sofort, daß die gröbste Arbeit im Haushalt erledigt war und vor allem, daß der kleine Nervsack schon schlief. Er war erleichtert und atmete tief durch. Endlich ein gemütlicher Abend ganz für mich alleine, dachte er. Das Haus war von einer angenehmen Ruhe erfüllt und lud zu völliger Entspannung ein. Dennoch mußte er sich kurz bei Susanna blicken lassen, was mit einem gewissen Widerwillen verbunden war. Er befürchtete nämlich, daß ihr Jaulkonzert bei seinem Auftreten sofort von neuem erklang, hatte er sie doch am Telefon gekonnt, aber barsch abgewimmelt. Um ein echtes Schuldgefühl jedoch gar nicht erst aufkommen zu lassen, ging er schnell zu ihr hin und küßte sie von hinten auf ihre Wange.

„Na, mein Liebling! Klappt doch hervorragend. Ich hätte doch nur gestört in eurem perfekten Ablauf. Außerdem weiß ich ja, daß du eine starke Frau bist, die alles prima unter einen Hut kriegt! Das macht mich auch so stolz auf dich", schwärmte er ihr anerkennend vor. Dachte aber für sich, Frauen sind doch alle gleich. Mann muß ihnen nur schmeicheln, ein paar fette Komplimente hinwerfen, und sie fressen einem aus der Hand. Dabei hoffte er insgeheim, sie damit in Zukunft von solchen Anrufen und Forderungen abzubringen. Was sollte er denn sagen? Jammerte er den ganzen Tag, nur weil er irgendwelche Konzepte für den Vorstand erarbeiten mußte? Nein! Leistete er nicht ständig Überstunden, ohne ein Wort darüber zu verlieren? Ja! Auch wenn es ihm manchmal bis zum Hals stand. Arbeit war da, um sie zu erledigen. Und schließlich lebten sie auch sehr gut von seinem verdienten Geld. Susannas Einkommen war ein sehr großzügiges Taschengeld. Und da hatte er verdammt noch mal das Recht auf ein bißchen Ruhe und Erholung am Abend. Natürlich sehnte er sich von Zeit zu Zeit an seine unbeschwerte Studienzeit zurück. Aber es ist müßig, sich an die Vergangenheit zu klammern.

Susanna fühlte sich tatsächlich geschmeichelt und ihre Wut im Bauch löste sich allzuschnell in Luft auf. Er schaffte es doch immer wieder, sie um den kleinen Finger zu wickeln. Aber wenn sie ehrlich war, wäre er ihr auch gar keine große Hilfe gewesen. Sie war eben doch die Fähigere von beiden, stellte sie selbstgerecht fest und machte sich wieder an ihre Arbeit. Sie arbeitete diszipliniert die ganze Nacht durch und schaffte es so, ihr Arbeitspensum zu erledigen. Am Ende der Nacht spuckte der Drucker eine gut überlegte Unterrichtsplanung aus. Susanna war erleichtert und zufrieden mit sich. Der Erfolg der schwierigeren Lösung, einfach anfangen und nicht mehr nervös jammern, zeigte seine positive Seite. Susanna war kaum müde.

Im Morgengrauen duschte sie sich ausgiebig, zog ihre ausgewaschene Jeans, in der sie einen besonders knackigen Popo hatte, an - Konstantin schwänzelte bei dieser Jeans immer hinter ihr her - und einen einfachen, engen blauen Rollkragenpullover, der ihre weiblichen Formen dezent betonte. Nur nicht zu aufgedonnert wirken, dachte sie sich. Dazu zog sie ihre neuen, teuren Schuhe mit den breiten hohen Absätzen an. Schlicht und ergreifend. Susanna steckte lässig ihre dicken, dunklen Haare hoch, betonte ihre Augen mit Mascara und malte ihre Lippen purpurrot. Dann steckte sie sich noch ihre silbernen Ohrringe an, und sprühte sich einen Hauch von Chanel hinter die Ohren.

„Ich muß wenigstens gut aussehen", sprach sie laut zu sich. Und ihr Spiegelbild tat ihr den Gefallen. Es zeigte eine dunkelhaarige Schönheit. Selbstzufrieden mit sich, warf sie ihrer Spiegelung einen Kuß zu. Perfekt! Trotz der nichtgeschlafenen Nacht, sehe ich super aus. Gott sei dank! Dann brauche ich mir deshalb wenigstens keine Sorgen zu machen, und vielleicht ist der Koller mit seiner Kritik nicht ganz so inhuman. Schließlich ist er auch nur ein Mann. Und womit die denken, ist hinlänglich bekannt. Jedenfalls nicht mit dem Kopf.

Dann ging sie ins Kinderzimmer und machte Pauline startklar, was mal wieder nicht ohne Reibereien vor sich ging. Endlich konnte sie ihre Schulsachen nehmen und sich auf den Weg machen. Erst zu Lindemanns und dann zur Schule. Sie war mal wieder etwas zu früh, und wartete nun leicht aufgeregt auf ihren gnadenlosen Prüfer.

Hoffentlich kommt der alte Hofmeister auch. Er ist der einzige nette Mensch in diesem Verein. Er hat so eine beruhigende, väterliche Art. Dann würde es nicht ganz so schlimm werden, dachte sie.

Doch dann sah sie ihren Fachleiter Dr. Koller mit schnellen Schritten und einem fiesen Grinsen im Gesicht auf sie zukommen. Im Schlepptau hatte er zwei weitere Doktoren der geistigen Wissenschaften bei sich, die sich allerdings im Laufe ihrer Karrieren aufs Kritisieren von hilflosen Referendaren und Referendarinnen spezialisiert hatten. Der Hofmeister, der Direktor der Schule, war aber leider nicht dabei. „Mist, verdammter!" murmelte sie. Der Koller hat den Termin bestimmt extra so gelegt, daß der Hofmeister nicht kommen konnte. Diese Ratte, dachte sie. Er kann einfach nicht alt werden, dieser Möchtegern-Sportler und Workaholic. Zumindest tut er so, der faule Sack, dachte Susanna, während sie ihre Vorgesetzten brav grüßte.

Nur nicht nervös werden, es sind doch auch nur Männer. Plötzlich stellte sie sich diese Herrenwelt sitzend auf dem Klo vor und mußte lächeln. Diese Gurus der Intellektualität sind auch nur ganz normale kleine Menschen. Furze im Weltall, stellte Susanna erleichtert fest. Ach, wenn es doch erst vorbei wäre. Aber nach dieser Unterrichtsstunde kommt erst die gefürchtete Besprechung. Eine Litanei von Kritik. Wenn es wenigstens konstruktive Kritik wäre. Aber diese Herren ziehen sich auch an der kleinsten Banalität auf, und machen aus dem kleinsten Fehler einen Staatsakt. Schrecklich. Bloß nicht daran denken. In zwei Stunden ist der Spuk vorbei, tröstete sie sich.

„Was grinsen Sie denn so, Frau Schubert?" riß Dr. Koller sie aus ihren radikalen Gedanken. „Ich glaube, dazu haben Sie keinen Grund. Oder sind Sie heute wider Erwarten mal gut vorbereitet?" stellte er sie vor den anderen Prüfern bloß.

Susanna platzte der Kragen.

„Sehen Sie, daß ist es, was wir Referendare an Herrn Dr. Koller so schätzen. Vor wichtigen Prüfungen kann er seine Schützlinge immer so prima aufbauen und motivieren", entgegnete Susanna, nicht bereit, sich länger ohne Widerstand diesen Attacken auszusetzen. Sie hatte die Nase gestrichen voll. Endgültig.

An Dr. Kollers Gesichtszügen erkannte sie, daß ihre Aussage Wirkung zeigte. Er schnappte regelrecht nach Luft, bis er sich wieder in der Gewalt hatte. Dann wurden seine kleinen Augen noch kleiner, und sein Mund verzog sich derart, daß sein Gesicht fratzenhaft wurde.

Er forderte sie herrisch und mit harter Stimme auf: „So, dann wollen wir endlich mal, Frau Schubert. Jetzt können Sie uns zeigen, was in Ihnen steckt." Dabei grinste er wieder zum Reinschlagen fies.

Ganz cool bleiben, nahm sie sich vor, als sie vor der Klasse mit 26 unmotivierten Teenagern stand.

„Guten Morgen, meine Damen und Herren."

„Guten Morgen, Frau Schubert", begann das Ritual.

„Wir beschäftigen uns heute weiter mit der Novelle >>Der Schimmelreiter<< von Theodor Storm.   Unter welchen Einflüssen steht die Entwicklung Hauke Haiens?" befragte Susanna   ihre Schüler. Doch ihr kam lediglich beredtes Schweigen entgegen.

Susanna fand diese Novelle des Deichgrafen schon als Schülerin langweilig und dies hatte sich bis heute nicht geändert.   Doch der Lehrplan ließ ihr keine Wahl. Einzig die Aktualität der zerstörerischen Wirkung von Wasser, wie sie erst kürzlich an der Oder für viele Menschen erfahrbar war und ihnen bewiesen hatte, daß alle Technologien und alles Know - How die Natur nicht gänzlich besiegen konnte, war für sie von Interesse.

„Soll ich meine Frage wiederholen?"   Ihre Stimme hallte blechern   durchs Klassenzimmer. Sie fühlte sich wie betäubt. Was soll ich denn nur machen, wenn keiner sich meldet? Ihre Beine fühlten sich wie Watte an.   Und wie diese fiesen Viecher von Ausbildern da sitzen und sich innerlich einen abgrinsen. Susanna war völlig verzweifelt.

Lieber, lieber Gott, bitte bitte laß die Stunde schnell vorbeigehen! Laß wenigstens ein paar Schüler sich am Unterricht beteiligen! sandte sie ihr inneres Stoßgebet gen Himmel.

Und tatsächlich, langsam zeigten ein paar Finger nach oben.

Susannas Blick streifte zufällig das griesgrämige Gesicht Dr. Kollers, der besonders desinteressiert gucken wollte, um ihre Unfähigkeit fürs Lehrerdasein zu demonstrieren. Sie ließ sich aber nicht durch ihn irritieren. Sie stellte sich ihn kurzerhand im Adamskostüm vor. Possenhaft! Indem sie ihn zur Karikatur machte, entschärfte sie ihn gleichzeitig. Das machte sie selbstsicherer.

Die sensiblen Schüler spürten diesen Machtkampf und solidarisierten sich mit dem Schwächeren, mit ihrer Referendarin. Sie hatte ihre Schüler immer mit Respekt behandelt und störte sich nicht an Äußerlichkeiten wie punkigen, grünen Haaren. Wenn sie ohne „Aufpasser" in der Klasse war, hatte sie gelegentlich sehr guten Unterricht geleistet. Das Lernen machte den Schülern bei ihr zuweilen sogar Spaß. Und auch heute war der Unterricht nach anfänglichem Geschleppe spritzig, unterhaltsam und dennoch informativ.

Die Zeit verflog im Nu. Als es zur Pause schrill klingelte, war Susanna sogar leicht enttäuscht. Sie hätte noch stundenlang weiter unterrichten mögen. Es war eine gelungene Stunde. Doch das Tribunal fand immer irgendetwas zu nörgeln. Reine Gewohnheit!

Susanna verließ heulend den Besprechungsraum. Dr. Koller und seine Crew hatten es ihr ordentlich gegeben. Es war keine gelungene Stunde, wie sie glaubte. Es war eine schlechte Stunde. Methodisch, didaktisch nicht zu vertreten. Es bedeutete nichts, daß Unterricht den Schülern sichtbar Spaß machte. Sie hätte keine Unterhaltungsshow zu geben, sondern qualifizierten Unterricht, dessen pädagogische Vorbereitung transparent sein müsste. Und so weiter und so fort. Susanna war niedergeschmettert. Diese Herren waren ebenso ungerecht wie unbestechlich.

Susanna suchte verzweifelt Heike. Sie brauchte jetzt dringend Trost. Aber sie war nicht aufzufinden. Es klingelte auch schon wieder zur nächsten Stunde. Susanna mußte sich schwer zusammenreißen, denn sie hatte noch eine Doppelstunde Sport zu geben. Erst danach konnte sie kurz nach hause flüchten, bevor um 16.00 Uhr das Sportseminar begann. Bevor sie zur Sporthalle gelangte, kam ihr der Hofmeister entgegen. „Na, Frau Schubert, wie war Ihre Stunde?" erkundigte er sich.

„Ach, beschissen!" seufzte sie, dabei traten ihr wieder die Tränen in die Augen.

„Ach, Frau Schubert, so schlimm kann es doch gar nicht gewesen sein. Ich habe Sie doch auch schon öfter im Unterricht gesehen. Und der hat mir immer ganz gut gefallen. Wirklich.", sagte er freundlich und zwinkerte ihr zu.

Susanna lächelte dankbar, während ihr gleichzeitig die Tränen die Wange hinunter liefen. „Das sagen Sie bestimmt nur so, um mich zu trösten. Ich falle bestimmt durch die Prüfungen durch", sie wischte sich die Tränen mit ihrem Ärmel ab.

„Ach, was! Sie schaffen das schon. Sie müssen sich nur ein dickeres Fell anschaffen. Es wird nichts so heiß gegessen, wie es gekocht wird. Glauben sie mir. Ich bin ein alter Hase in diesem Geschäft. Sie schaffen das! Und ich habe ja schließlich auch noch ein Wörtchen mitzureden", sagte er fürsorglich.

Susanna hätte ihn am liebsten umarmt und auf die Wange geküßt. Aber sie traute sich nicht. Stattdessen sagte sie: „Ach, Sie sind so nett zu mir, Herr Hofmeister", und lächelte ihn freundlich an.

„So gefallen Sie mir schon viel besser. Nur nicht unterkriegen lassen." Er schaute auf seine Armbanduhr und verabschiedete sich schnell.

Abends war sie alleine in dem großen alten, aber modernisierten Haus, ihre Kinder waren auch ausgeflogen. Sie griff zum Telefonhörer, um die Stille und Einsamkeit zu überbrücken. Zuerst rief sie ihre neue Freundin Heike an, um sich wieder aufbauen zu lassen nach der letzten Blamage. Doch wie es immer so ist, wenn man telefonieren will, ist entweder ständig besetzt oder der „Laberkasten" springt an. Susanna versuchte es danach bei ihrem langjährigen schwulen Freund aus Duisburg, der ihr den Abend mit guter Unterhaltung füllen könnte, und um gleichzeitig ihr schlechtes Gewissen zu beruhigen, weil er es fast immer war, der sie anrief. Aber auch hier meldete sich nur eine monotone Stimme auf Band, die verriet, daß die gewünschte Person leider momentan nicht zu Hause war. „Aber bitte hinterlassen Sie nach dem Piepton eine Nachricht. Ich melde mich dann", damit wurde man vertröstet.

Susanna blieb nichts weiter übrig als Bärbel anzurufen, die am weitesten entfernt lebte. Das wird wieder teuer, dachte sie. Aber egal, was kostet die Welt? Nichts! Nach diesem Motto lebten die beiden Freundinnen in ihrer gemeinsamen Vergangenheit, und es funktionierte, sie hatten immer viel Spaß. Die schönsten Dinge im Leben sind sowieso umsonst. Leider nicht das Telefonieren.

Diesmal meldete sich am anderen Ende der Leitung eine reale Stimme mit: „Käfer".

„Hallo Bärbel, ich bin's, Susanna. Ich dachte mir, ruf doch mal an."

Bärbel merkte sofort, daß mit ihrer Freundin nicht alles stimmte, sie fragte gleich: „Was ist los, geht's dir nicht gut, du klingst so bedrückt?"

Dasselbe hatte Susanna heute beim Schlachter schon einmal gehört. Hört und sieht man mir nun auch schon meinen inneren Frust an, dachte sie entsetzt.

„Ach, mein Unterricht ist heute total verrissen worden, und ich habe entsetzliche Kopfschmerzen, bin einfach überarbeitet und frustriert", klagte Susanna ihr Leid. „Und ich bin zu blöde für das Lehramt. Ich kann das alles nicht", fügte sie voller Selbstmitleid hinzu.

„Ach Sünde", konstatierte das andere Ende der Leitung.

„Ja, es ist alles zum Heulen, ich kann und will nicht mehr. Das blöde Referendariat macht mich fertig und vor allem leide ich darunter, daß meine kleine Pauline zu oft bei den Eltern von Konstantin ist, und wenn sie hier ist, bin ich wieder gestreßt, weil ich nicht arbeiten kann. Alles muß ich alleine tätigen. Einkaufen, lernen, kochen, lernen, putzen, spielen, lernen, hin- und herfahren. Ich fühle mich einfach kaputt. Zerrissen. Einerseits ist es schön, sagen zu können, ich bin Studienreferendarin und Mutter und Hausfrau. Ja, ja ich manage alles mit links, ich bin eine dieser Superfrauen. Aber zu Hause angelangt, bleibt von der Superfrau nur noch eine unzufriedene Heulsuse übrig, die sich durchs ständige Jammern und Weinen ein paar Falten mehr ins Gesicht zieht", monologisierte Susanna.

Bärbel, die geduldig diesen Wortschwall des Leidens anhörte, beruhigte ihre Freundin ein wenig: „Es ist auch alles viel zu viel für dich und schwachsinnig, sich für die paar Kröten und eine minimale Chance auf eine anschließende Stellung kaputt zu machen. Wir haben weiß Gott schon genügend arbeitslose Lehrer. Denke doch auch an deine Kinder. Aber verstehe mich nicht falsch, Liebes, nicht nur deine Kinder sind wichtig, sondern am wichtigsten bist du."

Susanna nickte erleichtert ihrem Hörer zu.

„Wie sieht es denn aus, wenn du gestreßt von der Arbeit kommst und dann trotz Kindermädchen, Putzfrau, - ja ich weiß, hast du nicht - und die Kinder zerren an dir herum. Du hast nie richtig Zeit für dich, außer du identifizierst dich total mit deinem Job. Unterstütze lieber Konstantin, daß er weiter kommt und mache dir ein schönes Leben", forderte Bärbel kategorisch.

„Ja, du hast ja recht. Aber du kennst seine Alten nicht. Für die bin ich eine Versagerin und wenn ich den Scheiß schmeiße, dann kriege ich ständig zu hören: `Was willst du dann machen? Du mußt doch was arbeiten! Der arme Konstantin kann doch nicht alleine für euch sorgen! Er muß doch so hart für sein Geld arbeiten. Der arme Junge. Wir wußten schon immer, daß du nicht der richtige Umgang für unseren Sohn bist.` " Dann fügte sie schnell hinzu, „Eigentlich müßte ich mich auf der Stelle von Konstantin trennen. Bei diesen Eltern! Letztens meinte der alte Lindemann doch tatsächlich: ´Also, ich will ja keine schmutzige Wäsche waschen. Aber wenn wir schon einmal dabei sind, dann muß ich doch sagen, daß du viel zu dominant für unseren Konstantin bist. Er hat ja gar keine eigene Meinung mehr. Er macht ja nur noch, was du sagst. Er kommt uns auch nur noch sehr selten besuchen. Und ich kann wohl annehmen, daran bist du schuld. Du rufst gleich an, wenn er mal nicht pünktlich zum Essen erscheint. Also, ich finde das nicht gut. Ein Mann soll ein Mann sein, und kein Schlappschwanz, der sich von seiner Frau rumkommandieren läßt.´ Zitatende. Das waren seine Worte." Susanna atmete tief durch.

„Aber du willst doch nicht sie heiraten, sondern Konstantin," widersprach Bärbel.

„Ach, soviel besser als die, ist er auch nicht. Und mit dem Heiraten tut Konstantin sich ja auch so schwer. Er weiß zwar, wenn ich meine Ausbildung hinschmeiße, müssen wir schon aus Steuergründen heiraten. Das ist aber auch der einzige Grund, der ihn reizt. Der verdammte schnöde Mammon."

„Ach, Sünde!" fiel ihrer Freundin dazu wieder ein.

Weiterhin erzählte sie von ihrem Walter, der sich zur Zeit in den Staaten aufhielt. Er wollte alles für den bevorstehenden Umzug vorbereiten. Sie mußten für ein Jahr aus beruflichen Gründen ihren Wohnsitz nach Boston verlegen. Walter war Chefmanager einer riesigen Elektronikfirma und Bärbel seine

Gattin, die sein schwer verdientes Geld mit Leichtigkeit ausgab. Bärbel erzählte, daß sie täglich mit ihrem Walter telefonierte. München - Boston.

Susanna stach der Neid und die Enttäuschung darüber, daß sie es augenscheinlich viel schlechter hatte als ihre langjährige Freundin. Warum kann Konstantin sie nicht anrufen? Wenn sie ihn auf seinem Handy anrufen will, ist immer nur die Mailbox eingeschaltet. Kein Herankommen an diesem Mann. Aber sie wußte, daß er regelmäßig bei seiner Mutter anrief, um sich nach ihrem Wohl zu erkundigen. Jetzt überkam Susanna eine unheimliche Wut, fast Haßgefühle auf ihren Konstantin. Konstantin war nicht nur ein Muttersöhnchen. Er war ein Langweiler, zumindestens aus der Entfernung gesehen. Oder gab es eine andere Frau?

Bärbel, schlau genug, daß ihr verbales Gegenüber in einer weitreichenden Beziehungskrise steckte, zwitscherte von ihrem tollen Walter, der auf einen Schlag zum Supermann mutierte.

„Ach, Walter ist einfach herrlich! Er ist so fürsorglich, so aufmerksam, so tierlieb. Er liebt seine Hunde über alles!"

Susanna dachte, nein Konstantin liebt mich über alles und dann die Kinder oder es ist einfach eine andere Art von Liebe, diese Kinderliebe. Und gegen Hunde war er ohnehin allergisch, ebenso wie gegen ihre Halter.

„Und in Streßsituationen behält Walter immer einen kühlen Kopf und managed alles so lässig, das finde ich so männlich an ihm", schwärmte Bärbel weiter ins Telefon.

Kein Wunder, das ist ja sein Job, dachte Susanna gehässig.

„Und er kann so herrlich faul sein, das liebe ich so an ihm", hörte Susanna ihre Freundin schwärmen.

Jetzt war der brennende Stich des Neides bei Susanna wieder da. Diese letzte Aussage ihrer Freundin war einfach so ehrlich, es hatte eine seltene Komponente von echter Tiefe, die sie sonst ihrer   in   Beziehungsfragen   eher   oberflächlichen, materialistischen   Freundin absprach. Sie gönnte es ihrer Freundin natürlich, aber sie gönnte es sich auch. Und hatte es nicht.

Doch sie erwiderte Bärbel: „Ich liebe Konstantin, weil ich mich bei ihm am liebsten mag."

Welcher Egoismus, Narzißmus steckte doch in dieser Liebe, oder entsprach es einfach dem lukanischen Doppelgebot der Liebe - "Liebe deinen Nächsten wie dich selbst!" ?

Nur faul, das war Konstantin nun wirklich nicht. Er war stinkendfaul, wenn es um den Haushalt ging. Ansonsten war er ständig gehetzt, gestreßt und mußte laufend den Berg von Arbeit, den er sich selbst auferlegte, vor sich herschieben. Im wahrsten Sinne des Wortes. Das halbe Schlafzimmer war voll von Bücherbergen, Zeitschriften, Kopien, die lose auf dem Parkett verteilt lagen, um Konstantin eines Tages den Titel Professor Dr. Lindemann zu verleihen. Diese staubige Atmosphäre der Wissenschaft - zumindest im Schlafzimmer - verletzte Susannas ästhetisches Empfinden manchmal so sehr, daß sie sich ein eigenes Schlafzimmer oder aber ein größeres Arbeitszimmer für Konstantin wünschte. Letzteres würde allerdings auch nichts nützen. Konstantin besaß nun mal die Angewohnheit, auch im Bett noch zu arbeiten. Das beste wäre, er würde einfach weniger arbeiten. Zeit für sie.

Und dieser verdammte Staub! Sie konnte den Holzfußboden in Anbetracht dieses Papierkrams nicht einfach fegen oder saugen. Nein. Sie konnte nur die große mittlere Fläche staubfrei halten, damit ja nichts von seinen Unterlagen durcheinander kam. Und so waren überall in den Ecken dicke Staubflusen, die, wenn es zu schlimm wurde, mit bloßen Händen aufgesammelt werden mußten. Vereinzelt mußte sie sich dabei verrenken, um diese hartnäckige Plage zu beseitigen. Susanna widerte es an. Es machte einfach keinen Spaß. Wenn das noch Jahre so weitergeht, würde sie noch mal an einer Stauballergie leiden. Soll er doch demnächst seinen Dreck selber wegmachen, Mister Arbeitsam! emanzipierten sich ihre Gedanken.

„Susanna, wir müssen mal wieder so ein richtiges Frauentreffen machen, bevor ich nach Boston fliege!"

„Das wäre prima! Wie wäre es in den Osterferien? Konstantin ist in der Zeit mal wieder auf Geschäftsreise und Astrid und Pia könnten dann auch vorbeischauen."

„Ja, super! Ich komme auf jeden Fall. Machs gut, Liebes. Wir telefonieren noch."

„Ich freue mich", beendete Susanna das Gespräch.

Gut gelaunt setzte sie sich mit einem Glas Wein an ihren Schreibtisch und begann ihre Unterrichtsvorbereitungen für den morgigen Tag. Sie hatte am nächsten Tag die Klasse 11c in eigenverantwortlichem Unterricht, und es war kein Fachleiterbesuch zu befürchten. Dies bedeutete, daß sie allein in der Klasse war, und das bedeutete wiederum keinen Streß. Sie überflog gedanklich nochmals die Lektüre, und stellte dabei fest, daß sie den Stoff beherrschte. Also packte sie ihre Unterlagen in ihre Schultasche, ging ins Wohnzimmer, schaltete den Fernseher ein und machte es sich noch ein bißchen gemütlich. Nach dem Spätkrimi ging sie hundemüde ins Bett und schlief wie ein Stein.

Auch am nächsten Tag kam sie nach Schulschluß mit guter Laune nach Hause. Die Deutschstunde verlief optimal und verging wie im Flug. Susanna wußte, daß diese Klasse sie besonders mochte. Und diese Sympathie beruhte auf Gegenseitigkeit.

Es war Dienstag, ihr Lieblingstag. Sie hatte an diesen Tagen immer etwas Zeit für sich und ihre Unterrichtsvorbereitungen. Pauline war am Dienstag den ganzen Tag bei Lindemanns und schlief auch dort. Das bedeutete Zeit und Ruhe. Susanna konnte sich dann ausschließlich um sich selber kümmern. Alles andere ging auch ohne kindliche Störungen viel schneller von der Hand.

Am Nachmittag saß sie erneut und mit Tatendrang über moderne Kurzgeschichten, das Thema der neuen Unterrichtseinheit. Sie hatte Spaß an dieser Thematik und gute Ideen im Kopf. Nach einer Weile aber wurden ihre kreativen Gedanken durch das Klingeln an der Haustür empfindlich gestört.

Verdammt! Auch das noch! Wer kann das denn sein? fragte Susanna sich aggressiv. Sie ging zur Tür und öffnete sie zaghaft.

Vor ihr standen ihre fettleibige Mutter und ihr gefräßiger Vater. Leibhaftig.

Auch das noch! Die haben mir gerade noch gefehlt! Susannas Gesichtszüge entgleisten.

„Hallo! Wir waren zufällig in der Nähe und ich bekam auf einmal so einen starken Kaffeedurst", donnerte Ingeborg lauthals durch die Diele. Ihre Stimme hatte sich ihrem Körperumfang angepaßt. Mit jedem Pfund mehr wurde sie lauter und gewaltiger. Und Susannas Alptraum war, so zu werden wie sie.

„Außerdem muß ich auch mal ganz dringend aufs Klo. In der Zeit kannst du ja schon mal den Kaffee aufsetzen. Aber mach dir keine Umstände. Wir wollen gar nicht lange bleiben. Also, du brauchst nicht erst zum Bäcker rübergehen und für uns Kuchen holen. Nicht wahr, Kalle? Oder was sagst du dazu?" und verschwand nach dieser indirekten Wunschäußerung nach kostenlosem Kaffee und Kuchen in Susannas noch schön duftendem Badezimmer.

Karl-Heinrich wollte natürlich gerne ein Stückchen Sahnekirsch!

Susanna ging gereizt in die Küche, nahm einen Kaffeefilter, goß Wasser in die Kaffeemaschine, wobei ihr ein Drittel danebenging, gab mürrisch acht Meßlöffel vom „Harmonischen" in dieselbe und drückte die Starttaste. Dann ging sie in die Diele, riß ihren Trenchcoat vom Garderobenhaken und verließ wutentbrannt das Haus in Richtung Bäckerladen. Draußen an der frischen Luft angekommen, schwor sie sich: „Nie wieder! Nie wieder werde ich meiner dicken Mutter Kuchen kaufen gehen! Heute ist es das allerletzte Mal!"

Nachdem sie für die Herrschaften die gewünschten Sahnestückchen gekauft hatte, plazierte sie diese zu Hause auf Kuchentellern, legte das Geschirr aufs Tablett und trug es in den Wintergarten. Dort saßen Krauses bereits wie die Creme de la creme auf Susannas edlen Korbstühlen und warteten darauf, bedient zu werden.

Womit habe ich das verdient? fragte Susanna sich fassungslos.

„Eigentlich habe ich ja gar keine Zeit", versuchte Susanna ihre Eltern zur Eile zu bewegen. Das interessierte Krauses überhaupt nicht.

„Ach Susanna, du mußt dich doch auch mal von dieser ewigen Büffelei erholen. Kind! Trink erst mal in aller Ruhe deinen Kaffee und genieße den schönen Nachmittag", tat Ingeborg sehr um das Wohl ihrer Tochter besorgt. Äußerst ungewöhnlich.

Dieser „Walfisch" – dies war ihr geheimer Spitzname – ist äußerst gerissen. So dumm ist sie doch wieder nicht, wenn's um ihre Belange geht. Dies mußte Susanna sich leider eingestehen.

Kalle indessen verschlang gerade sein zweites Stück Sahnekirsch, während er neidisch seine Umgebung betrachtete.

„Ihr wohnt ja ganz schön, muß ich immer wieder feststellen. Das kann sich heutzutage nicht jeder leisten. Ist diese Stehlampe neu?" fragte er mit einem mißgünstigen Unterton und zeigte mit seiner Kuchengabel auf die Terzanilampe. „War bestimmt nicht billig! Ich kenne mich da aus", fügte er fachmännisch hinzu.

Ingeborg stattdessen setzte sich wie üblich über das Rauchverbot hinweg. Als Aschenbecher benutzte sie einfach den leer gegessenen Kuchenteller. „Kalle, ich glaube, wir müssen Susanna demnächst mal einen richtig schönen Aschenbecher schenken! In einem ordentlichen Haushalt gehört so etwas einfach dazu. Ich muß hier schon den Kuchenteller benutzen."

Diese Asozialen! Gehen die mir auf die Nerven. Ich würde ja zu gerne meinen richtigen Vater kennenlernen. Ob der auch so ist? ging es ängstlich durch Susannas Kopf. Dabei beobachtete sie, wie ihre Mutter den Zigarettenqualm aus den dicken, von geplatzten Äderchen geröteten Wangen pustete. Nicht einmal vernünftig rauchen kann sie! Kein Hauch von Eleganz. Kaum zu glauben, daß sie früher einmal sogar sehr hübsch gewesen ist. Weit entfernt von diesem Monster hier.

Susanna wedelte die schlechte Luft von sich, was Ingeborg zum Kommentar verleitete: „Stell dich doch nicht so an. Früher hast du doch auch geraucht. Das bißchen Qualm hier."

„Ja, aber heute kann ich den Qualm nun mal nicht mehr ab. Und auch für Pauline ist es nicht gesund. Wir wollen nun mal nicht, daß bei uns geraucht wird", sagte sie streng.

„Kalle! Komm, laß uns gehen. Wir sind hier scheinbar nicht erwünscht", kommandierte Ingeborg mit beleidigter Miene ihren Gatten zum Gehen. Aber Kalle war auch satt und hatte nichts dagegen, den Korbsessel gegen sein Lümmelsofa einzutauschen.

Ein knappes „Tschüs" kam noch gerade über Krauses Lippen, schon waren sie draußen.

Susanna war stinksauer. So hatte sie sich ihren freien Nachmittag nicht vorgestellt. Eilig riß sie die Fenster auf, um den Wintergarten zu lüften. Danach räumte sie das schmutzige Geschirr in die Spülmaschine. Nachdem sie das Chaos beseitigt hatte, setzte sie sich wieder an ihren Schreibtisch. Dort atmete sie erst einmal tief durch, bevor sie zu lernen begann. Doch nach einer Weile wurde es ihr zu kalt. Sie stand auf, um die Fenster wieder zu schließen und sich eine Strickjacke zu holen. Auf dem Rückweg in den Wintergarten holte sie sich noch einen Apfel aus der Küche. Sie brauchte jetzt etwas Frisches, damit ihre Gedanken nach dieser lästigen Unterbrechung wieder auf Trab kamen.

Sie arbeitete ein paar Stunden durch. Problemlos. Irgendwann knurrte ihr der Magen. Sie guckte auf ihre Armbanduhr und stellte fest, daß es schon fast 20Uhr war. Wo Konstantin nur bleibt? Ich will mal wieder ausgehen! Zum Italiener! Ins Kino! Ach, Kino ist schon zu spät. Mist! Aber essen gehen! Wann kommt Konstantin endlich? Typisch, wenn ich mal Zeit habe, hat keiner Zeit für mich! Das Leben ist ungerecht! Vielleicht sollte ich mir auch eine schöne, heiße Badewanne gönnen und mich ein bißchen pflegen? Oder doch lieber Fernsehen gucken? fragte sie sich unentschlossen. Wie Langweilig! Susanna lief in die Küche und blickte in den Kühlschrank. Der Aufschnitt war auch schon ein paar Tage alt, der letzte Joghurt abgelaufen und auf Tiefkühlpizza hatte sie keine Lust. Wo bleibt Konstantin nur? Ich will heute abend essen gehen. Ich habe Hunger! Jetzt hörte sie einen Schlüssel und lief in die Diele.

„Konstantin! Kommst du auch noch mal? Ich warte schon die ganze Zeit auf dich. Laß uns essen gehen! Ich habe so einen Hunger! Komm, ich lade dich auch ein. Wir waren schon so lange nicht essen! " sagte sie mit vorwurfsvoller Miene.

„Ich schon! Ich komme gerade von Fernando. Ich war mit einem Arbeitskollegen noch auf einen Sprung. Ich dachte mir, du hast sowieso keine Zeit. Du mußt doch immer lernen", sagte Konstantin mit einer gewissen Schadenfreude.

„Dann laß uns wenigstens auf ein Bier ins Lulu gehen. Ich kann auch dort eine Kleinigkeit essen. Konstantin, bitte! Wir haben doch schon so lange nichts mehr zusammen gemacht. Bitte!" bettelte Susanna wie ein Kleinkind.

„Susanna. Ich habe aber jetzt keine Lust mehr wegzugehen. Ich habe morgen einen anstrengenden Tag vor mir", wehrte er Susannas Überredungskünste kategorisch ab.

„Du Langweiler! Nie hast du Zeit für mich!" beschwerte sie sich und krümmte sich vor Hunger.

„Komm, sei lieb Liebling! Ich ruf dir das Pizzataxi! Pizza Prosciutto?" versuchte Konstantin die Spannung zu lösen. Er wählte kurzum die Nummer seines Stammlokales, wobei er seiner ausgehungerten Susanna charmant zuzwinkerte, bestellte die Pizza und einen Salat dazu. Er wußte genau, daß Susanna zur Bestie werden konnte, wenn sie nichts im Magen hatte. Und auf Streß und Streit hatte er sowieso kein Verlangen, dafür umso mehr nach Susannas seidiger Haut.

„In einer halben Stunde kann mein Liebling essen. Bis dahin ist noch viel Zeit, und die Kinder sind aus dem Haus. Komm her zu mir!" Er nahm ihre Hand und zog sie zu sich heran, schaute ihr in die Augen und küßte sie wie schon lange nicht mehr.

„Du elender Schuft", kam es nach diesem Kuß aus ihren Lippen und war ihr kläglicher und gespielter Versuch, Konstantins Annäherungsversuch abzuwehren. Auch sie sehnte sich nach sinnlichen Streicheleinheiten. Sich einfach fallen zu lassen. Das Denken eine zeitlang auszuschalten. Nichts als Haut auf Haut zu spüren. Sie verschlang Konstantin als leckere Vorspeise, bis die Pizza kam.

Sie verstanden sich an diesem Abend glänzend. Sie spielten noch bei einer guten Flasche Wein eine Partie Schach, wobei ihre Worte und Blicke mehr miteinander spielten als ihre Bauern und Läufer. Sie taten wieder Dinge, die lange in Vergessenheit geraten waren. Fütterten sich gegenseitig mit Salzstangen. Lachten. Flirteten. Anschließend gab es eine prickelnde Nachspeise im Bett. Susanna wünschte, es würde immer so bleiben zwischen ihnen. Sie nahm sich vor, ihre Beziehung mehr zu pflegen.

******

Endlich waren die ersehnten Osterferien da. Susanna konnte ihre Zeit für drei Wochen frei einteilen und relativ streßfrei leben, soweit eine Mutter mit Kleinkind überhaupt streßfrei leben kann.

Konstantin hatte keinen Urlaub bekommen und mußte ferner noch auf Geschäftsreise gehen, so daß sie diesmal nicht in den Süden fahren konnten. Wieder keine Gemeinsamkeit! Stattdessen konnte sie allein mit Pauline die ersten sonnigen Nachmittage im Jahr auf dem Spielplatz verbringen und sich auf den Besuch von Bärbel, Astrid und Pia freuen. Auch ihr schwuler Freund Carsten wollte sie mal wieder beehren. Er erzählte ihr immer ausgiebigst von seinen phantastischen Männergeschichten. Ihm lagen die Männer zu Füßen. Er hatte ständig die Qual der Wahl und wollte und konnte sich nicht festlegen. Susanna warnte ihn andauernd vor der Gefahr der tödlichen Seuche, und schickte ihm immer als Beilage in ihren Briefen eine paar Kondome mit. Mann kann ja nie wissen! Sie freute sich auf seinen Besuch und seine bunten Schilderungen der Ruhrpottszene. Es war eine willkommene Abwechslung in ihrer kleinen Provinz. Auch suhlte sie sich in den nordischen Kneipen in seiner charmanten Begleitung. War Carsten doch eine richtige Augenweide, so daß sie den Neid der Besitzlosen spüren konnte.

Die Sonne war schon recht warm. Die ersten Bistrostühle standen vor den Cafés und blieben nicht lange leer. Das Leben fing wieder an zu pulsieren, der triste Winter hatte vorerst sein Ende gefunden.

Verliebte Pärchen turtelten in der Öffentlichkeit. Die Menschen setzten wieder ihre teuren Markensonnenbrillen auf und wollten sehen und gesehen werden.

Susanna freute sich auf den lang ersehnten, beschaulichen Wochenmarktbummel ohne Handschuhe und kalte Nase. Sie wollte sich den Frühling ins Haus holen, und dafür Narzissen, Tulpen und Stiefmütterchen kaufen. Auch freute sie sich darauf, endlich mal wieder ein tolles Essen zu zaubern. Stundenlang in der Küche zu stehen und Rezepte auszuprobieren. Anschließend in Ruhe, bei schöner, leiser Hintergrundmusik abends mit Konstantin - wenn Pauline schlief und Marlene sich in ihrem Zimmer durch Seifenopern und MTV zappte, sich dabei auf ihrem Bett lümmelte mit Chips und Orangensaft, denn Cola gab es in diesem Haushalt nicht - fürstlich im Wintergarten zu speisen. Über Gott und die Welt reden, und ihn mit allen Mitteln der Kunst zu betören: Gutes Essen, schöne Musik, guter Wein, edles Geschirr und eine attraktive Gesprächspartnerin in appetitanregendem Design.

Für dieses inszenierte Vorhaben brauchte sie frisches Obst und Gemüse, Champignons und Putenbrust, Salat und weitere natürliche Kostbarkeiten. Susanna war ganz begeistert. Sie konnte nach längerer Zeit wieder die gutsituierte Ehefrau spielen, die nichts anderes zu tun hatte, als sich um das Leib und Wohl der Liebsten zu kümmern. Ohne Zeitdruck. Ohne Schulstreß.

Völlig relaxt und äußerst zufrieden mit sich und ihrem Spiegelbild, verabschiedete Susanna sich von ihren beiden Töchtern mit Küßchen und letzter Ermahnung an Pauline: „Sei schön lieb und höre auf das, was Marlene dir sagt. Mama kommt bald wieder!" und verließ das Haus, um unbeschwert einzukaufen.

Sie fuhr heute das erste Mal wieder mit dem Fahrrad. Es war ein herrlicher Sonnentag im April. Blauer Himmel, ein lauer Wind, der sie liebkoste. Es war ein unbeschreibliches Freiheitsgefühl.

Als Susanna vor dem Obst- und Gemüsehändler stand, bei dem viel gekauft wurde, war sie ganz in Gedanken an einen schönen Abend mit Konstantin und träumte vor sich hin. Nach außen wirkte sie wie die Ruhe selbst, keine Nervosität, kein Zeitmangel, personifizierte Geduld, ganz im Gegensatz zu den alten Rentnerinnen, die nie Zeit hatten und sich pausenlos vordrängten. Plötzlich wurde Susanna durch eine wohlklingende männliche Stimme aus ihrer Traumwelt gerissen. „Was kann ich für Sie tun?"

Sie sah auf und blickte in zwei wunderschöne, azurblaue Augen, die sie zärtlich anschauten. Sie glaubte zu träumen. Diese Augen! Dieser Blick! Reinste Magie!

„Äh, ja, ich brau..., äh ich ich brauche ein ein Kilo Strauchtomaten, bitte!" stotterte sie und fühlte, wie ihre Gesichtsfarbe einer Tomate ähnlich wurde, dabei blieben ihre Augen an seinen haften wie Tapetenkleister. Warum muß ich jetzt stottern und rot werden? Verdammt noch mal! Er ist ganz anders als Konstantin, ging es ihr mit etwas schlechtem Gewissen durch den Kopf.

„Haben Sie noch einen Wunsch, schöne Frau?" lächelte er sie an. Sieht ja zum Anbeißen aus, diese Frau! Habe ich noch nie gesehen.

„Äh, ja, einen Lollo Rosso, einen Radiccio, äh und drei rote Paprika, ein Pfund Champignons, eine Salatgurke, eine Gemüsezwiebel, ein Kilo Äpfel... ", ratterte Susanna ihren Einkaufszettel rasch runter, als ob sie Angst hätte, sonst ihre Sprache zu verlieren.

Und wie süß! Sie wird ja leicht rot und verlegen. Was für eine Frau! Nicht so eine obercoole Karrieretussi oder eine dieser langweiligen, intellektuellen Studienrätinnen. Sie ist bestimmt verheiratet, dachte er, aber das ist heutzutage ja kein Hindernis mehr, sich trotzdem etwas zu amüsieren.

Oh, mein Gott, was passiert mit mir? Sehe ich auch gut aus? Wie behutsam er den Salat hält. Oh, mein Gott, mir wird schwindelig. Ich fühle mich ganz zittrig. Wie vorsichtig er ihn einpackt, daß auch ja kein Blatt kaputtgeht. Diese Hände! Eine Sinfonie der Zärtlichkeit. Wenn sie mich nur so halten würden! Diese Lippen! Küß mich, küß mich, küß mich, wünschte Susanna sich sehnlichst.

„Kann ich sonst noch etwas für Sie tun?" Soll ich nach ihrem Namen fragen? Mich mit ihr verabreden? Sie hat bestimmt schon ein Rendezvous, bei diesen Zutaten. Nein, einen Korb lasse ich mir nicht geben, dachte er stolz.

„Äh, ja, fünf Zitronen und ein Bund Petersilie brauche ich auch noch."

„Glatte oder krause?"

„Äh, wie bitte?" Dieser Blick! Susanna schluckte.

„Glatte oder krause Petersilie?"

„Glatte!"

„Wünschen Sie sonst noch etwas?"

Ja, tu doch endlich was! „Nein, danke, das wäre alles." Ich mag noch nicht gehen! Tu doch was! Du blöde Kuh! „Nein, ich meine, äh, ich brauche noch einen Brokkoli", zögerte sie das Ende noch ein bißchen hinaus. Ich kann doch nicht den ganzen Stand leerkaufen. Was soll ich nur machen?

„Das macht dann 46,80DM. Geht es so mit?"

Beim Hinüberreichen des Wechselgeldes und der Plastiktüten berührten seine warmen Finger Susannas kalte Hand. Dabei schenkte er ihr einen verliebten Blick. Tausend Blitze durchjagten ihren Körper, und ihre Hormone spielten total verrückt.

„Tschüs", verabschiedete sie sich mit trockener Stimme und griff dabei umständlich nach ihren Einkaufstaschen. Sie blieb noch eine Sekunde lang stehen, aus Angst, diesen Zauber zu zerstören. Gleichzeitig hoffte und erwartete sie, es möge irgendetwas geschehen.

„Bis bald", erwiderte der blauäugige Unbekannte mit einem vielsagenden Blick.

„Bis bald ", erwiderte sie hoffnungsvoll.

Beim Weggehen mußte sich Susanna wie unter Zwang noch einmal umdrehen, dabei sah sie direkt in tiefes Blau. Sie hob ihre freie Hand und warf ihm eine Kußhand zu, lachte ihn das erste mal kokett an, drehte sich um und ging mit klopfendem Herzen zu ihrem Fahrrad. Bis bald! Bis bald! Bis bald! hatte er gesagt, sang es melodisch in ihrem Kopf.

Als sie mit weichen Knien beim Fahrradstand angelangt war, mußte sie an den Spruch ihrer verstorbenen Oma denken: „Wenn du es am wenigsten erwartest, kommt die Liebe. Wenn es die wahre Liebe ist, zieht sie dir den Boden unter den Füßen weg."

Wie wahr, wie wahr! Ach, Oma! Susanna atmete tief durch und schob ein Weilchen ihr altes Hollandrad, damit sie nicht umkippte. Wann sehe ich diese blauen Augen wieder? Ich habe ihn noch nie auf dem Markt gesehen. Ironie des Schicksals. Ich wollte Zutaten für ein romantisches Dinner für Konstantin und mich besorgen, und dabei verliebe ich mich in einen Marktverkäufer. Ausgerechnet in einen Marktverkäufer. Ich! Lächerlich! schob Susanna diesen arroganten Gedanken fort, aber das Gefühl hatte sich schon wie ein Virus in ihr ausgebreitet.

Zu Hause angelangt, begrüßte sie ihre Kinder, als ob nichts gewesen wäre. Sie schob für beide eine Tiefkühlpizza in den Ofen und packte ihre Errungenschaften aus. Beim Anblick des Lollo Rosso, den sie liebevoll hin und her wendete, als ob sie dadurch seine Nähe herbeizaubern könnte, spielte sie die Situation von vorhin noch einmal in ihrer Phantasie durch.

Ach, verdammt! Ich habe mich einfach zu blöde angestellt. Und rot bin ich auch noch geworden. Was soll er jetzt von mir denken? Warum konnte ich nicht so cool sein und auf seine Frage „Was kann ich sonst noch für Sie tun?" erwidern: Heute abend 20 Uhr bei mir, Mozartstraße 8. Dort dürfen sie das bis dahin mutierte Gemüse kosten. Dabei hätte sie ihm einen 50 Markschein gereicht mit der Bemerkung: „Der Rest ist für einen guten Wein, den sie mitbringen werden." Lässig mit einem einladenden Lächeln wäre sie dann abgezischt.

Warum fallen mir immer zu spät so gute Sachen ein? Es ist doch jedes Mal das gleiche! ärgerte Susanna sich. Dabei fiel ihr siedendheiß ein, daß sie ihn gar nicht einladen konnte. Da war ja noch Konstantin. Den hatte sie schon ganz vergessen. Aber in der nächsten Woche? Genau, wenn Konstantin auf Geschäftsreise ist und bevor Bärbel und Astrid zu Besuch kommen. Bei diesem Plan fühlte sie sich schon etwas besser. Sie ging ins Bad und ließ sich ein wohlriechendes Verwöhnungsbad ein. Vor dem Spiegel übte sie, wie sie ihn das nächste Mal auf dem Markt begegnen und ihn am Ende auf jeden Fall zum Essen einladen würde. Doch leider ist ein Spiegelbild nur eine schnöde Illusion.

Sie schaltete das Radio ein und stieg in die Wanne. Sie ließ sich bis zum Hals ins aromatische Wasser gleiten und genoß die entspannende Wirkung des warmen Wassers. Im Radio lief gerade Peter Maffay „Blicke berühren sich ohne ein Wort und der Verstand verliert den Verstand...", sang er mit erotischer Stimme. Susanna schmolz dahin und küßte ihren Unbekannten hinter geschlossenen Augen. Auch ihre Blicke berührten sich ohne ein Wort. Es war   stillschweigende Leidenschaft. Leidenschaft ohne Körperkontakt. Leidenschaft - Leiden. Susanna litt sinnliche Qualen.

Irgendwann begann sie zu frieren. Das Wasser war fast kalt. Sie erschrak, denn sie hatte völlig die Zeit vergessen. Konstantin! Konstantin kommt in einer Stunde!!! Sie sprang aus der Wanne, rubbelte sich ab, warf sich schnell in Schale. Hektisch bereitete sie das Essen zu, dekorierte parallel den alten Mahagonitisch, ein Erbstück ihrer Oma. Mal summte und mal sang sie dabei Maffays Lied. Es war ein Ohrwurm, der sie nicht losließ: „Sonne in der Nacht, was hast du gemacht?"

Trotz der knappen Zeitspanne schaffte sie es wie geplant. Alles war perfekt. Fast perfekt. Bis auf die Tatsache, daß sie mit Konstantin verabredet war und nicht mit ihrem Traummann.

Sie saß Konstantin in ihrem schwarzen T-Shirt mit tiefem Ausschnitt, welcher ein optimales Blickfeld auf die Waffen einer Frau bot, gegenüber. Ihre blaugrünen Augen funkelten an diesem Abend mehr als sonst. Sie sah einfach entzückend aus.

Konstantin bezog den faszinierenden Glanz auf sich und seinen vermeintlichen, unwiderstehlichen Charme. Und alle Anzeichen gaben ihm scheinbar recht.

Susanna war bestens gelaunt, plauderte amüsant drauflos, und spielte für Konstantin die Verliebte. Eine Verliebte spielte die Verliebte. Sie tauschte gedanklich die beiden Männer einfach aus, tat so, als ob der Marktverkäufer ihr gegenüber säße und nicht Konstantin. Dabei war sie sich ihrer tollen Wirkung auf ihren Lebensgefährten bewußt, und merkte wie sehr er ihr Beisammensein genoß. Dies gab ihr wiederum ein Gefühl der Wiedergutmachung. Es war ein Pflaster für ihr nicht so reines Gewissen. Andererseits war es für sie wie eine Generalprobe eines Theaterstückes, das beim Publikum gut ankam. Sie spürte, daß sie immer noch begehrenswert war und daß sie, wenn sie wollte, den Männern den Kopf verdrehen konnte. Es war   ein prickelndes Spiel, das lange in Vergessenheit geraten war.   Nun konnte   sie   ihr schauspielerisches Talent unter Beweis stellen. Solange sie kein festes Date mit ihrem Traummann in der Hand hatte, mußte Konstantin zum Üben herhalten. So einfach war das. Besser einen Spatz in der Hand, als eine Taube auf dem Dach.

Das köstliche Essen war eine Spur zu salzig, aber das störte Konstantin nicht. Er bemerkte es gar nicht. Er war seit langer Zeit verliebt. In Susanna. Sie hatte ihn an diesem Abend völlig in ihren Bann gezogen. Für ihn war es spürbar mehr als die normale Erotik. Er hatte dieses Kribbeln im Bauch, diese unbeschreibliche Leichtigkeit des Seins. Es zählten an diesem Abend nur noch sie beide. Keinen Gedanken an die Firma, keinen Gedanken an morgen. Nur das Hier und Jetzt war wichtig. Der einzige Zukunftsgedanke war die Freude auf den Nachtisch, der diesmal sehr vielversprechend aussah: Woman in black.

Nach einer wundervollen, zärtlichen, realen Nacht mit Konstantin und einer Traumnacht mit dem Marktverkäufer, stand Susanna morgens gutgelaunt auf.

Alles ging ihr leicht von der Hand. Sie knuddelte öfter mit Pauline und ging nicht bei jeder Kleinigkeit in die Luft. Auch die Hausarbeit war nur eine angenehme Nebensache, bei ihrer fiktiven Beschäftigung mit **IHM.** Sie konnte an gar nichts anderes mehr denken. Sie war total verknallt.

Am Nachmittag schnappte sie sich ihre kleine Tochter und ging mit ihr in die City. Sie mußte sich unbedingt die CD von Peter Maffay kaufen, denn das Lied ging ihr nicht mehr aus dem Sinn. Es war wie für sie geschrieben. Normalerweise hörte sie keine deutschen Schlager, aber wie sang es sich doch so schön: „Eine neue Liebe ist wie ein neues Leben...“

Während sie durch die Einkaufszone bummelte, suchten ihre Augen nach seinen. Doch vergebens. Wäre ja auch zu schön gewesen, ihm gleich wieder zu begegnen, dachte sie sich. Dabei fiel ihr wieder seine wohltuende Stimme ein. „Bis bald“, hatte er ihr zugeflüstert. Aber wann soll das denn sein? fragte sie sich angsterfüllt. Natürlich Dienstag. Sie sehnte sich nach Dienstagvormittag. Dienstag ist wieder Wochenmarkt. Am Dienstag hatte sie ihn getroffen. Dienstag war sowieso ihr bester Wochentag. Und am folgenden Dienstag war Konstantin nicht da. Aber bis Dienstag war es noch fast eine ganze Woche hin. Das halte ich nicht aus. Vielleicht arbeitet er ja auch Freitags. Freitag ist ebenfalls wieder Markt. Dann sehe ich ihn endlich wieder! Noch zweieinhalb lange Tage! zählte sie. Sie erschienen Susanna endlos. Aber Freitag war besser als Dienstag.

Sie ging in die nächste Parfümerie. Dort probierte sie verschiedene Lippenstifte und Düfte aus. Sie entschied sich für einen langhaftenden, rotbraunen Lippenstift, dazu den entsprechenden Konturenstift, und kaufte sich für ihr neues Lebensgefühl das passende Parfüm. „Be good. be bad. just be."
Nachdem sie ihren kosmetischen Konsumrausch gestillt hatte, fühlte sie sich befriedigt. Sie kaufte ihrer kleinen Tochter in der gegenüberliegenden Buchhandlung noch ein Bilderbuch für 26,80DM. Pädagogisch wertvoll, versteht sich. Als dies erledigt war, machte sie sich auf den Weg zu ihrer neuen Freundin Heike. Sie hatte das dringende Bedürfnis, ihre neue Erfahrung jemandem mitzuteilen. Heike war ein Mensch, dem sie vertrauen konnte. Sie konnte Geheimnisse für sich bewahren. Da sie Single war, gab es auch keinen Mann, dem sie es weitersagen konnte. Susanna konnte sich also sicher sein, daß, käme es zu einer Affäre, ihr Versteckspiel von Heike nicht verraten werden würde. Im Gegenteil. Susanna hätte eine Verbündete, die sich mit starker Neugierde die neuesten Stories brühwarm erzählen ließ.

Heike bewohnte allein eine kleine Zweieinhalbzimmerwohnung unter dem Dach eines heruntergekommenen Altbaus. Es war hier nicht der Luxus zu finden, den Susanna gewohnt war. Aber es hatte etwas sehr Gemütliches und Eigenwilliges. Innenleben. Die Wände waren alle in einem warmen Gelb gestrichen und dienten zum Teil als Fläche für Heikes Sammelsurium an nostalgischen Bilderrahmen, Kinoplakaten und Photographien. Auch sonst war die Wohnung voll von Nippes und Firlefanz. Susanna fühlte sich wie in einem Kaufhaus. Sie wußte gar nicht, wo sie zuerst hingucken sollte. Alles unnütze, aber schöne Dinge, die in einem wahren Chaos miteinander lebten. Und dann das Bett! Eine 2x2 Meter große Lümmelwiese, die mit einem tigerfellähnlichen Stoff bedeckt war, auf der sich eine Vielzahl von roten Herzchenkissen, gleichermaßen aus felligem Stoff, tummelten. Auf ihrem Nachttisch befanden sich ein Stapel Bücher, eine tigerfellbezogene Lampe, ein riesiger Wecker, eine angebrochene Schachtel Milka-Herzchen. An der Wand über dem Bett hing ein goldener, großer Bilderrahmen mit zwei barocken Putten als Motiv. Auch sonst hingen von der Decke überall goldene Engel herunter. Man kam sich fast wie im Himmel vor.

Susanna fühlte sich in dieser anderen, exotischen Atmosphäre sehr wohl. Auch die Unordnung überall, fand sie gar befreiend. Nicht, daß sie diese bei sich zu Hause auch haben wollte. Das nicht. Aber hier war ein Freiheitsgefühl zu spüren. Kein Mann und keine Kinder! Sie war so froh darüber, daß sie endlich wieder jemanden hatte, zu dem sie hingehen konnte, den sie besuchen konnte. Wie früher.

Heike freute sich ebenfalls, daß Susanna einfach bei ihr vorbei kam. Ungezwungener, spontaner Besuch. Überhaupt Besuch. Seit dem Referendariat lebte sie hier an der Küste, und es war das erste Mal, daß sie nicht alleine in ihrer Wohnung war. Außer einer Menge Arbeit wartete niemand auf sie. Einsamkeit. Mit niemanden sprechen können. Dies fehlte ihr besonders, wenn nicht alles so glatt verlief im Job oder umgekehrt, und sie ihre Freude und ihr Leid nicht teilen konnte. Um so mehr freute sie sich über die Freundschaft mit Susanna. Zuerst fand sie Susanna ein wenig arrogant. Das legte sich schnell, denn im Grunde ihres Herzens war sie es nicht. Aber es mag auch der Neid gewesen sein, dachte sie. Wer möchte nicht so aussehen wie sie?? Und so leben wie sie? Ein Leben in Luxus, ein Mann, zwei Kinder. Alle gesund und munter.

Die beiden Frauen saßen sich in der winzigen, unordentlichen und zusammengesuchten Küche beim Kaffee gegenüber. Susanna schwärmte ununterbrochen von ihrer neuen Bekanntschaft.

„Du glaubst gar nicht, was für blaue Augen er hat. So was hast du noch nie gesehen. Ich sag dir, hin und weg bin ich, seitdem ich sie gesehen habe", dabei tat sie einen tiefen Seufzer.

„Ach, du Glückliche! Frühling und Verliebtsein. Was Wunderbareres kann es doch gar nicht geben", stimmte der ungewollte Single Heike in die Schwärmerei mit ein.

„Doch, wenn der Traum wahr würde, wäre besser", sagte Susanna. „Ach", seufzte sie, „ich weiß noch nicht einmal seinen Namen. Ich habe quasi gar nichts in der Hand. Kein Date.

Nichts. Gar nichts. Ich kann nur auf Freitag warten, um ihn auf dem Markt wiederzusehen."

„Nur Geduld, Susanna. Gut Ding will Weile haben."

„Und was mache ich dann? Was ist, wenn ich schon wieder rot werde und zu stottern anfange?" Susanna rutschte nervös auf ihrem Stuhl herum. „Ich bin total aufgeregt. Ich kann es kaum erwarten, bis endlich Freitag ist. Hast du noch einen Kaffee für mich?"

„Klar!" Heike schenkte beiden die Tassen noch einmal randvoll. „Du wirst ihn einfach ganz cool ansprechen und ihn nach seinem Namen, Adresse und so weiter fragen. Sprechen kannst du doch, oder? Also, ein Kinderspiel", schlug Heike vor.

„Mama, ich will auch spielen!" ergriff Pauline das Wort.

„Jetzt nicht! Jetzt möchte Mama mit Heike reden, mein Liebling. Setz dich auf Heikes kuscheliges Bett und gucke dir dein neues Bilderbuch an. Okay?"

„Na, gut", willigte die Kleine ein.

„Hier! Nimm noch ein paar Keckse mit. Krümmel aber nicht alles voll!" ermahnte Heike.

„Wo waren wir stehengeblieben? Ach ja! Also noch einen einfallsloseren Vorschlag kannst du wohl nicht machen?! Wenn du so bei allen deinen Favoriten reagierst, ist es kein Wunder, daß du immer noch solo bist", frotzelte Susanna.

„Wie kann man verliebt sein und gleichzeitig so gemein?" gab Heike ihr zurück. „Und mal im Ernst, willst du nur eine heiße Affäre oder willst du dich von Konstantin trennen?" fragte die Pragmatikerin. „Wie läuft es eigentlich zur Zeit mit dir und ihm?"

„Ach, er ist teilweise wieder wie zum an die Wand werfen. Aber erst mal lasse ich natürlich alles beim alten, schon allein aus finanziellen Gründen. Ich habe lieber einen Spatz in der Hand als eine Taube auf dem Dach. Verstehst du? Und dummerweise liebe ich diesen Kotzbrocken ja auch noch irgendwie. Jedenfalls bilde ich es mir täglich ein."

„Vielleicht solltest du ihn mal so richtig an die Wand werfen. Mag ja sein, daß er innen ja doch anders ist als man denkt. Und du hast sogar einen kleinen Prinzen, ohne es zu wissen."

„Sehr witzig! Du hast wohl zu viele Märchen gelesen? Aber im Ernst, du würdest dich doch auch so verhalten? Oder?“

„Na klar! Würde ich genauso machen, hätte ich die Wahl. Aber mich will ja keiner“, fing Heike an zu jammern.

„Bei deinen miesen Anmachversuchen auch verständlich. Und das Referendariat und die Schule frißt einen ja auch noch auf“, versuchte sie ihre Freundin zu trösten. „Wie wär's mit dem Schiller? Ist der nichts für dich?“ fragte Susanna ironisch und grinste dabei unverschämt.

„Na, dann bleibe ich lieber mein Leben lang allein. So nötig habe ich es nun auch wieder nicht. Wie war das noch in der Werbung? 'Ich bin Single und glücklich. Ich bin Single und glücklich. Soll das denn immer so weiter gehen?'“ äffte sie filmreif nach.

Beide Frauen lachten herzhaft.

„Wie war das noch? Gut Ding will Weile haben.“

„Jedenfalls bin ich froh, Dich getroffen zu haben. Sonst würde ich noch vor lauter Einsamkeit zu Grunde gehen“, sagte Heike auf einmal ernsthaft.

„Mir geht es doch genauso wie Dir“, stimmte Susanna ein. „Auch ich fühlte mich in diesem Kaff einsam und verlassen. Trotz Familie!“

„Aber Du wirst aus Frust nicht dick wie ich“, klagte Heike.

„Na ja, dick bist Du nicht. Etwas pfundig vielleicht. Aber das kann man ja ändern.“

Susanna, deren zweites Unterrichtsfach Sport war, schlug ihrer etwas pummeligen Freundin vor, sie bei ihren Sportübungen ab und an zu begleiten. So könnten sie ihre geringe Freizeit zusammen verbringen und ihre Figur in Form halten beziehungsweise bei Heike in Form bringen, denn der Sommer stand schon in den Startlöchern. Heike stimmte ihrer Freundin zu. Gelegentlich wollte sie in ihre alten Sportklamotten schlüpfen und sich von ihrer Freundin körperlich quälen lassen. Für sie war Sport Mord. Aber was tut frau nicht alles für ihre Schönheit?

Es wurde ein schöner Frauennachmittag.

Daheim angelangt, wartete Konstantin schon auf sie. Er hatte für sie sogar gelbe Tulpen mitgebracht, ihre

Zweitlieblingsblumen. Ihre Lieblingsblumen waren Sonnenblumen, aber die gab es im Frühjahr ja nicht.

Das darf doch nicht wahr sein. Die ganzen letzten drei Jahre behandelt er mich quasi wie Luft. Und ausgerechnet jetzt, wo ich mich in einen anderen verliebt habe, wird er romantisch. Fehlt mir nur noch, daß er seine Geschäftsreise abbläst. Aber dann wird er mich kennenlernen, schwor sie sich insgeheim.

„Gab es die irgendwo umsonst?" stichelte sie.

„Euch Frauen soll einer verstehen. Wie Mann es macht, macht er es verkehrt", verteidigte er sich beleidigt und zog seine bekannte Leberwurstmiene. „Ich wollte mich doch nur für den schönen Abend bei dir bedanken", murmelte er ihr gekränkt zu und blickte betroffen auf den Boden.

„Das ist doch sonst nicht deine Art", stellte sie spöttisch fest.

„Sonst hatten wir auch lange nicht so einen schönen Abend", dabei schaute er ihr tief in die Augen.

„Das stimmt", beschloß Susanna das Rededuell zu beenden. Er tat ihr auf einmal ein bißchen leid und sie schämte sich für ihre zickige Art. Hätte sie den Marktverkäufer nicht kennengelernt, wäre sie vor Freude an die Decke gesprungen. Sie stellte sich auf ihre Zehenspitzen und gab ihm einen versöhnlichen Kuß. Konstantin erwiderte ihn zärtlich. Und eines mußte Susanna ihm lassen. Konstantin konnte wirklich wahnsinnig gut küssen.

****

Endlich rückte der Freitag in Greifweite. Susanna konnte vor lauter Aufregung nicht einschlafen. Sie wälzte sich von einer Seite auf die andere. Morgen würde sie ihn endlich wiedersehen. Endlich. Ihr Herz schlug ihr bis zum Halse.

Nach einer viel zu langen Nacht, die ihr endlos erschien, wachte sie unausgeschlafen und mit Augenrändern auf.

„So ein Mist", fluchte sie zu ihrem Spiegelbild hinüber. Und diese Haare! Entsetzlich! Keine Spannkraft!

Plötzlich hielt sie inne und horchte auf. Was war das denn? Dieses Geräusch kam ihr doch sehr bekannt vor. Sie eilte zum

Fenster, zog die Gardine einen Spalt beiseite und sah entsetzt hinaus.

Es goß in Strömen.

Ausgerechnet heute! Verflucht! Bei dem Wetter mag man ja nicht mal einen Hund rausschicken. Kein ideales Wetter zum Flirten.

Sie fluchte.

Dann lief sie schnell zu ihrem Lehrerkalender, um sich zu vergewissern, daß es nicht Freitag der 13. war. Sie war leicht abergläubisch. Doch erleichtert stellte sie fest, daß dem nicht so war. Es war der 16. April.

Sie lief wieder ins Bad zurück. Sie wollte sich schminken. Doch fiel ihr ein, daß es besser wäre, heute auf ihren Lidstrich zu verzichten. Nicht daß sie am Ende auch noch mit verschmierten, schwarzen Augen vor **IHM** stand. Wie peinlich! Also entschied sie, ungeschminkt zu bleiben. Langsam wurde sie nervös. Wann verschwindet Konstantin endlich? Hat der heute eine Leitung.

Sie ging zu ihm in die Küche und tat belanglos. „Ein Glück, daß Marlene heute vormittag da ist, so kann ich bei diesem Sauwetter alleine einkaufen gehen."

„Ja, ja. Sitzt meine Krawatte richtig? Ich habe gleich einen Gerichtstermin. Weiß noch nicht, wann ich zurück bin", nuschelte er.

Hoffentlich nicht so früh, dachte sie sich.

Als er endlich gegangen war, ging sie wieder ins Bad. Sie wollte sich vergewissern, ob sie immer noch so schlimm aussah. Der Spiegel blieb hartnäckig. Es war einfach nichts zu machen. Auch der Regen ließ nicht nach.

Sie mußte ihre Regenjacke anziehen. „Wie sexy", zischte sie zynisch. Soll ich einen Regenschirm mitnehmen? Nein, besser nicht. Zu spießig! Er würde mich sonst noch in die Schublade der Modepüppchen stecken. Das durfte auf keinen Fall passieren. Außerdem lagen ihre Haare heute sowieso nicht. Jedenfalls in dieser Hinsicht kam ihr der Regen gerade recht.

Susanna erkannte auf einmal, daß **ER** nicht gerade modebewußt ausgesehen hatte. Was hatte er überhaupt an? fragte sie sich das erste Mal. Aber sie konnte es beim besten

Willen nicht sagen. Sie wußte es nicht. Bei diesen Augen war auch alles andere unwichtig. Sekundär.

Sie erinnerte sich nur an sein Gesicht und daran, daß er einen dunklen Dreitagebart trug. Sie stand auf so etwas. Sie fand das männlich. Verwegen.

Konstantin war immer glatt rasiert. Außer am Wochenende. Da kam er nicht aus seinen Joggingklamotten raus. Es war ja so gemütlich und bequem. Und den Rasierer schien er permanent verlegt zu haben. Er verlotterte.

Das war in Susannas Augen nicht männlich, sondern luschig. Unerotisch obendrein!

Susanna zog sich nicht nur ihre orangefarbene Regenjacke an, sie stieg auch noch in gleichfarbige Gummistiefel. Farblich zu perfekt abgestimmt, befand sie. „Ach, was soll's", tat sie in der nächsten Sekunde ihren Einspruch gleich wieder ab. Egal. Steh doch einfach dazu, sagte sie sich.

Als sie fertig angezogen war, verabschiedete sie sich von ihren Kindern, verließ das Haus, stieg ins Auto und fuhr mit klopfendem Herzen zum Markt. Sie parkte ihren Fiat so, daß man ihn vom Markt aus sehen konnte. So konnte **ER** ihr Kennzeichen erkennen und sie in der Rubrik „Er sucht sie" der Stadtzeitung ausfindig machen. Sie lief zögernd zum geliebten Stand.

Doch weit und breit war kein blauäugiges Prachtexemplar von Mann zu sehen. Nichts!

Der ganze Aufwand war also umsonst. Susanna traten vor Wut Tränen in die Augen. Ich blöde Kuh! Das habe ich nun davon, wenn ich Männern hinterherlaufe. Geschieht mir ganz recht!

Oma Tilda hatte es mir auch immer gepredigt: "Renne nie einem Mann hinterher! Keiner von ihnen ist es wert!" Wie wahr, wie wahr. Ach, Oma!

Die dicke, bäuerliche Verkäuferin, die Susanna noch nie leiden konnte, kam zu ihr und fragte: „Was kann ich für Sie tun?"

„Nichts!" entkam es Susanna. „Danke, ich brauche nichts." Sie wendete sich schnell um, und rannte zu ihrem Auto. Die Marktverkäuferin schüttelte indessen verständnislos den Kopf.

Tränen der Enttäuschung kullerten Susanna über ihr nasses Gesicht. Tränen und Regen. Totale Trostlosigkeit.

„Scheißkerl! Verdammter! Susanna haute aufs Lenkrad. „Bis bald! Bis bald!" äffte sie ihn auf einmal verzerrt nach, schaute sodann in ihren Rückspiegel und streckte sich die Zunge raus.

Zorn trat plötzlich an die Stelle von Melancholie.

„Ich dumme, eingebildete Kuh. Reinste Verkaufsstrategie eines Marktverkäufers. Und ich dusselige Kuh bin darauf reingefallen. Wenn hier einer blauäugig ist, dann bin ich das. Von wegen Traummann! Blödmann kommt der Sache schon näher!" steigerte sie ihre Wut von sich auf ihn.

Sie schaltete ihren Seelentröster Tic Tac Toe ein, die gerade „Verpiß Dich" jaulten und brauste mitsingend los. Sie fuhr ziellos durch die Stadt und nicht nach Hause. Sie brauchte jetzt das Gefühl der eigenen vier Wände, des Abreagierens mit lauter Musik, und dazu war ihr kleiner Fiat genau richtig. Sie liebte ihr Auto und konnte sich ein Leben ohne ihren grünen Froschkönig, wie sie ihn nannte, gar nicht mehr vorstellen.

Sie bemerkte im Rückspiegel, daß sie einfach fürchterlich aussah. Sie bog auf einmal zielstrebig um die Ecke und fuhr zu den „Haarschneidern", dem Szenefriseur der Stadt. Das war es, was sie jetzt brauchte. Eine neue Frisur.

Bei diesem Sauwetter hatte sie wahrscheinlich Glück, und konnte ohne lange Wartezeit drangenommen werden. Und sie hatte Glück. Pierre, der schwule Meister, hatte Zeit für sie.
Sie setzte sich auf einen der gepolsterten Drehsessel. Eine Auszubildende eilte sofort herbei. Sie legte ihr die Krepphalskrause und den lila Umhang um, und deckte sie mit Modejournalen ein.

„Möchten Sie eine Tasse Kaffee?" flötete sie dienerhaft.

„Ja, sehr gerne. Mit Milch und Zucker bitte", forderte Susanna königlich.

Pierre tänzelte zu ihr und fragte sie, was denn gemacht werden sollte. Dabei fummelte er ihr im Haar rum und meinte fachkundig mit schwulem Akzent: „Schulterlang mit einem frechen, französischen Fransenpony wäre ausgesprochen apart." Seine Aussage unterstützte er mit einer schwungvollen, rechten

Armbewegung zum modisch bebarten Kinn, welches er überlegend kraulte.

„Gut. Von mir aus schulterlang mit diesem Pony. Dazu möchte ich noch meine Wimpern und die Brauen gefärbt bekommen."

„Aber natürlich! Schwarz die Augen und dunkelbraun die Brauen?"

„O.K.", bestätigte Susanna seinen Vorschlag.

„Einen klitzekleinen Moment noch. Es geht gleich los. Sybille!" rief er seinem Azubi zu.

Nebenan saß eine beträchtlich gealterte Frau mit kurzen, spärlichen, rotgefärbten Haaren. Der Ansatz ihrer grauen Strähnen war schon deutlich sichtbar. Der andere homosexuelle Friseur Holger fragte seine Stammkundin, was er diesmal tun sollte.

„Die ganze Wolle muß ab", gestikulierte sie wild und zeigte dabei auf ihre drei Haare. „Viel zu lang ist diese Wolle schon", sagte sie als ob sie Haare wie aus dem Journal hätte.

„Da gebe ich Ihnen recht, (der Kunde ist immer König), Frau von Bergius", schleimte er geschäftstüchtig. „Und die Farbe?" fragte er vorsichtig weiter.

„Natürlich wieder rot. Dunkelrot, mein Lieber!" forderte sie.

„Wie Sie wünschen. Dunkelrot steht Ihnen auch außerordentlich gut, Frau von Bergius", säuselte er.

Susanna mußte das erste Mal wieder lächeln. Leute gibt's, dachte sie, es ist schon komisch. Die rothaarige Sybille kam angestöckelt und steckte ihre gepflegten Hände in Plastikhandschuhe, um Susanna gekonnt den Kopf zu waschen.

Einfach herrlich, sich von zarten Frauenhänden verwöhnen zu lassen, auch wenn sie in Plastik stecken. Und dann diese Kopfmassage. Susanna entspannte sich zusehends. Sie genoß diese sanften Streicheleinheiten und das bißchen Small- Talk.

Wenn bloß dieser anschließende Blick in den grellbeleuchteten Spiegel nicht so gnadenlos wäre. Fürchterlich sah man so fast ohne Hals und bunten Klemmen im nassen Haar aus. Dies stellte Susanna immer wieder fest. Und langsam kroch die Angst in ihr hoch, daß heute ein schlechter Tag für einen neuen Haarschnitt sein könnte. Ich sehe sicher nachher noch schlimmer aus als vorher. Und dieser Pony? Vielleicht doch zu gewagt? Nachher mag mich nicht mal Konstantin leiden. Nein, nein tat sie die Gedanken ab. Pierre ist ein Könner auf seinem Gebiet. Also, Augen zu und durch.

Doch beim Haareschneiden folgten ihre Augen akribisch Pierres geübten Fingern. Ritsch-Ratsch fielen die dicken, nassen Haare auf den Boden. Man hätte daraus eine vollständige Perücke anfertigen können. Hilfe! ging es furchtsam durch Susannas Hirn. Sie sah abgefressen aus. Und dieser lila Umhang gab ihr den Rest. Sie wurde immer nervöser und fing an zu zappeln. Wäre sie bloß zu Hause geblieben, schoß es ihr durch den Sinn. Pierre bemerkte die Angst seiner Kundin und versuchte sie zu beruhigen, daß sie ihm ruhig vertrauen könnte. Sie wäre schließlich in den besten Händen. Bevor die Haare gefönt wurden, kam die unangenehme Prozedur des Wimpernfärbens an die Reihe. Das Resultat war aber immer sehenswert. Susanna tröstete sich etwas mit dieser Aussicht und sagte sich, „wer schön sein will, muß leiden", während die schwarze Farbe auf ihren Augen klebte. Schließlich wurden ihre Haare geformt und gefönt.

Das Ergebnis war schließlich umwerfend. Pierre hatte sich mal wieder selbst übertroffen. Susanna sah mit ihrer neuen Frisur noch hinreißender aus als vorher. Er betrachtete sie wie ein Künstler sein Meisterwerk. Er schlich um sie herum und nochmals herum und rief dann entzückt aus: „Fantastisch! Einfach fantastico! Einfach fantastico!"

Nachdem er sich wieder eingekriegt hatte, ging es zur klingelnden Kasse. Das fantastische Kunstwerk kostete auch nur die Kleinigkeit von 137,50DM. Fast geschenkt! Aber was soll's, dachte sich Susanna. Ich fühle mich zumindest äußerlich wieder wohl. Und der Regen hatte auch aufgehört. Wie heißt es doch so schön: „Haare gut, alles gut." Ach, wenn das nur so einfach wäre.

Wieder selbstbewußt und fast wie neu stieg sie in ihr altes Auto und fuhr nach Hause. Dort angelangt wurde sie von Marlene angepflaumt.

„Das hat aber lange gedauert. Du wolltest doch nur einkaufen fahren."

„Na, wie findest du mich?" fragte Susanna und drehte sich dabei selbstverliebt um ihre eigene Achse.

„Ach, beim Friseur war die Dame also. Und ich kann mich die ganze Zeit um das Monster hier kümmern. Mir reichts!“ protestierte die gutmütige Tochter.

„Ich bin kein Monster!“ kam Pauline angerannt.

„Doch, bist du wohl!“ suchte Marlene Streit.

„Nein, bin ich nicht!“ heulte die Kleine.

„Jetzt reicht es!“ versuchte Susanna zu schlichten.

„Mein Liebling, wie findest denn du deine Mami mit ihren neuen Haaren?“ versuchte sie sich Bestätigung zu ergattern.

„Oh, toll! Mami, du siehst toll aus!“ Begeistert klatschte sie in ihre kleinen Händchen.

„Danke, mein Schatz!“ dabei warf sie ihrer ältesten Tochter einen bösen Blick zu.

Marlene ging angenervt in ihr Zimmer und knallte ihre Tür hinter sich zu. Sie fühlte sich schlecht behandelt, warf sich aufs Bett und heulte los. Susanna tat ihre boshafte Reaktion leid. Sie wollte ihre Tochter nicht verletzen, tat es aber dennoch. Sie wußte auch nicht, welcher Teufel sie geritten hatte. Eitelkeit!?

Als Konstantin heim kam, traute er seinen Augen kaum. Susanna sah in der Tat noch ein bißchen schöner aus. Er nahm sie in die Arme und küßte sie begeistert, dann schob er sie ein wenig von sich und sagte: „Siehst toll aus!“

„Danke“, sagte sie ehrlich erfreut, drehte sich nochmals um sich selbst und küßte ihn wieder.

Der Marktverkäufer war vorerst vergessen.

****

Konstantin mußte am nächsten Tag seine Sachen packen. Die Geschäftsreise stand bevor. Susanna war gar nicht so glücklich darüber, wie sie immer dachte. Sie hätte auch gerne mal die Ferien und ihre Zeit mit ihm verbracht. Zumal sie sich im Moment sehr gut verstanden. Und so ein Urlaub hätte ihnen beiden bestimmt sehr gut getan. Weg vom Alltag. Raus aus der Routine. Anderes Essen, andere Leute. Zeit zum Leben, Zeit zum Lieben. Aber es sollte nicht sein und Bärbelchen wollte sie natürlich auch noch vor ihrem großen Flug ins Land der unbegrenzten Möglichkeiten sehen. So mußte sie zumindest nicht allein und frustriert ihre Ferien verbringen.

Als sie sich schweren Herzens von Konstantin verabschiedet hatte, räumte sie erst einmal auf. Danach fuhr sie mit Pauline zum Supermarkt. Sie hatte schließlich ab morgen ein paar Gäste zu bewirten. Dort angelangt, setzte sie die Kleine in den Einkaufswagen und schob ihn durch die vollbepackten Gänge. Gott sei Dank! Pauline hatte an diesem Tag ihren guten Tag. Sie saß lieb da und knabberte an ihrem Milchbrötchen, ohne zu nerven. Doch als Susanna mit dem randvollen Wagen an der Kasse angelangt war, ging es los.

„Mama!!!! Ich will dies und ich will das!" forderte das Kind mit quengeliger Stimme, wobei sie die Dinge, die sie greifen konnte, gleich aufs Fließband legte. Furchtbar! Diese Quengelecken gehörten verboten! Susanna hatte keine Lust auf noch mehr Streß und ließ daher einiges durchgehen. Keine konsequente Erziehung, dachte sie. Aber was soll's? Ihre Nerven waren ihr heute wichtiger als Geld und Erziehung.

Nach einem so unbedeutend dahinplätschernden Tag, lümmelte sie sich abends im bequemen Nickyhausanzug auf dem Sofa. Sie stopfte sich Süßigkeiten en masse in den Mund, trank ihren geliebten Lambrusco und hörte dabei Peter Maffay. Dadurch angeregt, dachte sie an **IHN**.

Das Telefon läutete. Für den Bruchteil einer Sekunde dachte sie, er wäre es. Telepathie oder soetwas. Doch den Rest der Sekunde dachte sie, Bärbelchen riefe an, um zu sagen, wann sie und die anderen kommen wollten.

„Hallo, Schubert-Lindemannn."

„Ich bin es. Heike. Habe das Alleinsein satt und muß unbedingt mit jemandem reden."

„Ja, toll! Ich habe auch gerade nichts zu tun, außer mich mit Schokolade vollzustopfen. Reinste Übersprungshandlung! Mir fehlen die berühmten Streicheleinheiten."

„Ach, wem sagst du das!" seufzte Heike mitfühlend. Plötzlich fragte sie verwundert.„Nanu, was hörst du denn da?"

„Ach, nichts!"

„Wie nichts? Ich höre doch so etwas wie Musik," beharrte Heike.

„Ja, Peter Maffay. Hab ich mir neulich gekauft, war ein Angebot. 15,-DM!" gestand sie zu ihrer eigenen Schande.

„Und da konntest du selbstverständlich nicht an diesem Warzentyp vorbei", bemerkte Heike mit höhnischem Gelächter.

„Eben. Bei diesem Sonderangebot! Ich müßte ja blöd sein, wenn ich nicht zugegriffen hätte", setzte sie sich zur Wehr.

„Naja, dann konntest du wohl nicht anders. Du weißt ja, bald habe auch ich die Grenze überschritten. Ich werde in zwei Wochen dreißig!!! Und dann höre ich Roger Whittaker."

Beide Frauen lachten lauthals.

„Da kannst du Gift drauf nehmen, die CD schenke ich dir!"

„Du, blöde Kuh!"

„Danke, danke, sehr charmant."

Susanna fühlte sich immer wohler in Heikes Gegenwart. Man brauchte bei ihr kein Blatt vor den Mund zu nehmen und konnte herrlich rumalbern. Sie hatten Spaß miteinander, und Konkurrenz kannten sie füreinander nicht. In ihrer funkelnagelneuen Freundschaft war es ein Fremdwort. Anders hingegen war die Beziehung zu Bärbel oftmals von Neid und Konkurrenz begleitet. Nichts Ernstes, doch immerhin latent vorhanden. Subtil. Sie waren sich sehr ähnlich. Zu ähnlich? Beide Frauen waren sehr attraktiv und mit gutverdienenden Männern liiert? Sie waren Erfolg, Glanz und Luxus gewöhnt. Keine wollte der anderen in irgendeinem Punkt nachstehen. Trotzdem liebten sie sich, und waren, wenn es darauf ankam, immer füreinander da. Und das schon seit der 9. Schulklasse, also seit über zwanzig Jahren.

Später rief sie bei Bärbel an, um sich zu vergewissern, wann sie mit Astrid und Pia ankommen würde. Herrlich, ein richtiges Frauentreffen! Wie früher, bevor alle ihre eigenen Wege gingen. Susanna freute sich riesig.

Am nächsten Nachmittag war es dann auch soweit. Ihre Freundinnen trudelten ein, und es gab zunächst eine herzliche und stürmische Begrüßung. Die Koffer und Taschen der drei Frauen standen kreuz und quer in der Diele herum und hätten wochenlang für eine ganze Hotelbelegschaft ausgereicht. Alle schnatterten durcheinander wie die Gänse. Sie hatten sich ja soviel zu erzählen. Aber zunächst wurde das große, tolle Haus begutachtet. Konstantins Haus.

Susanna führte ihre alten Freundinnen darin herum, als ob sie Fremdenführerin einer tollen Stadt mit vielen Sehenswürdigkeiten wäre. Und ihr Freundeskreis tat ihr den Gefallen und lobte ihren ausgefallenen und guten, aber teuren Geschmack in Einrichtungsangelegenheiten. Doch Astrid, die mittlerweile verbeamtete Gymnasiallehrerin, konnte sich den neiderfüllten Kommentar nicht verkneifen, daß Susannas frühere, kleinere Wohnung doch auch ihre Vorzüge hatte. Damals herrschte ein gesundes Chaos aus Jaffakisten und zusammengesuchtem Plunder vom Flohmarkt oder Sperrmüll. Das teuerste waren Küchenstühle von Ikea. Doch Bärbel, die ein noch luxuriöseres Leben führte als ihre Busenfreundin, griff schnell ein, und erwiderte:

„Diese Freakzeiten sind doch heutzutage vorbei. Es war eine schöne Zeit. Damals. Aber die Zeiten ändern sich nun einmal. Was vorbei ist, ist vorbei. Und das ist auch gut so! Oder möchtest du heute noch von Apfelsinenkisten essen und dich dazu im Schneidersitz auf den Fußboden hocken?" fragte sie rhetorisch. Dabei wußte sie genau, wie Astrid lebte. Fast wie vor fünfzehn Jahren. Sie war eben eine eingefleischte Lehrerin.

Die kleine Pia, die in der Werbebranche tätig war, hatte für soviel nostalgische Schwärmerei auch keinen Sinn. Schon allein beruflich bedingt, mußte ständig was Neues her. Innovation und nicht Restauration. Und gegen Geld hatte sie noch nie eine Aversion.

Schließlich setzten sich die Weiber an den gedeckten Tisch, aßen, tranken, lachten und redeten bis spät in die Nacht. Es war eine Nacht der Erinnerungen. Eine lange Nacht.

Am nächsten Tag genossen alle die frische Luft am Meer. Sie waren vom vielen Wein und zu wenig Schlaf ganz schön kaputt. Ihre Köpfe brummten, ihre Gesichter waren blaß. Frische Luft und Bewegung war das einzige, was ihre müden Lebensgeister wieder wecken konnte und natürlich eine Aspirin.

Einige Touristen bevölkerten schon die Strandpromenade oder aalten sich bequem in ihren bunten Strandkörben im

Sonnenschein. Es war schon richtiges Urlaubsfeeling. Wenn auch noch sehr frisch.

Nach einem ausgiebigen Strandspaziergang, setzten sich die Frauen erschöpft in ein kleines Strandrestaurant, aßen Fisch und tranken Bier.

„Sex muß man in einer langen Beziehung kreativ gestalten, sonst wird er langweilig", philosophierte Astrid, die natürlich mit einem Lehrer verheiratet war.

„Du meinst so eine Art Verkleidungssex", wollte Pia, die Solistin, wissen.

„Naja, so ein Paar Nylons sind doch auch sehr reizvoll", warf der blonde Vamp Bärbel ein, die auch den Film >9 1/2 Wochen< hätte spielen können.

„Na klar, sind doch auch Reizwäsche", dozierte Susanna.

„Kein einzig attraktiver Mann weit und breit, und dabei bin ich jetzt heiß wie ein Vulkan", bedauerte Pia.

„Da hilft nur eines, ab ins Meer mit dir, das kühlt dich sofort wieder ab", meinte Astrid sachverständig.

„Auch mein Schwarm ist nicht in Sichtweite", lüftete Susanna endlich ihr Geheimnis.

„Erzähl! Wie heißt er? Was ist das für einer? Wie sieht er aus?" wollten alle gleichzeitig wissen und starrten Susanna mit großer Erwartung auf aufregende Neuigkeiten an.

„Ich weiß nicht, wie er heißt. Ich weiß eigentlich überhaupt nichts von ihm."

„Hat er wenigstens einen knackigen Hintern?" wollte Pia wissen.

„Den Hintern habe ich gar nicht gesehen", fiel Susanna blitzartig ein.

„Das gibt es doch gar nicht! Das ist doch das erste, wohin eine Frau gucken soll!" empörte sich Pia und schüttelte ihren Kurzhaarschnitt.

„Ach, Susanna ist wahrscheinlich bis über beide Ohren verknallt und vor lauter Liebe mal wieder blind", gab Astrid zum besten.

„Das mußt du gerade sagen. Dein Ralf-Dieter ist doch auch nur in einer finsteren Nacht zu ertragen", stichelte Bärbel. Sie konnte diese unscheinbare Maus von Frau mit ihren Birkenstocks, nicht mehr gut vertragen. Sie ging ihr ziemlich auf die Nerven, und sie bedauerte, daß sie nicht alleine mit Susanna ihre letzten gemeinsamen Tage vor ihrem Boston - Trip verbringen konnte.

„Das geht jetzt aber entschieden zu weit. Mein Ralf-Dieter ist ausgesprochen intelligent", warf Astrid beleidigt ein.

„Wozu brauche ich einen intelligenten Mann? Schön muß er sein! Intelligent bin ich alleine", warf Pia feministisch ein.

„Genau, schöne Männer braucht die Frau", bestätigte die Femme fatale.

Alle prosteten sich wieder zu und lachten. Der aufkommende Streit hatte nochmals eine gute Wendung bekommen. Und alle waren froh darüber. Schließlich mussten sie noch zwei ganze Tage miteinander auskommen. Es ist unmöglich, die verlorene Vergangenheit in die Gegenwart zurückzuholen. Die vier Frauen, die vor Jahren sehr viel zusammen unternommen hatten, hatten sich spürbar auseinandergelebt. Lediglich Bärbel und Susanna verband eine unzertrennliche Freundschaft.

In einem Augenblick des Alleinseins auf dem Klo, lästerten sie über die anderen beiden und bereuten, die Zeit nicht alleine genutzt zu haben.

„Das war wohl keine besonders glänzende Idee von uns. Und Astrid geht mir total auf den Keks", stöhnte Bärbel.

„Und mir erst. Ich hoffe, ich werde nicht wie die. Aber so sind eben Lehrer. Du kannst mich gar nicht genug bemitleiden, daß ich fast täglich dieser Sorte Mensch ausgesetzt bin. Unerträglich, sage ich dir. Einfach unerträglich."

„Ich habe dich immer gewarnt! Aber du wolltest ja unbedingt dieses Lehramtsstudium absolvieren. Also mußt du da wohl durch", sagte Bärbel im strengen, mütterlichen Tonfall, der so gar nicht zu ihr passte.
„Ja, ja, ja, ich weiß. Das Leben ist hart, aber gerecht", seufzte Susanna.

„Und Pia ist auch nicht mehr das, was sie mal war. Na ja, wenigstens ist sie nicht so unerträglich häßlich wie Astrid", beurteilte Bärbel erbarmungslos.

„Ich finde ihren Kurzhaarputz sogar sehr süß. Steht ihr ausgesprochen klasse. Aber ein Tag hätte auch gereicht. Ich wäre viel lieber mit dir alleine. Vor allem, weil du blöde Kuh

nach Boston fliegst und mich hier solange im Stich läßt."
Susanna tat beleidigt.

„Ach, Boston. Du kannst doch zu mir fliegen, und mich besuchen. Ob München oder Boston. Die Welt ist doch so klein. Ist doch ein Katzensprung, das Ganze."

„Ja, trotzdem", beharrte Susanna.

„Dich hat es scheinbar schwer erwischt. Schlimmer als eine Grippe. Ich sehe, du bist schwer verknallt", konstatierte Bärbel.

„Ja, schwer und unglücklich. Ich kenne ihn nämlich nicht. Und wahrscheinlich sehe ich ihn auch nie wieder", klagte Susanna seufzend ihr Leid und lehnte sich an Bärbel. „Nie wieder!" jammerte sie.

„Ach, Susannchen! Im Frühling spielen doch alle verrückt. Zumindest die Hormone. Vielleicht findest du ihn beim zweiten Blick auch gar nicht mehr so toll?" gab sie zu bedenken.

„Und wenn doch? In unserem Alter ist es gar nicht mehr so einfach, sich von seinem langjährigen Partner zu trennen, um einfach so zu einem anderen zu gehen. Da ist die Angst, die einen quält. Ist es auch richtig so? Ist er wirklich viel besser als der alte?" bemerkte Susanna.

„Erstens sind wir nicht alt. Zweitens kann dir niemand sagen, ob irgend etwas richtig ist oder nicht. Du mußt es eben ausprobieren. Vielleicht schmeckt es phantastisch, vielleicht auch nicht. Oder du bist schnell gesättigt oder wirst dick und fett!" gab Bärbel ihre Weisheit zum besten.

„Nein, bloß nicht dick und fett!" rief Susanna entsetzt.

„Das war sinnbildlich gesprochen, Frau Lehrerin. Das müsstest du doch wissen!"

„Ja, jaa. Trotzdem! Schließlich sind Konstantin und ich schon so lange zusammen. Und Pauline und Marlene? Was ist mit ihnen?"

„Du machst dir immer viel zu viel Gedanken. Außerdem mußt du dich ja nicht von Konstantin trennen. Eine heiße Affäre tuts doch auch. Und ansonsten ist es dein Leben. Und du mußt dich halbwegs gut fühlen. Höre also auf damit, dir ständig um alles und jeden Gedanken zu machen. Die Dialektik deines Denkens macht dich sonst noch ganz fertig", meinte Bärbel besorgt.

„Und dein alliterarisches Gerede auch. Komm, laß uns zu den anderen gehen. Wir könnten ja in der neuen Einkaufspassage etwas shoppen gehen?" schlug Susanna vor.

„Gute Idee. Was kostet die Welt?" holte Bärbel ihr altes, gemeinsames Motto hervor.

„Nichts!" brüllten beide und fielen sich lachend in die Arme.

Sogar die knauserige Astrid war einverstanden, durch die Geschäfte zu bummeln. Kaufte aber nichts. Die anderen kamen vollbepackt mit Tüten nach Hause.

Es wurde ein teurer Nachmittag, nur nicht für Astrid.

Die restliche Zeit verlebten die vier Frauen, gemeinsam mit Susannas Töchtern, in harmonischer Weiberatmosphäre. Trotzdem waren alle froh, sich wieder verabschieden zu können. Zuviel Nähe tat keiner Beziehung auf Dauer gut.

****

Einige Tage später, Konstantin war wieder da, saß Susanna spät abends noch an ihrem Schreibtisch und arbeitete diszipliniert. Konstantin war indessen hundemüde, rief ihr eine „Gute Nacht" zu, und ging ins Bett.

Allmählich hatte sie keine Lust mehr zu lernen, holte sich eine Flasche Jever Pils aus der Küche, schaltete das Radio ein und kramte einen großen Karton aus ihrem Holzregal hervor. Darin lagen viele Photos. Ein Kasten der Gedenkstunde. Sie liebte es, in ihrer Vergangenheit zu schwelgen. Abends im Dunkeln, beim Kerzenschein. Allein.

Sie guckte sich einige Bilder genau an, bis sie ein besonderes Photo festhielt und es lange betrachtete. Konstantin und sie braungebrannt unter einer Palme sitzend, mit einer King Kokonut in der Hand und die Milch mit einem Strohhalm schlürfend. Beide sahen glücklich und verliebt aus.

Sie lehnte sich genüßlich zurück und schloß ihre Augen, um wiedermals in die Vergangenheit zu reisen.

Damals in Sri Lanka verlebten sie und Konstantin wunderbare Wochen. Es war die erste große Reise in Susannas

Leben. Ihre Oma hatte sie ihr zum Abitur geschenkt. Sie wußte es noch genau. Als sie nach einer stundenlangen Flugreise aus dem Jumbo-Jet gestiegen waren, umhüllte sie warme, feuchte Luft wie eine Wolldecke. Sie war in Colombo. Sie! Susanna Schubert!

Sie spürte eine ganz andere Welt und roch diesen unvergesslichen Duft. Der Duft der großen, weiten Welt. Ein Gemisch aus Gewürzen, Meer, Blumen, Abgasen und Verwesung. Sie wird ihn niemals vergessen.

In ihrem geräumigen Hotelzimmer angelangt, schmissen sie ihre Taschen aufs Bett und liefen hinaus auf den Balkon, von dem sie einen berauschenden Blick aufs türkisfarbene, glitzernde Meer hatten. Welch ein Traum!

Schnell tauschten sie ihre Reiseklamotten gegen Badezeug ein. Dann gingen sie die Marmortreppe runter, entlang der Rezeption, um in den tropischen Palmengarten zu gelangen. Dieser lag direkt am kilometerlangen, fast menschenleeren Sandstrand. Es war wunderschön. Einfach überwältigend.

Glücklich über soviel Erlebnis rannten sie Hand in Hand ins schäumende Meer. Sie tobten ausgelassen und verliebt im warmen Indischen Ozean, der ihnen wie eine riesige Badewanne vorkam. Es gibt Momente im Leben, die vergißt man nie.

In einer funkelnden Sternennacht gingen sie am Strand entlang, setzten sich nach einer Weile auf eine verlassene Lagune. Ihre Sinne überschlugen sich. Sie waren erregt und begierig nach der Haut des anderen. Ihre von der tropischen Sonne aufgeheizten Körper liebten sich im Rhythmus der tobenden Wellen. Es war wie ein Rausch. Eine Vollmondnacht. Eine ceylonesische Nacht.

Susanna schaute aus dem Fenster und sah den deutschen Vollmond durch einen Schleier von Wolken. Es toste der friesische Wind. Friesisch herb und etwas kalt wie das Bier in ihrem Glas. Zwischen ihren Augenbrauen begann leise, sich eine kleine Falte den Weg zu graben. Eine Spur der Enttäuschung, der Vereinsamung.

In ihrer Kleinfamilie fühlte sie sich mehr und mehr isoliert und frustriert. Und vor allem ihr Liebesleben war öde wie eine

Steppe. Sie sehnte sich nach Zärtlichkeit. Nach warmen Streicheleinheiten. Wie es früher einmal war.

Fröstelnd ging sie ins Bett, wo Konstantin schon schnarchend und selbstzufrieden lag. Auf seinem Nachttisch stand das obligatorische Fläschchen mit dem Nasenspray. Doch es zeigte mal wieder keine Wirkung. Konstantin schnarchte trotzdem.

Dieses schlafstörende Geräusch nervte sie immer mehr. Sie konnte so einfach nicht einschlafen. Sie fühlte sich belästigt. Dazu verlassen, einsam und vergessen.

Blitzartig packte sie seine Nase und hielt sie drei Sekunden zu.

Für eine kurze Zeit klappte es auch. Konstantin atmete ruhig, Susanna entspannte sich.

Doch dann war dieses lästige Geräusch wieder da, diesmal lauter als vorher. Ach nein! Das kann ja kein normaler Mensch aushalten. Susanna wurde wild. Sie setzte sich aufrecht ins Bett, klatschte dreimal mit voller Wucht in die Hände und schmiß sich schnell zurück in die Kissen. Sie fühlte ein Gefühl der Rache, das so süß war wie die Liebe, in sich aufsteigen.

Konstantin war wach und sie konnte jetzt endlich einschlafen.

*****

Die Ferien gingen zu Ende. Bis zu den Sommerferien bedeutete dies überwiegend pauken. Die Nase in die Bücher stecken als Ersatz dafür, sie in die Sonne zu halten. Keine Zeit für sich haben. Und das im Sommer. Susanna tat sich schon jetzt so furchtbar leid.

Als sie das Schulgelände betrat, drehte sich ihr der Magen um. Hoffentlich überstehe ich den ganzen Kram. Hoffentlich falle ich nicht durch die Lehrproben. Hoffentlich geht die Zeit schnell vorbei. Hoffentlich...

Sie betrat das Lehrerzimmer, schaute zuerst pflichtbewußt ins Mitteilungsbuch der Schule. Sie las die neue Meldung noch einmal: Der Schulleiter, Herr Hofmeister, wird morgen um 10Uhr in der Aula verabschiedet.

Nein! Auch das noch!

Er war der einzig vernünftige Mensch an dieser Schule. Außer Heike natürlich. Er war nicht so aufgeblasen, verknöchert, besserwisserisch wie die anderen Kollegen und Kolleginnen. Er war schlichtweg sympathisch. Menschlich. Er hatte so etwas Väterliches an sich. Susanna mochte ihn sehr.

Zudem besaß er bei Examina kein geringes Mitspracherecht, was die Notengebung betraf. Und er konnte Susanna gut leiden.

Susanna ging sofort zu Heike, die schon wie Falschgeld zwischen den anderen Beamten saß. Sie ging direkt auf sie zu, während sie artig für alle ein „Guten Morgen" murmelte.

„Du, ich glaube, ich habe das Pech gepachtet. Jahresabo sozusagen! Der Hofmeister geht!" sagte sie mit Trauermiene als wäre er gestorben.

„Ja, das habe ich auch schon gelesen. Schöne Scheiße."

„Ausgerechnet der! Weißt du schon etwas über den Neuen?" fragte Susanna.

„Nee, nur daß das ein Dr. Andreas Kirschbaum sein soll. Mathematik und Religion sind seine Fächer", informierte Heike.

„Oh, was für eine Kombination!" sagte Susanna mit leicht zynischem Lächeln.

„Ja, hör mir auf mit diesen Pfaffen. Das sind doch die Schlimmsten", kommentierte Heike.

„Hoffentlich ist mit diesem Kirschbaum auch gut Kirschen essen", stieß Susanna leicht panisch aus. „Wenn nicht, sehe ich schwarz für meine Lehrproben."

„Nicht nur für deine! Aber für meine sehe ich sowieso mehr als schwarz. Ich mag gar nicht daran denken, daß wir in ein paar Wochen damit dran sind. Das kann einem ja jegliche Laune versauen. Und das bei diesem schönen Wetter", sagte Heike gequält.

„Ja, mit der Sonnenanbeterei wird es in diesem Jahr wohl nichts. Aber leider nicht wegen schlechten Wetters", konstatierte Susanna.

„Nein. Wegen Zeitmangel und blöder Büffelei. Aber tröste dich, wahrscheinlich müssen wir in Zukunft vor dem Unterricht gemeinsam beten. Unseren neuen Schulleiter anbeten", meinte Heike.

„Da kann er lange warten", sagte Susanna entschieden.

„Allerdings. Ich bin nämlich überzeugter Atheist", brüstete Heike sich.

Beide Frauen fingen an zu kichern.

„Was gibt es denn hier so zu lachen?" fragte Kollegin Brusendorfer mit böser Miene.

„Sie haben recht. Eigentlich nichts! Hier kann einem wirklich das Lachen im Halse stecken bleiben", sagte Susanna frech.

„So eine Unverschämtheit. Das hätten wir uns damals mal erlauben sollen." Frau Brusendorfer bebte der viel zu große Busen. Ihr Codename bei den Schülern war auch Busendorf. Das Busendorf ist im Anmarsch.

„Ja, was wäre dann, Frau Brusendorfer?" mischte Heike sich forsch ein.

„Also, ihr Benehmen läßt zu wünschen übrig. Ich glaube, ich muß demnächst mal mit dem neuen Schulleiter sprechen. Über Umgangsformen der Referendare. Guten Tag." Sie drehte sich empört weg und ging.

„Hört, hört!" alberte Heike.

„Hoffentlich wird uns das Lachen nicht ganz vergehen", beendete Susanna spielverderberisch den Spaß.

„Ach, komm, laß den Kopf nicht hängen. Die alte Zicke kann uns doch mal", sagte Heike.

„Nicht nur diese alte Zicke. Das komplette Kollegium! Wenn ich diese Graupen bloß sehe." Susanna schüttelte sich angewidert.

„Ja, man könnte eine billige Suppe aus denen kochen", alberte Heike wieder.

„Igittigitt! Mir ist schon schlecht!"

Es klingelte zum Unterricht.

„Guck dir den Schiller an. Der hat sich tatsächlich doch noch eine neue Tasse Kaffee eingeschenkt, obwohl er jetzt in der Zwölften Deutsch hat. Ich muß nämlich jetzt bei ihm hospitieren. Das darf doch nicht wahr sein! Dieser faule Sack!" entrüstete sie sich.

„Das sollte sich mal eine von uns erlauben. Dann wäre die Schikane perfekt", erwiderte Heike.

„Und weißt du, was die Unverschämtheit überhaupt ist? Gleich verlabert er wieder fast die ganze Stunde, wie faul und unfähig seine Schüler sind. Einfach zum Kotzen!" ärgerte sich Susanna über soviel Ungerechtigkeit.

„Du sagst es. Aber sorry, ich muß jetzt schnell zum Unterricht. Sonst bin ich nichts besser als diese Besserwisser hier", dabei schaute sie einmal in die Runde.

„Du hast ja so recht. Also, laß uns losgehen."

Susanna ging auch schon mal ins Klassenzimmer der 12. Klasse und setzte sich hinten in eine Ecke. Von dort konnte sie ein durchaus wichtiges Gesicht machen, während sie aus dieser gesicherten Position alle Schüler wie im Kino beobachten oder einfach ihren eigenen Gedanken nachhängen konnte.

Endlich kam der Schiller mit den Requisiten eines Lehrers - Uhr, alte Tasche und Kreide - im schäbigen Outfit hereingetrudelt. Bevor er sich ans Pult setzte, strich er sich seine spärlichen, schmierigen grauen Haare zur linken Seite glatt. Anschließend strich er sich genüßlich über seinen feisten cholersteringetränkten Bauch, als ob er ihm sagen wollte: Gleich gibt es was zu essen. Schüler. Dies war sein tägliches Ritual, bevor er zu sprechen anfing und ersetzte praktisch die Begrüßung.

Dann hielt dieser Pauker, wie Susanna vorausgesagt hatte, zu Beginn der Stunde seine bekannte, ellenlange Standpauke. Es war ein längerer Vortrag über die mündliche Beteiligung seiner Schüler im Unterricht. Diese ließ natürlich sehr zu wünschen übrig. Er versuchte, teils wie ein Pastor teils wie ein Inquisitor, seine Schäfchen zur Umkehr zu bewegen.

Er kritisierte mit messerscharfem Unterton, dabei wollte er doch den Witzigen miemen, seine Pennäler. „Die Fehlqoute vor den Ferien, insbesondere Freitags, war sehr enorm. Es ist doch sehr schade, daß vor dem Wochenende die Leute krank werden. Das ist doch nicht normal. Vor allem, wenn man diese Herrschaften Samstags putzmunter bei Aldi palettenweise Dosenbier kaufen sieht. Meine Damen und Herren, so geht das einfach nicht weiter. Ich sage es Ihnen nochmals. Sie müssen ihre aktive Beteiligung am Unterricht zeigen, und zwar in einem guten Deutsch!"

Nach dieser Forderung begann er seinen Unterricht immer noch nicht, sondern ging zuerst in aller Seelenruhe die Anwesenheitsliste seiner Schüler durch, kommentierte wieder das eine oder andere, sammelte irgendwelche Hefte ein und teilte andere wiederum aus. Für den verbleibenden Unterricht standen jetzt noch ganze 18 Minuten zur Verfügung. Dann stellte er die unterrichtsbezogene Leitfrage: „Was verbinden Sie mit dem homerischen Epos?"

Stillschweigen in der gesamten Klasse.

Nur das Rascheln der Blätter an den Bäumen draußen war zu hören. Ein Vogel zwitscherte fröhlich daher und freute sich des Lebens.

Susanna fühlte sich unangenehm berührt. Sie wühlte in ihrem literarischen Gedächtnis. Fehlanzeige! Kein Homer und dergleichen waren dort zu finden. Sie tat dabei sehr konzentriert, als ob sie eine überaus wichtige Beobachtung über das Schülerverhalten auf ihrem Notizblock festhalten müßte.

Überraschend meldete sich eine Schülerin und sagte zaghaft: „Die Illias!?"

Schiller hakte nach und fragte weiter: „Und was verbinden Sie mit der Illias?"

Wiederholtes peinliches Schweigen.

Ein neunmalkluger Schüler meldete sich und gab zum Besten: „Na, Homer!"

Die Klasse grölte, der Schiller verzweifelte, Susanna hatte Angst, gefragt zu werden.

Endlich ging die Stunde zu Ende, und Susanna atmete befreit auf. Zum Glück fand gleich die Abschiedsfeier statt, so daß sie mangels Zeit nicht mehr mit dem Schiller über den Unterricht sprechen mußte. Dabei hätte sich vermutlich herausgestellt, daß ihre literarischen Kenntnisse enorme Lücken aufwiesen. Und dies wäre Susanna äußerst peinlich gewesen. Stattdessen ging sie aufs Klo, zog sich ihre Lippen nach und machte sich schweren Herzens auf zur Aula.

Diese war schon gerammelt voll. An der rechten Seitenwand lockte ein großes, gutsortiertes Büfett mit vielen leckeren

Köstlichkeiten. Nicht gerade billig. Der Hofmeister hatte sich nicht lumpen lassen. Der Duft von kaltem Braten, verschiedener Salatsorten, Käse, Aufschnitt, Obst, frischem Brot und Kaffee erfüllte den Saal und ließ jedes Lehrerherz höher schlagen. Auch standen Dutzend Flaschen Sekt zum Leertrinken bereit. Zum Champagner reichte es denn doch wieder nicht.

Susanna suchte unsicher nach einem freien Platz. Sie haßte diese Art von Festivitäten, vor allem mit Leuten, mit denen sie ungern zusammen war. Und noch mehr haßte sie, so schutzlos dazustehen, von allen begafft zu werden und dabei nicht zu wissen wohin. Erleichtert sah sie Heike winken, die für sie einen Stuhl reserviert hatte.

„Danke. Echt fähig von dir."

„Ist doch klar! Glaubst du, ich habe Lust hier meinen Hintern zwei Stunden alleine platt zu sitzen!?"

„Siehst du den neuen Schulleiter?" fragte Susanna von Neugier erfüllt.

„Nee, aber der muß bestimmt da vorne irgendwo sitzen. Die wichtigen Personen sitzen doch immer in der ersten Reihe", sagte sie gesellschaftskritisch.

Susanna erhob sich, um besser gucken zu können. Auf einmal wurde ihr ganz komisch im Bauch und ihr Kopf fühlte sich fiebrig heiß an. Sie ließ sich auf ihren Sitz fallen und vergrub ihren Kopf in Heikes Arm.

„Halt mich fest. Ich glaube, mich trifft der Schlag. - Das ist **ER**!" entwich es ihren Lippen. Susanna wußte nicht, ob sie heulen oder lachen sollte.

„Wer ist er?" fragte Heike begriffsstutzig nach.

„Na, mein Marktverkäufer!" stieß Susanna einen Schrei aus.

Einige Kollegen grummelten ihren Unmut über soviel kindisches Verhalten, und sie erhielt dafür strafende Blicke von allen Seiten.

„Wie peinlich! Ich möchte am liebsten im Erdboden versinken", sagte sie kleinlaut zu Heike.

„Ach, freu dich lieber, daß du ihn endlich wiedersiehst. Das nenne ich Schicksalsfügung! Aber von wegen Marktverkäufer. Schulleiter ist er. Und muß in den Ferien noch nebenbei schwarz arbeiten. Solche Leute habe ich zum Fressen gern", sagte sie streng.

„Psssst, nicht so laut!" sagte Susanna nervös.

„Frau Wagner, Frau Schubert! Könnten Sie bitte Ihr Sprachvermögen etwas reduzieren", kam es aus der hinteren Reihe.

Beide Frauen nahmen Haltung an, atmeten tief durch, machten feierliche Gesichter, bis sie vor unterdrücktem Lachen prusten mußten.

Die lange Abschiedsrede von Herrn Hofmeister begann... . Danksagung, beste Wünsche äußern, Gratulation, Händeschütteln, Überreichung eines Blumenstraußes... Huldigendes Geklatsche setzte ein. Nun kam endlich der Neue auf die Bildfläche. Ein Mann. Ein Bild von einem Mann. Er stand lässig auf dem Podium und eröffnete seine Antrittsrede: „Liebe Kolleginnen und Kollegen...", dabei streiften seine Augen durchs Publikum und blieben bei Susanna haften. Ihre Blicke berührten sich aus meterweiter Entfernung.

Da war es wieder, dieses unbeschreibliche und doch so oft beschriebene Gefühl. Liebesgefühle. Verliebtheit. Leidenschaft.

„Der sieht gar nicht so schlecht aus für einen Lehrer, und wie ein Religionslehrer sieht er schon gar nicht aus", flüsterte Heike in Susannas Ohr.

„Du sagst es", schmolz Susanna förmlich dahin, ihre Augen funkelten wie das Meer in der Sonne.

„Hey! Ich habe noch im Ohr, daß du den neuen Schulleiter nicht anbeten wolltest", dabei stieß Heike ihren Ellenbogen leicht in Susannas linke Seite.

„Was man nicht alles so sagt in seinem jugendlichen Leichtsinn", spottete sie zurück.

„Susanna, der Wendehals!" frotzelte Heike weiter.

„Blöde Kuh!"

Das Kollegium erhob sich von den Plätzen und applaudierte, begierig, daß die kalten Platten endlich zum Verzehr freigegeben wurden. Dann stürzten sich die ausgehungerten und von soviel Vortrag geplagten Studienräte auf den pädagogisch wertvollen Imbiß.

Dr. Kirschbaum kam auf Susanna zu und begrüßte sie in aller Öffentlichkeit mit seichtem Händedruck. „Wir haben uns ja schon vor einiger Zeit kennengelernt, oder haben Sie mich schon vergessen?" fragte er außerdienstlich.

„Sollte ich?" gab sie keck zurück.

„Nein, natürlich nicht!" sagte er doch leicht verlegen, fügte aber flüsternd hinzu: „Daß wir uns wiedersehen, habe ich ja gehofft, daß wir aber den gleichen Beruf ausüben, hatte ich jedoch nicht gedacht."

„Was hatten Sie denn gedacht?" fragte sie forsch nach. Dabei fiel ihr sein „Bis bald, bis bald - Gehauche" siedendheiß wieder ein, und wie lange sie auf diesen Moment sehnsüchtig gewartet hatte.

„Ja, schwer zu sagen. Irgendetwas Künstlerisches. Schauspielerin oder so etwas", versuchte er sich als Menschenkenner. Ehefrau, dachte er für sich.

„Na ja, besser wär's. Aber unser Beruf hat ja im weitesten Sinne damit zu tun. Wir müssen die Schüler ja irgendwie unterhalten, bei Laune halten, sozusagen", antwortete sie ohne zu stottern. Dieses nichtssagende Wortegeplänkel ging ihr ein wenig auf den Geist. Sie hatte sich ihr Wiedersehen doch etwas anders vorgestellt. Auf alle Fälle nicht so förmlich. Wenn nur seine blauen Augen nicht wären. Tiefblau. Meerblau. „Reden ist Silber, Schweigen ist Gold", kam ihr auf einmal in den Sinn. Ausgerechnet hier muß ich ihn wiedersehen. Romantischer ging es wohl nicht, dachte sie leicht verstimmt.

„Sie sagen es! - Wie war noch Ihr Name?" erkundigte er sich. Glück muß der Mensch haben. Bei einer so begehrenswerten Kollegin macht die Arbeit gleich doppelt so viel Spaß, Alter, freute er sich unbemerkt. Komplimente waren noch nie seine Stärke.

„Schubert. Susanna Schubert. Studienreferendarin." Fürchterlich dieses Gesieze. Mir ist schon ganz schlecht. Die Leute gucken schon alle so blöd. Reiß dich zusammen, befahl sie sich. Sie zwang sich ein Lächeln ab.

„Ah, Studienreferendarin! Sehr interessant. - Also, Frau Schubert, wenn sie irgendwelche Probleme haben sollten, wenden sie sich jederzeit an mich. Wir sehen uns also. Bis bald", sagte er wieder vielversprechend.

„Bis bald“, erwiderte sie etwas schnippisch und fügte hinzu: „Diesmal läßt es sich ja nicht vermeiden“, dabei ging ihr Herz bis zum Ohr. War das zuviel gesagt? fragte sie sich unsicher.

Dr. Kirschbaum war indessen schon mit anderen Kollegen beschäftigt. Außerdem hatte er es mit Susanna nicht eilig. Erstens, weil er sich seiner Anziehungskraft auf Susanna ziemlich sicher war, zweitens, weil sie ihm ja so schnell nicht entkommen konnte. Er konnte sie nun jeden Tag sehen, wenn er wollte. Und obendrein war er noch ihr Vorgesetzter. Er hatte sie quasi jetzt schon in der Hand. Er mußte nur aufpassen, daß das Lehrerkollegium die bevorstehende Liaison nicht bemerkte. Das könnte sonst etwas unangenehm werden. Auf jeden Fall mußte er sich morgen als erstes ihre Personalakte besorgen. Er wollte schließlich wissen, ob sie eventuell doch verheiratet war. Einen Ehering trug sie jedenfalls nicht. Außerdem ist es immer gut, über seine Mitmenschen Bescheid zu wissen, grinste er in sich hinein.

Heike, die sich während dieser Unterredung gewissenhaft um ihren Teller kümmerte und dabei mit Detlef, dem pickeligen Bilogiereferendaren plauderte, zog Susanna zu sich.

„Na, besonders glücklich siehst du ja nicht gerade aus“, stellte sie mitfühlend fest.

„Wem sagst du das!“ kam es bissig zurück.

„Tja, das Referendariat ist kein Zuckerschlecken! Warum soll es dir auch anders gehen als mir?“ fragte Heike mit ernstem Unterton.

„Er hätte mich doch zum Essen einladen können oder so ähnlich. Aber nein, der spulte sich auf, als wäre er der liebe Herrgott persönlich und nicht nur Religionslehrer“, ärgerte sie sich laut.

„Ich sag’s ja, Lehrer sind doch alle gleich. Und so ein Schulleiter ist noch eine Spur gleicher. Aber nun sag schon endlich. Was hat er denn gesagt?“ wollte Heike unbedingt wissen.

„Nichts!“ kam die knappe Antwort.

„Was heißt hier nichts? Ihr habt doch eine ganze Weile geplaudert oder sollte ich mich so getäuscht haben?“ fragte Heike neugierig.

„Ich sag doch. Nichts!“ kam wieder die patzige Antwort.

„Na, Frau Schubert!" sagte Lehrer Fisch, der leise von hinten angeschlichen kam. „Machen Sie sich jetzt schon an den neuen Schulleiter heran? Sie scheinen es ja sehr nötig zu haben", bemerkte er eifersüchtig.

„Halten Sie doch den Mund, Sie impertinente Person!" fauchte Susanna ihn an.

„Sie sind heute mal wieder besonders fischig, was?" fügte Heike verstärkend hinzu.

„Schon gut, schon gut", beschwichtigte er und schlich pikiert von dannen.

„Männer! Man sollte sie alle in einen Sack stecken und in der Jade versenken", sagte sie energisch.

„Du Umweltsau!" frotzelte Heike. „Obwohl du ja recht hast, aber muß es denn ausgerechnet unsere Jade sein. In die Pampas tuts doch auch."

Beide Frauen mußten grinsen.

„Ach, Heike, was würde ich nur ohne dich tun?" schmeichelte sie.

„Ja, was wohl. Elendig zu Grunde gehen!"

„Ich halte das hier nicht mehr aus. Komm, laß uns verschwinden!"

„Dein Wille geschehe! Also, ab zur Strandpromenade!"

„Cappuccino schlürfen in der Sonne. Ich lade dich ein", sagte Susanna großzügig.

„Das laß ich mir nicht zweimal sagen. Los komm!"

Susanna klingelte bei Lindemanns, die ein grundsolides Klinkerreihenendhaus bewohnten, um Pauline abzuholen. Kaum hatte Lisa Lindemann die Tür geöffnet, maulte sie Susanna auch schon an.

„Das wurde aber auch Zeit! So lange kann doch kein Unterricht gehen! Also, daß du unsere Großzügigkeit immer so unverschämt ausnutzen mußt. Du kannst froh sein, daß wir Konstantins Tochter so gern haben", zischte sie.

„Entschuldige bitte, aber heute war die Verabschiedungsfeier vom Schulleiter. Da darf man einfach nicht fehlen. Außerdem wurde der neue Schulleiter in sein Amt eingeführt und der ist für meine weitere Ausbildung sehr wichtig", tat sie dienstbeflissen. Im Grunde wußte sie genau, daß der eigentliche Grund für die Verspätung in dem Besuch der Strandpromenade lag. Aber sie wollte die Lindemanns noch gnädig stimmen und überlegte, was sie noch als Entschuldigung vorbringen konnte. Ihr fiel nichts besseres ein, als sich dumm zu stellen.

„Aber habe ich euch denn heute morgen nicht gesagt, daß es heute voraussichtlich etwas später wird?" schwindelte sie.

„Nein, das hast du nicht!" ermahnte Lisa.

„Wenn ich es vergessen haben sollte, tut es mir natürlich sehr leid. Hoffentlich habt ihr meinetwegen nicht eines eurer wichtigen Bridge-Treffen versäumt. Ich weiß doch, daß für unentschuldigtes Fehlen ein Strafgeld für die Gemeinschaftskasse fällig wird. Aber ich hoffe, daß wir bald einen Kindergartenplatz für Pauline bekommen werden. Dann brauche ich euch nicht mehr zu belästigen", säuselte Susanna.

„Pauline belästigt uns nicht", antwortete Lisa bestimmt und gab damit indirekt das schlechte Verhältnis zu Susanna, ihrer Fast-Schwiegertochter, kund. „Und ein Kindergartenplatz kommt überhaupt nicht in Frage. Da holen sich die Kinder nur Krankheiten und schlechtes Benehmen weg. Und dann die Kosten! Ein Kindergartenplatz kostet viel zu viel! Da ist sie doch bei uns viel besser aufgehoben und Konstantin muß schon genug bezahlen für irgendwelche Sperenzchen", entrüstete sich die sparsame Lindemanngattin, und versuchte wieder, sich in die Erziehung Paulines einzumischen.

Beide Frauen standen immer noch an der hölzernen Eingangstür.

„Darf ich nicht reinkommen?" fragte Susanna spitzzüngig.

„Natürlich", entgegnete Lisa lässig und lächelte dabei falsch wie eine Schlange. Sie war eine kleine, schlichte, aber gepflegte Person von schmuckloser Eleganz. Leider war ihr zartes Gesicht von Ressentimentfalten überzogen, Ressentiments, die sie gegenüber anderen Menschen, die nicht blutsverwandt mit ihr waren, hegte. Und insbesondere hatte sie eine unerklärliche Abneigung gegenüber Susanna. An ihr nagte die Eifersucht einer Mutter, die ihren einzigen geliebten Sohn, an eine andere Frau verloren hatte. An eine Frau, die so anders war als sie selber. An eine Frau, die ihr Leben genießen wollte. An eine Frau, die sie nicht lieben konnte.

Eifersucht. Neid. Mißgunst. Der bohrende Stachel einer kranken Seele.

„Wo ist denn **meine** Tochter?" sagte Susanna im provozierenden Tonfall.

„Unser Enkelkind spielt im Garten bei diesem schönen Wetter", entgegnete sie.

Susanna fand diese Abholerei jedesmal erneut zum Davonlaufen. Sie hatte auch ausgesprochenes Pech mit dieser älteren Generation. Ihre eigenen Eltern waren ungastfreundlich und unmöglich und diese Lindemanns ebenso. Womit habe ich das verdient, fragte sie sich stets. Bin ich denn so widerlich, daß man mich so behandeln muß, als ob ich ihnen in einem anderen Leben schon einmal Unrecht getan hätte? So wie ein Verbrecher? So wie ein Nichts? Warum können die nicht wenigstens einmal nett zu mir sein? Mich akzeptieren wie ich bin?

Alles unbeantwortete Fragen.

Sie gingen schweigsam durch das staubfreie und biedermeiereingerichtete Haus. Die Diele und das Wohnzimmer waren voll mit Photographien, die in versilberte und messinggehaltene Rahmen gesteckt waren. Dutzende Photos von Konstantin und Pauline, der Tochter Miriam, dem Obermuschilein, und ihrem einjährigen Enkel Max waren in allen möglichen Posen zu sehen. Auch andere Verwandte guckten stolz von den Wänden herab. Kein einziges Bild von Susanna und Marlene. Das sagte doch schon alles über diese Leute aus. Sie gelangten zum Garten, der ebenso akkurat dalag, als ob täglich eine Gärtnerkolonne hindurchfegte. Geschmückt war er mit bunten Windmühlen und Gartenzwergen. Der Traum eines jeden Spießers.

Pauline wollte noch bei ihren Großeltern bleiben. Auch das noch. Jetzt begann wieder das kräftezehrende Machtspiel. Gerade jetzt, wo Susanna nach dem Vorspiel an der Tür so schnell wie möglich wieder gehen wollte. Wenn es nach ihr gegangen wäre, hätte sie die Kleine liebendgern dagelassen. Sie hatte für diesen Tag gar keinen Sinn nach weiteren Spielchen. Ihr Bedarf war gedeckt. Aber Lindemanns wollten auch ihre Ruhe haben. Leider!

Kinder! Immer dasselbe mit ihnen! Nie wollen sie das, was man selber gerade will. Und bei den Großeltern wollen sie, solange sie klein sind, lieber sein. Sie werden dort ja auch nach Strich und Faden verwöhnt. Die alten Leute haben auch mehr Zeit und Muße, sich mit ihnen zu beschäftigen. Sie sind froh, noch eine Aufgabe in ihrem letzten Lebensabschnitt zu haben. Besonders die Großväter. Sie haben von ihren eigenen Kindern sowieso kaum etwas gehabt. Früher war ja alles so anders. Es gab damals keine wickelnden und kinderwagenschiebenden Väter, keine Gute-Nacht Geschichten, keine Streicheleinheiten. Und es gab ja auf diesem Gebiet so viel nachzuholen. Und Kinder halten ja bekanntlich jung. Und Männer bleiben sowieso ihr Leben lang Kinder. Und alte Leute werden wieder wie Kinder. So schließt sich der Kreis und alle sind zufrieden. Oder auch nicht.

Das Gezeter mit der Kleinen ging noch eine Weile, bis Susanna das strampelnde Kind rigoros schnappte, weil keiner der älteren Herrschaften Einspruch erhob. Sie trug es also hinaus zum Wagen und schnallte es im Kindersitz an. Dabei wurde sie von einigen Fußtritten gequält.

„Tja, Kinder merken immer, ob man sich um sie kümmert oder nicht. Und vor allem, wo sie es am besten haben," versetzte Lisa der schon gequälten Mutter einen weiteren Hieb.

„Sprich dich ruhig aus. Du wolltest doch sagen, daß Pauline es selbstverständlich bei dir am besten hat. Und vergiß deinen geliebten Göttersohn nicht. Dem würde es natürlich bei dir auch viel besser ergehen als bei mir. Aber tröste dich, Du kannst ihn ja bald wiederhaben", erwiderte Susanna gereizt. Sie hatte es indessen endlich geschafft, den kleinen Rabauken zu bändigen. Sie ging um ihren Wagen herum, schloß die Tür auf, blickte nochmals selbstbewußt in Lisas erstauntes Gesicht, stieg ein und fuhr endlich weg.

Es war mal wieder so ein chaotischer Tag. Gefühlschaos. Kirschbaum. Der subtile Streit mit Lisa, der alten Zicke. Paulines Gezeter. Mal sehen, was mir gleich noch alles blüht? Susanna war auf alles gefaßt.

Aber der Tag hatte nichts Aufregendes oder Anstrengendes mehr mit ihr vor. Er gönnte ihr eine Ruhepause. Ein artiges Kind, einen gutgelaunten Teenager, keinen mauligen

Konstantin, keine große Unterrichtsvorbereitung. Alles verlief in friedlicher Koexistenz. Der Tag plätscherte so allmählich dahin. Friedvoll. Fast idyllisch.

Abends, ins Bett gekuschelt, dachte sie vor dem Einschlafen: Nicht nur das Leben, auch die Tage sind wie ein Fahrstuhl. Mal geht es rauf, mal geht es runter. Manchmal bleibt man stecken. Hoffentlich geht es morgen wieder aufwärts.

****

Doch am folgenden Morgen ging mal wieder alles drunter und drüber. Marlene besetzte das Badezimmer und duschte zu ausgiebig. Engpaß. Stau. Streß. Nichts ging mehr.

Konstantin hämmerte wild gegen die Badezimmertür und forderte den Teeny dringend zur Eile auf. Er lief gehetzt durchs Haus und konnte sein beiges Seidenhemd nicht finden. „Susaaanaa!" schrie er verzweifelt. „Ich kann mein Hemd nicht finden. Wo ist mein Hemd? Mein beiges Hemd?"

„Welches Hemd? Guck doch in deinen Schrank, verdammt noch mal", blaffte sie ihn an.

Konstantin fand endlich sein beiges Seidenhemd. Dies war aber völlig zerknittert. Er ging mit dem Hemd in der Hand schnellen Schrittes zu Susanna und beanspruchte: „Das Hemd hättest du mir wirklich bügeln können. Was tust du eigentlich den ganzen Tag?"

„Wenn du daran riechen würdest, würdest du wissen, daß ich es nicht einmal gewaschen habe", erwiderte sie hämisch. Ein ironisches Lächeln saß in ihren Mundwinkeln.

„Hast du nur noch Kreide da oben?" sagte er genervt und tippte sich dabei mit dem Finger an seine Denkerstirn.

„Glaubst du, du bist der einzige, der hier arbeitet? Herr Doktoorr!" Sie drehte sich mit einer wegwerfenden Handbewegung um, und ging ins Kinderzimmer. Dabei rief sie ihm noch hinterher: „Übrigens, ich habe neulich im Fernsehen gehört, daß es neuerdings Bügelseminare für Männer gibt. Melde dich da doch an. Kleiner Rat von mir. Dann könntest du deine verdammten Seidenhemden selber bügeln." Sie schloß die Tür hinter sich. „Ich habe diese Lindemanns langsam so satt", fluchte sie vor sich hin.

Pauline wollte ihre Jeans nicht anziehen, sondern unbedingt eine kurze Hose. Viel zu kalt für diese Jahreszeit. Auch wenn schon herrliches Sonnenwetter war. Susanna rann der Schweiß einer gestreßten Frau von ihren unbehaarten Achselhöhlen herunter. Auch das noch! Jetzt muß ich mir auch noch was anderes anziehen. „So!" Sie schlug einen ernsten und bestimmten Ton an, der der kleinen Rotznase deutlich zu verstehen gab: Jetzt ist Schluß mit dem Theater! Deine Grenze ist hier! Stop! Nicht weiter! Sonst werde ich zum Tier.

Susanna schaffte es danach auch, das Kind wettergemäß anzuziehen. Dann hetzte sie ins Schlafzimmer und griff sich ein neues Hemd aus dem Schrank, zog es an. Es war keine Zeit mehr, darüber nachzudenken, ob es auch aussah. Mist! Ich muß dringend los.

Sie packte ihre Sachen zusammen, schnappte alles - Kind inklusive - und verstaute alles in ihrem kleinen Wagen. Dann brauste sie los. Zu Lindemanns. Dort angekommen, packte sie das Kleinkind wieder aus und klingelte mehrmals.

„Guten Morgen! Ich hab es eilig. Bis heute Nachmittag. Tschüs. Tschüs mein Schatzi. Küßchen." Atemlos stieg sie wieder in ihr Auto und weiter ging es.

Susanna war völlig fahrig. Sie stand unter extremem Zeitdruck. Und sie hatte Herzklopfen bei dem Gedanken, Andreas Kirschbaum zu begegnen. Was ist, wenn er sie gar nicht so toll findet wie sie ihn? Sie warf einen musternden Blick in den Rückspiegel. Wie sollte sie sich ihm gegenüber bloß verhalten? Chaos herrschte in ihrem Kopf.

Sie beruhigte sich mit dem Gedanken, daß sie ihm wahrscheinlich gar nicht in die Arme laufen würde. Schulleiter waren ja nur selten im Lehrerzimmer anwesend. Sie hatten ja schließlich ihr eigenes Reich. Um zu Dr. Kirschbaum zu gelangen, mußte man erst an Gudrun Hebestreit vorbei, einer altjungfräulichen Sekretärin, die den Schulleiter bewachte wie die Cherubim das Paradies. Aber diese Vorstellung passte ihr auch nicht. Sie wollte ihn ja unbedingt wiedersehen.

Susanna schaute nervös auf ihre Armbanduhr. Die Zeit tickte. Es war zwei Minuten vor acht. Das schaffe ich niemals bis acht Uhr. Die nächste Ampel zeigte gelb, und sprang auf rot. Nein! Auch das noch. Immer, wenn man es eilig hat, müssen diese blöden Männchen die Farbe ihres Mantels wechseln. Verflixt noch mal, werde endlich grün!

„Nun fahr doch endlich, du Armleuchter! Grün! Grün! Es ist grün!!!" Sie hupte.

„Ah, einigen Leuten müßte doch der Lappen entzogen werden", schimpfte sie vor sich hin und drückte dabei etwas mehr aufs Gaspedal. Acht Uhr vier! Zu spät. Ich bin zu spät!

Sie sah indessen die Schule. Gleich habe ich es geschafft. Ein Blick noch in den Spiegel, runterschalten in den zweiten Gang. Die Auffahrt der Schule war in Reichweite. Susanna fuhr rechts ab, und prallte mit Karacho gegen die Parkplatzschranke. Peng! Krach! Bums!

Susanna hatte aus Versehen in den vierten Gang geschaltet und nicht mehr an diese dämliche Schranke gedacht. Sie war sowieso meistens oben, so daß einfach aufgefahren werden konnte. Lästig diese Dinger!

Nein! Auch das noch! Susanna stiegen Tränen der Verzweiflung in die Augen. Sie zitterte. Kleiner Schock am Morgen, kann der Tag besorgen.

Sie stieg mit wackeligen Beinen aus ihrem Wagen. Einige Schüler, die schon auf dem Schulgelände herumlungerten - wer weiß warum - , obwohl sie keinen Unterricht hatten, kamen herbei und fragten hilfsbereit: „Ist Ihnen etwas passiert, Frau Schubert?"

„Nein, nein. Ich glaube nicht", seufzte sie. „Hat jemand von Ihnen vielleicht ein Taschentuch für mich?" fragte sie mitleiderweckend.

„Na klar!" erklang es mehrfach. Es wurden mehrere Tempos hervorgeholt und Susanna entgegengestreckt.

„Danke, danke! Ich brauche aber nur eins." Sie nahm dankbar eines entgegen und schneuzte ordentlich ihren Frust hinein. „Ist etwas mit meinem Wagen passiert?" fragte sie dann mädchenhaft und unselbständig.

„Ja. Eine kleine Beule vorne, vom Lack etwas ab und die Antenne ist auch abgebrochen. Aber glücklicherweise ist die Windschutzscheibe heil geblieben. Ihre Kiste scheint ein kleiner Panzer zu sein ", bemerkte einer der Anwesenden.

„Ja, Sie haben noch einmal Glück im Unglück gehabt. Wäre ja auch zu schade gewesen", sagte ein anderer und musterte sie dabei anerkennend von oben bis unten.

„Und um diese Schranke ist es ohnehin nicht schade! Die ist glatt durchgebrochen. Starke Leistung!" sagte ein motorisierter Abiturient. „Die hat sowieso nur genervt. Anhalten, aussteigen, hochmachen, einsteigen, weiterfahren, anhalten, aussteigen, runterlassen, einsteigen, einen Parkplatz suchen", schilderte er akribisch den gehassten Vorgang.

„Im übrigen muß die auch ziemlich morsch gewesen sein, sonst wäre dies nicht so glimpflich abgelaufen", sagte ein anderer Schüler scharfsinnig.

„Hoffentlich bleibt das Mistding nun endlich weg", meinte der Abiturient wieder.

„Ja, danke nochmals. Ich muß jetzt aber den Schaden melden gehen."

„Die sollen sich mal nicht so pissig anstellen", wurde ihr hinterhergerufen.

Susanna ging mit zittrigen Beinen Richtung Schuleingang. Ihr Herz klopfte. Wie unangenehm. Gleich muß ich zum Kirschbaum. Ihre Gedanken überschlugen sich. Soll ich erst der Klasse Bescheid sagen? Oder gleich ins Sekretariat? Was soll ich überhaupt sagen? Mist!!!
Sie klopfte zaghaft an Frau Hebestreits Tür. Ihr Herz klopfte wie wild, bevor sie eintrat.

„Einen Moment noch!" Frau Hebestreit war gerade sehr beschäftigt. Plötzlich stürmte Frau Brusendorfer ins Sekretariat und beschwerte sich lauthals, wieso so ein alter, grüner Wagen mitten auf der Auffahrt stand. Sie pustete und schnappte anschließend nach Luft.

„Das war wohl einer dieser vertrottelten Abiturienten. Frechheit sowas. Frau Hebestreit! Rufen Sie doch bitte den Abschleppdienst an. Denen werden wir's zeigen. Unverschämtheit. Sollen die doch die öffentlichen Verkehrsmittel benutzen, wenn die nicht Autofahren können. Aber heute hat ja fast jeder volljährige Schüler ein eigenes Auto", ließ sie ihrem Unmut über die Jugend freien Lauf.

Susanna, während sie der boshaften Tirade dieser entsetzlichen Kollegin zuhören mußte, wurde immer kleiner.

Heute war wirklich nicht ihr Tag. Siedendheiß fiel ihr ein, daß sie ihrer Klasse auch noch nicht Bescheid gegeben hatte. Und bevor sie die Schadensmeldung preisgeben konnte, kam eine Schülerin herein und fragte: „Wo ist Frau Schubert? Haben wir heute keinen Deutschunterricht?"

Auf einmal erinnerte sich Frau Hebestreit an Susanna. „Wieso Frau Schubert? Frau Schubert, wieso sind Sie hier und nicht in Ihrer Klasse?" fragte sie wie ein Inquisitor die vermeintliche Hexe.

Über diesen Tonfall erschrocken, fing Susanna an zu stottern „Ich. Äh. Ich...Ähm.." Doch dann bekam sie sich schlagartig in den Griff, und dachte: Was bildet sich diese alte Schnepfe überhaupt ein?   „Ich möchte zu Herrn Dr. Kirschbaum, bitte!" sagte sie entschlossen.

„Wieso, was wollen Sie denn von Dr. Kirschbaum?" fragte der Paradieswächter.

„Das werde ich schon mit Dr. Kirschbaum selbst besprechen", gab sie selbstbewußt zur Antwort.

„Ist das etwa Ihr Wagen da draußen?" fiel der Brusendorfer wie Schuppen von den Augen, und sie starrte Susanna grimmig an.

„Und wenn schon? Würden sie mich bitte jetzt zu Herrn Dr. Kirschbaum vorlassen, Frau Hebestreit!" sagte sie unbeirrt.

Dr. Kirschbaum hatte das Stimmengewirr durch seine Verbindungstür zum Sekretariat mitbekommen, und wollte nach dem Rechten sehen. Er öffnete seine Tür und fragte galant: „Kann ich helfen?"

„Diese Person hat unsere Schranke durchfahren und steht mit ihrer Klapperkiste immer noch auf der Auffahrt!" prustete Frau Brusendorfer los und zeigte dabei mit ihrem fleischigen, goldbestückten Zeigefinger auf Susanna.

„Ist Ihnen etwas passiert, Frau Schubert? Sind Sie in Ordnung?" fragte er besorgt und würgte damit   den unqualifizierten Protest der anderen ab.

„Nein. Nein. Ich bin okay. Nur noch ein ganz kleines bißchen benommen. Nicht nennenswert. Aber das war schon ein ganz schöner Schrecken", seufzte sie mitleiderregend.

„Kommen Sie. Sie setzen sich jetzt fürs Erste in mein Büro. Frau Hebestreit ist so nett und schenkt Ihnen eine Tasse Kaffee ein. Und ich werde mich in der Zeit um Ihren Wagen kümmern", dabei nickte er seiner fassungslosen Sekretärin befehlend zu und führte Susanna am Arm in sein Zimmer. Dort angelangt, sank sie mit butterweichen Knien in den ledernen Besuchersessel.

„Würden Sie mir bitte Ihren Wagenschlüssel geben?" sagte er freundlich.

Susanna fiel es genau in diesem Moment ein, daß er noch steckte. So fertig war sie mit den Nerven gewesen, sie hatte einfach alles stehen und liegen lassen. Sie sagte es ihm.

„Bis gleich, Frau Schubert", sagte er ritterlich.

Susanna bekam bei diesen bekannten Worten eine Gänsehaut. Wie wunderbar er doch war! Einfach umwerfend! Und so fürsorglich! Er hatte es der alten Kuh ganz schön gegeben, freute sie sich. Sie lehnte sich selig in den Sessel zurück, und träumte von zärtlichen Küssen von diesem himmlischen Mann. Doch plötzlich setzte sie sich ruckartig auf. Paulines Kindersitz!!! Nein!! Jetzt war sogar der Hauch einer Chance verpatzt, dachte sie. Wahrscheinlich mag er keine Kinder? Und so kleine schon gar nicht! Er ist schließlich Gymnasiallehrer! Susanna drehte sich der Magen um. Ich Idiotin! Ich unverbesserliche Vollidiotin!!

Andreas Kirschbaum kam strahlend ins Zimmer zurück. Er rieb sich seine Hände, die Schranke war nicht ganz sauber gewesen. „Das wäre erledigt." Er flegelte sich breitbeinig in seinen Chefsessel. Nun trennte sie nur noch ein Tisch.

Sie schauten sich an.

„Sie haben Kinder!?" fragte er unvermittelt.

„Ja", kam es kläglich aus Susannas Munde. Dann fügte sie zaghaft hinzu: „Zwei! Zwei Mädchen. Marlene ist 16 und Pauline wird drei. Jawohl." So. Jetzt war es raus. Egal. Nach mir die Sintflut. „Haben sie auch Kinder?" wollte sie nun wissen.

„Ich? Nein!" wehrte er vehement und mit beiden Händen ausdrucksvoll ab, als ob Susanna ihn gefragt hätte, „Haben Sie Aids?".

Na, siehste! Das hast du nun davon! Dumme Frage! Er mag keine Kinder. Er hat ja auch beruflich jeden Tag mit ihnen zu tun. Wer kann es ihm da verübeln? nahm sie ihn gedanklich in Schutz.

Sie schauten sich an.

Susanna räusperte sich und fing zu zappeln an. Sie rutschte nervös auf ihrem Sessel hin und her. Sie fühlte sich auf einmal unbehaglich. Wußte nicht, wie sie mit diesem Mann reden sollte. Und was sie mit ihm reden sollte. Schrecklich, daß er ausgerechnet ihr Vorgesetzter sein mußte. Nichtsdestoweniger war sie von diesem Mann fasziniert. Andreas. Andre. Andy. Achte verdammt noch mal ja darauf, ihn **Dr.** Kirschbaum zu nennen, ermahnte sie sich. Und hör auf zu zappeln!

Kirschbaum fokussierte die knifflige Situation und durchbohrte Susanna regelrecht mit seinen superblauen Augen. Stielaugen.

Susanna wurde verlegen. „Was ist denn nun mit der Schranke?" versuchte sie die Situation wieder auf die dienstliche Ebene zu bringen.

„Frau Schubert. Lassen Sie es uns heute abend doch beim Gläschen Wein bereden. Ja!? Ich hole Sie um, sagen wir 20Uhr, ab. Das ist Ihnen doch recht, oder? Widerworte werden nämlich nicht geduldet", fügte er nachdrücklich hinzu. Er erhob sich aus seinem Sessel. Susanna ebenfalls. Ihre Knie wurden wieder butterweich.

Er starrte sie an. Stielaugen.
Susanna nickte. Schluckte einmal. Und fragte dann kleinlaut: „Wissen Sie denn überhaupt, wo ich wohne?" Tu doch nicht so wie ein kleines dummes Schulmädchen. Reiß dich zusammen!

„Natürlich. Ich bin doch ihr Dienstvorgesetzter. Also, das war.. warten sie... Mozartstr.--? 8!"

„Bingo!" sagte sie etwas kecker.

„Sehr originell! Ihre Katze heißt wahrscheinlich Brahms, hm?" grinste er über soviel Kombinationsgabe. Er war ja schließlich Mathematiker.

Susanna lächelte. Er hatte also tatsächlich meine Adresse gelernt. Gott sei Dank ist mein Familienstand ledig, freute sie sich. Sonst wäre die Sachlage völlig fatal. Aber so ganz uninteressiert scheint er ja doch nicht zu sein. Er muß sich seit gestern über mich informiert haben. Und er will heute abend mit mir ausgehen, triumphierte sie. Ich halte diesen Blick nicht mehr lange aus. Er macht mich noch ganz unsicher.

Dann fügte er leicht wollüstig hinzu: „Ich bin ein Mann", dabei streifte sein Blick sie von unten nach oben und blieb bei ihren Augen stehen.

Er starrte sie an, sie schaute nach unten, wobei sie sich eine Haarsträhne hinters linke Ohr strich. Dann blickte sie, mit einem gekonnten Augenaufschlag, ihm ebenfalls fest in seine magischen blauen Augen. Sie war gerade dabei, alles um sich herum zu vergessen. Da klingelte es zur Pause.

„Also, bis heute abend", hauchte er an ihr linkes Ohr.

„Bis heute abend", erwiderte sie tollkühn, ohne zu zögern.

Er führte sie zur Tür hinaus. Die alte Hebestreit reckte ihren dünnen, faltigen Hals, um ja nichts zu verpassen. Dann fragte sie: „Herr Dr. Kirschbaum, was ist denn jetzt mit der Schranke?"

„Später! Frau Hebestreit, später", wehrte er diese langsam lästig werdende Frage mit seiner rechten Hand ab, und verschwand wieder in seinem Zimmer.

„Frau Schubert, was passiert denn nun mit der Schranke?" wollte die Hebestreit endlich wissen.

„Sie haben es doch gehört. Später! Frau Hebestreit! Später! Und nun entschuldigen Sie mich. Ich habe gleich Unterricht zu geben", sagte Susanna schwungvoll.

„Tsse, Tssse, das hätte es beim alten Herrn Hofmeister nicht gegeben", vermisste die alte Hebestreit die guten alten Zeiten.

Susanna mußte unbedingt aufs Klo. Als sie mit dem Pinkeln fertig war, geriet sie schlagartig in Panik. Was ist mit Konstantin? Was mit Pauline? Dieser Schuft hatte nicht einmal gefragt, ob ich einen Babysitter habe! Typisch Mann! Was soll ich denn nur Konstantin sagen, wenn Kirschbaum mich abholt? Hoffentlich kommt Konstantin heute später. Marlene ist ja noch da. Ich habe eben etwas Berufliches zu besprechen. ELTERNABEND. Genau! Das ist es. Und bei meinem Unfall heute morgen, ist es nicht ungewöhnlich, daß ich nicht selber fahren kann. Wo ein Wille ist, da ist auch ein Weg. Sie hatte sich beruhigt.

Gut gelaunt und beschwingt ging sie zum Unterricht.

Als sie nach dem Unterricht das volle Lehrerzimmer betrat, es war gerade große Pause,   rief der Fisch: „Achtung! Alle Mann in Deckung. Die Schubert kommt!" Lautes Gegröle.

„Ein gefährliches Frauenzimmer! Durchbrettert einfach so die Schranke. Das hat es ja noch nie gegeben!" gab ein anderer Kollege zum besten, und hielt sich den Bauch vor Lachen.

„Heutzutage braucht man nur eine Frau zu sein und ein bißchen mit dem Hintern wackeln, und schon frißt so ein junger Schulleiter einem aus der Hand", warf der Fisch neues Fressen in die Meute.

Peinliche Stille. Alle glotzten Susanna an.

Frau Brusendorfer war die Schadenfreude sichtbar ins glänzende Gesicht geschrieben. Selbstzufrieden saß sie da. Sie war natürlich verantwortlich dafür, daß der Unfall sich schnell wie ein Lauffeuer verbreitet hatte. Auch daß Susanna sofort bei Dr. Kirschbaum war, erzählte sie brühwarm und mit betonten Leerstellen. Diese gaben natürlich Anlaß für Mutmaßungen, und die Gerüchteküche kochte.

„Etwa neidisch, Herr Fisch?" sagte Susanna zweideutig.

„Ich?! Lächerlich!" brüstete er sich.

„Soviel ich weiß, sind sie nicht verheiratet und stehen vielleicht auf junge Schulleiter. Heutzutage ist doch alles möglich. Guten Tag." Susanna ging erhobenen Hauptes aus dem Lehrerzimmer, in dem man eine Stecknadel hätte fallen hören können. Dem ganzen Kollegium hatte es förmlich die Sprache verschlagen. Nachdem Susanna die Tür hinter sich ins Schloß fallen ließ, ging das Geläster über sie auch schon los. An vorderster Front natürlich der Fisch und die alte Brusendorfer. Die Schranke und die Schubert waren der Gesprächsstoff für diesen Tag. Einige machten sich lustig über sie. Einige waren verärgert. Bei einigen kochte die Gerüchteküche. Der Schulleiter mit der Schubert. Äußerst interessant!!! Es war eine willkommene Abwechslung in dem ach so öden Schulalltag.

Susanna war froh, daß sie nur noch eine Stunde Unterricht zu geben hatte. Dann konnte sie diesen Kindergarten endlich verlassen, der augenscheinlich zweifellos einem Altersheim glich. Aber alte Leute sind ja wieder wie Kinder!

Die Beamten konnten einem auch jede Laune verderben. Dieses Pack! Warum mußten einige Kollegen und Kolleginnen denn immer so ätzend sein? Langweilten die sich so? Sollen die doch nach Hause gehen! Vor ihrer eigenen Tür den Dreck kehren! Draußen gibt es Millionen Arbeitslose, die gerne ihren Job übernehmen würden. Junge, dynamische, motivierte Pädagogen. Aber leider waren die Referendare auch nicht mehr das, was sie einmal waren. KONKURRENZ hieß das Zauberwort. Jede und jeder wollte der Bessere sein, um wenigstens den Hauch einer Chance zu haben, später eingestellt zu werden. Dafür war den meisten jedes Mittel recht. Der Zweck heiligt ja bekanntlich die Mittel. Warum auch Heike heute nicht da war! Warum hatte sie auch ausgerechnet heute ihren freien Tag? monologisierte Susanna.

Heike besaß die Fähigkeit, sich von anderen nicht so leicht kleinkriegen zu lassen. Und schlagfertig war sie. Witzig. Diese Fähigkeit bewunderte Susanna sehr an ihrer neuen Freundin. Ja, Freundin. Endlich hatte Susanna wieder eine Freundin. Eine, die auch erreichbar war. Nicht nur per Telefon oder Post wie bei Bärbelchen. Bloß heute war sie leider nicht da. Sie hätte es dieser Beamtenbande bestimmt gegeben. Da kannte sie nichts. Außerdem hätte Susanna ihr die Wahnsinnsgeschichte mit dem Auto und Kirschbaums Reaktion darauf, brandneu erzählen können. Es brannte ihr förmlich unter den Nägeln, ihr süßes Geheimnis mit ihr zu teilen.

Aber Susanna war auch stolz auf sich. Schließlich hatte sie es dem schleimigen Fisch ordentlich gegeben. Ganz allein! Nur, weil der fiese Kerl bei ihr nicht landen konnte. Deshalb stichelte er ständig an ihr herum. Reinster Racheakt. Verletzte Männlichkeit. Hatte er sie doch vom ersten Tag an angebaggert, was das Zeug hält. Er schwänzelte permanent hinter oder neben ihr her, als ob er ihr Schatten wäre. Bah!! Dieser eingebildete und aufgeblasene Schleimbeutel. Bah!! Susanna schüttelte sich angewidert. Solche Exemplare sterben scheinbar nie aus. Ständig muß frau sich mit ihnen rumärgern. Alle in einen Sack und in die Jade mit ihnen! Aber einige Frauen sind auch nicht besser. Diese blöde Brusendorfer, zum Beispiel, das linke Biest. Susanna und sie trennten doch Lichtjahre. Sie verstand also gar nicht, warum dieses Frauenzimmer so ekelhaft zu ihr und auch zu Heike war. Vielleicht war es der Neid auf ihre Jugend? Vielleicht einfach nur schlichter Haß? Vielleicht stimmte auch einfach die Chemie nicht? Susanna wußte es nicht.

Nach der Stunde lief sie zu ihrem geliebten Frosch, begutachtete ihn von allen Seiten, streichelte ihn, als ob er eine Seele hätte. Dann stieg sie ein und fuhr zu Lindemanns.

Diese hatten hohen Besuch bekommen. Tochter Miriam war mit dem dicken, pausbackigen Baby Max für ein paar Tage an die Nordsee gekommen, um sich von Mama und Oma gründlich verwöhnen zu lassen. Das Au-pair hatte dafür ein paar Tage Urlaub bekommen. Babyurlaub von Max, um genau zu sein. Welchen sie bis auf die Abende allein, bei ihrer Gastfamilie in Buxtehude, verbringen durfte. Denn dann war Harald, der dicke Ehemann von Miriam, daheim und ließ sich von ihr die Bierflaschen hinterhertragen. Das polnische Mädchen hatte ja sonst nichts zu tun. Außerdem wurde sie ja schließlich bezahlt. Und die Hauptmanns mußten für ihr Geld dagegen hart arbeiten. Obermuschi, die sich gleich nach der Geburt ihres Wunschkindes zu Hause so grenzenlos langweilte, arbeitete bereits acht Wochen nach der Entbindung wieder als Sekretärin in einem Krankenhaus. Ihr Gatte schuftete für sein schnödes Eigenheim bei einer Versicherungsgesellschaft in Hamburg. Dafür nahm er täglich kilometerweise Landstraße und Autobahn in Kauf. Und das alles nur, um sich einen viel zu teuren Steinhaufen leisten zu können. Man gönnt sich ja sonst nichts. Sein langfristiges Endziel war allerdings, sich einen nagelneuen Porsche als Krönung vor sein Haus zu stellen. Dann wäre er der Hauptmann von Buxtehude. Für dieses gemeinsame Ziel mit seiner Ehefrau, - sie hatte zuviel „Suche impotenten Mann fürs Leben" gelesen - mußte Miriam ordentlich mitarbeiten. Jeder Pfennig mußte zweimal umgedreht werden, bevor er ausgegeben werden durfte. Aber das kannte sie ja bereits aus ihren Kindheitstagen. Ihre Mutter studierte ihr Leben lang, jeden Tag aufs neue, die Supersonderangebote der Reklameblätter aller Supermärkte ihrer Stadt. Sie verschwendete massig Energie und viel, viel Zeit, nur um diese Billigprodukte einzukaufen. Dafür fuhr sie mit dem Fahrrad, um beispielsweise Magarine im Angebot zu ergattern, zum einen Ende der Stadt, und anschließend ans andere Ende der Stadt, weil dort der Kaffee so sehr günstig war. Sie war süchtig nach Schnäppchen, wie andere nach Drogen. Dabei füllte sich ihr Sparstrumpf mehr und mehr und ihre Figur war durch die Jagd nach Schnäppchen mit fünfundsechzig noch in Form.

Susanna war diesmal diejenige, die bei dem einträchtigen Zusammensein dieser sparsamen Sippschaft die Haßkappe auf dem Kopf trug. Besonders, weil vorwiegend sie sich darum kümmern sollte, daß das Obermuschilein sich abends nicht langweilte. Diese wollte natürlich ihre Freizeit genießen. Durch Kneipen ziehen, ins Kino gehen, Theater und was sonst zur Unterhaltung dient. Sie wollte sich die Zeit so gut wie möglich vertreiben. Tagsüber sich von Muttern bedienen zu lassen und abends von Susanna. Zugleich war es eine Selbstverständlichkeit, daß Susanna, die sich ja „auf Kosten" von Lisas Hilfsbereitschaft das Au-pair einsparte, alle Rechnungen dieses vermeintlichen Vergnügens zu begleichen hatte. Das machte Miriam Hauptmann ganz besonderen Spaß, ihre fast-Schwägerin zu ärgern und ihr die kostbare Zeit und vorrangig ihr Geld, zu stehlen. Es war ein offenes Geheimnis. Man konnte sich nicht leiden, kaum ertragen, aber es bereitete geradezu eine enorme Befriedigung, den anderen zu nerven, zu reizen, zu belästigen. Es war ein Spiel mit ungleich verteilten Karten. Susanna konnte sich dagegen kaum wehren. Sie war erstens abhängig von Lisa, um ihre Ausbildung zu beenden, was letztlich aber wieder ihre Unabhängigkeit bedeutete. Jedenfalls für die Zukunft. Zweitens war auch Konstantin ein ausgesprochenes Mamasöhnchen. Er wußte, daß Lisa, die Familienglucke, nichts sehnlicher am Herzen lag, als ihre Brut bei guter Laune zu wissen. Wie es anderen dabei ging, war ihr völlig gleichgültig. Bei anderen war sie einfach herzlos. Andere waren nur gut genug, um den Dreck ihrer Nachkommenschaft wegzuräumen oder ihnen bei der Karriere behilflich zu sein. So war eben Lisa.

Gott sei Dank habe ich für heute abend einen triftigen Grund, mich nicht mit Muschilein verabreden zu müssen. Elternabend. Das muß doch auch der Dümmste einsehen, daß man da keine Zeit für andere Dinge hat. Susanna atmete tief durch.

„Ach, wie schade auch. Ich habe heute beim besten Willen keine Zeit für dich, Miriam. Da kann ich leider nichts machen. Elternabend! Sozusagen höhere Gewalt. Aber wie wär's mit morgen abend?" fragte sie scheinheilig. „Na, Mäxchen, du kleiner Süßer, bubububu", sang sie mit Säuselstimme und tippte ihn dabei auf das speckige Bäuchlein. Ein häßliches Kind! Und jetzt schon so total fett! dachte sie. „Dududu!" Du elende Heuchlerin! Schäme dich! „Dadada". Das Kind kann ja nichts dafür. Sieht jetzt schon aus wie Harald!

„Unser Mäxchen könnte auch mal wieder ein paar Anziehsachen gebrauchen. Pauline müßte doch noch soviel haben, was ihr nicht mehr paßt!" bettelte Miriam, der alles zu teuer war für den Max.

„Ich muß mal nachsehen. Außerdem hat H+M ganz entzückende Kindersachen, auch für Jungen", stichelte Susanna.

„Ach, dieser neumodische Kram. Viel zu teurer. Das lohnt sich doch auch gar nicht. Die Kinder wachsen doch so schnell aus allem heraus", argumentierte der Geiz. „Und Susanna! Wir könnten doch nach dem Elternabend noch etwas gemeinsames unternehmen. Der wird doch nicht ewig dauern. Ich kann ja so gegen 22.00 Uhr bei deiner Schule warten", zwitscherte die Gegenspielerin hinterhältig.

Dieses Luder! Wie ich sie hasse! „Es tut mir wirklich leid, aber mein Tag war heute sehr anstrengend. Ich habe heute einfach keine Lust auf weitere Unternehmungen", hörte sich Susanna sagen und dachte dabei, vorallem nicht mit dir. Böse Blicke schlugen ihr entgegen. Es war ihr heute egal. Sie spielte schon den ganzen Tag mit dem Feuer. Warum also nicht auch mit diesen Gewitterziegen. Sie sagte ungezwungen, „Pauline, mein Schatz, komm her! Wir fahren jetzt nach Hause. Miriam, eventuell bis morgen. Ich rufe dich an." Endlich! Das Leben macht doch gleich doppelt so viel Spaß, wenn man sich nicht die Butter vom Brot nehmen läßt. Immer schön locker bleiben! Dann geht alles wie von selbst, sagte sie selbstzufrieden zu sich.

Beflügelt setzte sie sich und ihr kleines Mädchen ins Auto. Lisa mit dem schweren, dicken Max auf dem Arm und Miriam standen mit verdatterten Gesichtern an der gediegenen Eichentür. Sie hatten diesmal das Spiel verloren. Zum allererstenmal.

Da kurbelte Susanna das Wagenfenster runter und rief den beiden überraschten Grazien zu: „Übrigens, mit morgen wird es leider auch nichts. Ich muß mein geliebtes Auto in die Werkstatt fahren und habe danach schon eine Verabredung. Und Tschüs!" Susanna konnte sich ihr Grinsen kaum verkneifen, setzte mit dem Rückwärtsgang den Frosch von der Auffahrt, wobei sie ein paar Mageritten abknickte, hupte einmal und brauste davon. „Jeahhh", jubelte sie sich zu, und zeigte sich selbst die Beckerfaust. Das wäre geschafft.

Daheim angekommen, war die Luft rein. Keiner da. Sie ging mit Pauline in den Garten, das Telefon unter den Arm geklemmt, setzte ihre Kleine in den Sandkasten und machte es sich selber auf einem dick gepolsterten Sonnenstuhl auf der Terracotta-Terrasse bequem. Sodann wählte sie mit schnellen Fingern Heikes Nummer mit ihrem Spruch im Ohr „Hast du Sorgen oder Kummer, wähle einfach meine Nummer". Los! Heb schon ab! Tut, tut, tut. Es tat sich am anderen Ende der Leitung nichts. Heike war nicht da. Wo treibt die sich denn wieder rum? Ach, dieses Büffelschwein hängt bestimmt in der Bibliothek oder im Copyshop rum. Strebertante!! Na, gut! Dann eben nicht. Susanna legte den Hörer frustriert wieder auf.

Typisch! Wenn man jemanden zum reden braucht ist keiner da. Susanna versuchte noch einmal ihr Glück. Sie wählte die gleiche Nummer. Tut, tut, tut. Wieder nichts! Es klingelte an der Haustür. Susanna sprang erfreut auf, rannte in der Hoffnung, ihre Freundin Heike käme auf die glorreiche Idee, sie zu besuchen, an die Tür und öffnete sie erwartungsvoll. Doch dort stand nicht die erwünschte Heike, sondern standen Ingeborg und Karl Krause. Leibhaftig.

„Hallo! Wir wollten mal gucken, wie es euch so geht? Wo ist denn Pauline?" dröhnte Ingeborg gleich los und schob ihre Tochter einfach beiseite, um ins Haus zu gelangen.

„Im Garten", sagte Susanna enttäuscht.

„Ja, heute ist ja auch so ein herrlicher Tag. Wir können ja auf eurer schönen Terrasse Kaffee trinken. Nicht wahr, Kalle? Bei dem schönen Wetter. Und bei euch scheint ja nachmittags so herrlich die Sonne", fing Ingeborg zu schwärmen an. „Leider haben wir nur einen kleinen Balkon zur Nordseite heraus. Nicht wahr, Kalle? Wir haben das nicht so gut wie Susanna? Nicht?"

„Das kannst du wohl laut sagen. So gut haben wir das nicht. Susanna, ich hätte gerne ein Stückchen Erdbeerkuchen. Erdbeerkuchen mit Sahne", dirigierte Kalle seine Tochter und versuchte so, sich neben seiner kulinarischen Befriedigung, sein Stück finanzielle Gerechtigkeit zu verschaffen.

Susanna platzte nun endgültig der Kragen. „Das ist hier kein Wunschkonzert. Erdbeerkuchen mit Sahne habe ich nicht zu Hause! Eine Tasse Kaffee könnt ihr kriegen. Und was ich noch sagen wollte, ihr zu schlecht Weggekommenen, Konstantin und ich haben auch lange studiert, und sind früher mit wenig Geld ausgekommen, ohne jemals auch nur einen Pfennig von euch zu bekommen. Nicht einmal moralischen Beistand, obwohl so etwas nichts kostet, habe ich von euch bekommen. Ihr fragt mich nie, wie es mir geht. Und für euer Unwohlsein kann ich nichts. Also laßt mich endlich mit diesem Gelaber in Ruhe. Mir reichts! Und wenn ihr unbedingt Kuchen fressen müßt, kauft euch welchen. Ich habe es jedenfalls endgültig satt!" Susanna unterstrich ihre über Jahre aufgestaute, und endlich herausgelassene Wut mit einer entsprechenden Handbewegung.

Es war ein Tag der Veränderung. Sie wollte sich nicht mehr alles gefallen lassen.

Krauses blickten sich ungläubig an. Das hätten sie nun nicht gedacht, daß ihre Tochter revoltierte. Ingeborg setzte nun zum Gegenangriff an. „Wie kannst du nur so gehässig sein. Wir sind doch deine Eltern. Wir haben uns jahrelang für dich aufgeopfert. Und müssen uns jetzt solche Gemeinheiten anhören. Mir reicht es ebenfalls. Komm, Kalle. Wir gehen lieber ins Café. Dort behandelt man uns nicht so, so niederträchtig." Ingeborg schnaufte nach Luft.

„Damit du es weißt, Susanna! Ich werde dieses Scheiß-Haus nie mehr betreten", brüllte Karl-Heinrich seine Stieftochter an. „Nie mehr! Merke dir das!"

„Darum will ich auch gebeten haben, du verfressener Schmarotzer!" regte Susanna sich auf. Der Streit war perfekt. Krauses verließen schließlich, nach einigen beleidigenden Wortgefechten, wutentbrannt das Lindemann-Domizil.

Susanna lehnte sich erschöpft an die Wand und atmete mehrere Male tief durch, damit ihr 180 Pulsschlag wieder normal wurde. Was für ein Tag! Morgenstreß, Autocrash,

Abwimmeln der alten Ziege Miriam, Krach mit den Eltern. Und der Tag war noch nicht zu Ende, resümierte Susanna.

Kirschbaum! Andreas Kirschbaum! In vier Stunden würde er sie abholen. Susanna lief hektisch zum Spiegel und betrachtete sich. Abgekämpft sah sie aus. Gestreßt. Nein! Wie kriege ich es bloß hin, bis heute abend wieder ansehnlich auszusehen, dachte sie maßlos übertrieben.

Sie lief hinaus in den Garten, wo Pauline fleißig die Blumen pflückte und in ihre Sandkiste trug. „Nein! Auch das noch", stöhnte Susanna auf. „Pauline! Bist du wahnsinnig, die Blumen abzurupfen?" schrie sie die Kleine entsetzt an.

„Wieso schreist du, Mama? Ich habe nur Blumen für dich!" sagte die Kleine gewieft.

„Du hast wieder Mist gebaut! Ich kenne dich genau!" motzte Susanna weiter.

„Ich kenne dich auch!" sagte die Kleine scharfsinnig.

„Ach, komm her, mein Schatz!" Susanna hatte genug vom Streiten. Sie drückte ihr Kind an sich und atmete diesen geliebten Kindergeruch ein. Dann spielte sie eine Weile mit ihrem Sprößling.

Etwas später nahm sie auf ihrer Sonnenliege ein kleines Sonnenbad. Herrlich! Die warmen Sonnenstrahlen auf der Haut zu spüren. Das tut so gut. Bestimmt sehe ich nachher sogar ein bißchen braun aus, dachte sie optimistisch und rekelte sich verliebt im Sonnenschein.

Sie malte sich den Abend in den buntesten Sommerfarben aus. Sie und Andreas. In einer kleinen gemütlichen Pizzeria. Ihr Herz raste bei diesem Gedanken.

Ob sie sich wohl heute abend duzen würden? Küssen? Ob er ihr seine unendliche Liebe gesteht? Was ist, wenn er mit ihr nach Hause will? Was soll sie bloß sagen, wenn er sie fragt, ob sie einen Freund hat? Was ist, wenn er sie gar nicht toll findet?

Fragen über Fragen.

Was soll ich denn bloß anziehen? Das kurze Schwarze? Jeans? Oder ihren neuen Hosenanzug? Ich glaube, schlicht und ergreifend. Außerdem, wie sollte ich sonst Konstantin die Beziehung zwischen so einem aufreizenden Outfit und einem eher gewöhnlichen Elternabend erklären? Er würde glatt mißtrauisch werden, und dann wäre die Affäre schon am Ende, bevor sie überhaupt angefangen hat. Also, ja kein Aufsehen erregen. Immer schön locker bleiben! Dabei raste ihr Herz wie wild.

Das Telefon klingelte. Susanna erschrak. Das wird doch nicht Andreas sein, der ihr absagen muß? ging es ängstlich durch ihren Kopf, als sie den Hörer abnahm.

„Ja?" meldete sie sich zaghaft und bewußt nicht mit Lindemann-Schubert, wie gewöhnlich.

„Wieso mußtest du Miriam absagen? Kannst du dich nicht einmal zusammenreißen? Du weißt doch, wie abhängig wir von meinen Eltern sind. Da könntest du ihnen ruhig so einen klitzekleinen Gefallen tun, und dich mit meiner Schwester verabreden. Das ist doch wohl nicht zuviel verlangt!" meckerte Konstantin Susanna durch den Hörer an.

„Ach, hat deine Alte sich mal wieder über mich beschwert? Wie üblich. Aber ich habe heute auch keine Zeit! Du kannst dich ja zur Abwechslung selbst um deine liebe Schwester kümmern", sagte sie bissig.

„Ich habe heute nun wirklich keine Zeit. Ich muß mich unbedingt mit einem Klienten von uns treffen. Es kann also sehr spät werden. Aber du könntest doch ..." Susanna unterbrach ihn, erbost über soviel Unverschämtheit und Frauenfeindlichkeit. Sie hatte genug davon, das schwache Geschlecht zu spielen und erwiderte. „Ich habe ebenfalls beruflich zu tun, und auch bei mir kann es sehr spät werden. Und damit basta!" Sie knallte den Hörer auf die Gabel, rieb sich die Hände und sagte zu sich: „Das Problem wäre also auch gelöst. Konstantin kommt später! Dieser verdammte Kotzbrocken. Am liebsten würde ich ihn auf den Mond schießen."

Inzwischen war Marlene zu Hause eingetroffen, die sich zum wiederholten Male als Babysitter beweisen konnte, während Susanna sich an ihrem Kleiderschrank zu schaffen machte. Was soll ich denn nur anziehen? stellte sie sich die ewige Frauenfrage. Nervös zog sie einen Fummel nach dem anderen an, um sich schließlich für das allererste zu entscheiden. Jeans mit dunkelgrünem, kurzärmeligen Strickpullover. Sie war ein Wintertyp. Grün stand ihr daher ausgesprochen gut.

Diese verdammten Schwiegereltern! Bevor man sich bindet, sollte man sich auf alle Fälle die Mütter angucken. Und das gründlich!! Das erspart einem viel Ärger. Denn der Apfel fällt ja bekanntlich nicht weit vom Stamm. Wie wohl Andreas Mutter aussieht? Ob sie wohl auch so schöne blaue Augen hat, wie ihr Sohnemann? fragte sie sich verliebt.

Susanna konnte es kaum erwarten, ihn endlich wiederzusehen. Und zwar nicht in der Schule. Sie guckte auf ihre Armbanduhr. 19.53Uhr. Sie lief zum Fenster, das einen Blick zur Straße bot und wartete nervös auf die Lichter eines Wagens oder auf eine aufspringende Wagentür.

Endlich sah sie Lichter, die sich näherten. Ihr Herz pochte. Das war er! Oh! Ein dicker Daimler Benz fuhr langsam vorbei. Das ist er. Das muß er sein. 19.57 Uhr. Er hat sich bestimmt in der Nummer versehen. Er kommt gleich zurückgefahren, machte sie sich Hoffnung. Sie eilte schnell zum Spiegel, um einen letzten Blick reinzuwerfen, fürs Klo war sie zu nervös. Dann klingelte es endlich. Sie schaute auf die Uhr. Es war genau 20 Uhr. Er war ja pünktlich wie die Tagesschau, schoß es ihr durch den Sinn und mußte dabei grinsen. Sie blickte schnell noch durch das Fenster, sah aber keinen Mercedes draußen stehen. Habe ich mich verhört, fragte sie sich. Es klingelte wieder. Sie sprang zur Tür und öffnete sie.

Da stand ER.

Unter seinem linken Arm klemmte ein gelber Sturzhelm. „Da bin ich", sagte er, als ob er das achte Weltwunder verkündete. Susanna war in der Tat leicht verwundert. Sie fragte irritiert nach, ob er mit dem Motorrad da sei.

„Ich? Nein!!" sagte er wieder, als ob man ihm die mieseste Frage der Welt gestellt hätte.

„Ich bin natürlich mit dem Fahrrad da!"

„Natürlich", erwiderte sie. „Aber sie haben wohl noch nie etwas von der akademischen Viertelstunde gehört?" hörte sie sich spöttisch sagen. „Ich muß meinen Drahtesel erst einmal satteln, bevor wir losreiten können." Susanna spürte eine geringe Veränderung. Sie war auf einmal die Witzigere. Das konnte sie gut leiden. Ihr gefiel die neue Rolle.

Sie nahm sich ihre Jacke vom Garderobenhaken und schloß die Tür hinter sich zu.

Ausgerechnet mit dem Fahrrad. Wie originell! Das kann ja heiter werden. Susanna holte ihr klappriges Hollandrad aus der Garage. „Nein!" Ihr Rad hatte einen Platten. „Herr Doktor Kirschbaum, es tut mir leid, aber mein Rad hat einen Platten. Scheint ein Loch zu sein", tat sie verzweifelt.

„Tja, da kann man wohl nichts machen. Dann kommen sie eben vorne bei mir auf die Stange", sagte er unkompliziert und hielt ihr den gelben Helm hin.

„Danke, den brauche ich nicht", sagte sie entschieden. Ich bin doch nicht blöd, und ruiniere mir meine Frisur mit dieser Kappe, dachte sie sich und setzte sich auf die unbequeme Fahrradstange. Doch so unbequem diese Sitzgelegenheit auch war, sie konnte sich so ungeniert das erste Mal an ihren Traummann schmiegen. Leider hatte er diesen verdammten Helm auf.

Kirschbaum hatte ganz schön Speed drauf, und Susanna pochte diesmal aus zwei Gründen ihr Herz. Ohne sie zu fragen, wo sie gerne hinwollte, fuhr er zielstrebig im rasanten Tempo drauflos. Er war der Macher, der Lehrer schlechthin.

Vor einem griechischen Lokal hielt er an.

„So, da wären wir", sagte er ohne jeden Zweifel. „Janni packt immer den Teller gut voll und Ouzos gibt es reichlich dazu. Gratis natürlich", sagte er und grinste sie an.

Susanna zwang sich ein Lächeln ab. Auf griechisches Essen hatte sie nun gar keinen Appetit. Knoblauch, fettes Fleisch, Zaziki, griechischer Wein. Und spätestens morgen würde es jeder riechen. Vor allem Konstantin würde ihre Knoblauchfahne mit Argwohn bemerken. Da müßte sie sich wieder etwas einfallen lassen. Na klar! Nach dem Elternabend ging es mit ein paar anderen Lehrern zum Griechen.   Susanna tat der Hintern weh. Die Stange war doch hart gewesen.

Sie betraten das Lokal und setzten sich an einen freien Tisch. Zum Glück habe ich mich nicht so aufgedonnert. Es wäre auch zu peinlich gewesen, hätte ich eines meiner tollen Kleider angezogen. Völlig overdressed. Sie schauten in die Speisekarten. Was bestelle ich mir denn nur? Ich hatte mich so auf Pasta eingestellt. Mist. Er bestellte für sich Gyros und Bier. Susanna verging bei dem Gedanken, fettiges Gyros und kaltes Bier zu verschlingen, völlig der Appetit. Sie bestellte sich lediglich einen griechischen Bauernsalat und eine kleine Karaffe roten Imigliko. In puncto Essen gehen passten sie schon mal nicht so gut zusammen, fiel ihr auf einmal auf. Sie trank zwar selber gerne Bier, aber beim Essengehen war ein guter Wein doch ein romantischerer Begleiter, der erst für die richtige Atmosphäre sorgte. Er hätte sie doch auch in ein erstklassiges Restaurant führen können und nicht in so eine bessere Pommesbude, dachte sie leicht beleidigt.

„Susanna, du brauchst doch bei deiner Figur nicht auf Kalorien zu achten", sagte er und lächelte sie an.

„ Ich tue halt, was ich kann", antwortete sie.

„Susanna, du glaubst gar nicht, wie sehr ich mich nach dir gesehnt habe", fing er auf einmal zu reden an und faßte ihr dabei ans Knie.

Susanna wurde es ganz plötzlich unangenehm. So hatte sie sich diesen Abend nun wirklich nicht vorgestellt. Sie zog ihr Bein weg und räusperte sich. Was war das denn? Was ist er denn für einer? Und seine schönen blauen Augen wurden auf einmal zu stechenden kalten Augen. Unangenehm.

„Herr Dr. Kirschbaum, das geht mir doch entschieden zu schnell. Außerdem dachte ich, wir würden über die Schranke sprechen?" tat sie unschuldig wie ein Engel.

„Ach, die Schranke vergessen wir jetzt mal und das SIE auch. Ich heiße Andreas."
Der Kellner brachte das Essen. Susanna atmete erleichtert auf. Oh Gott, wie komme ich bloß aus diesem Schlamassel unbeschadet wieder heraus? fragte sie sich reuevoll.

„Ich wußte damals schon auf dem Markt vom ersten Blick an, das ist sie. Die Frau mußt du haben, Andreas", schwafelte er weiter.

„Herr Dr. Kirschbaum ..." versuchte Susanna dem plumpen Annäherungsversuchen Einhalt zu gebieten.

„Andreas!" unterbrach er sie. „Ich wußte schon damals, daß du sehr schüchtern bist. Du wurdest sogar ein bißchen rot. Su-san-na." Seine Stimme klang dabei wieder so sanft und zart, so melodisch.

Susanna wußte nicht mehr, was sie denken oder fühlen sollte. Sie war hin- und hergerissen. Völlig durcheinander. Der Traummann fing auf irgendeine Weise zu bröckeln an, nichtsdestoweniger verspürte sie trotzdem eine starke Anziehungskraft von diesem Mann ausgehen. Er sah einfach verdammt gut aus.

„Was ich Sie, äh, dich noch fragen wollte: Wieso hast du damals auf dem Wochenmarkt gearbeitet?" versuchte sie neugierig wie sie war, seinem Geheimnis auf die Spur zu kommen.

Kirschbaum lachte und sagte: „Ganz einfach. Meine Eltern besitzen einen Bauernhof und betreiben zusätzlich einen Gemüse- und Früchtehandel. Der Gemüsestand gehört dazu. Mein Schwager und meine Schwester sind an diesem Unternehmen beteiligt. Doch damals war mein Schwager krank, und ich hatte Ferien, also habe ich ausgeholfen. Aber auch sonst wären wir uns ja begegnet, wie wir gesehen haben", fügte er lächelnd hinzu.

„Und ich hatte mich schon gewundert, wieso du danach nicht mehr dort gearbeitet hast. Du warst doch ein ausgesprochen aparter Verkäufer. Ich hätte wegen Dir beinahe den ganzen Stand leergekauft", sagte sie lächelnd und nahm einen großen Schluck Wein. Sie merkte auf einmal, wie leicht ihr das DU jetzt fiel. Seitdem sie von dem Markt sprachen, war er ihr wieder vertraut und begehrenswert.

„Ich bin der einzige in unserer Familie, der studiert hat und nicht von Obst und Gemüse lebt...", Kirschbaum fing an, von sich zu reden. Ein Satz gab den nächsten. Von seiner Kindheit auf dem Bauernhof, seinen Lieblingstieren, seinen unzähligen Urlauben mit dem Fahrrad, Studium und und und. Dabei rauchte er eine Gaulois nach der anderen und pustete den beißenden Qualm in Susannas Richtung. Sie war Nichtraucherin, er war Kettenraucher. Zwischendurch bestellte er sich diverse Biere und trank den gratis Ouzo.

Susanna langweilte sich. Wie war sie doch blauäugig, sich in so einen Mann zu verlieben, ging es ihr durch den Sinn. Auf einmal wurde ihr bewußt, wer seine Mutter war. Die dicke Bäuerin! Die aufdringliche und ungepflegte Person konnte sie noch nie leiden. Das war mal wieder der Beweis dafür, daß der Apfel nicht weit vom Stamm fällt. In diesem Fall war es allerdings die Kirsche. Aber hilfsbereit scheint er zu sein. Eine

Eigenschaft, die sie sehr schätzte. Auch bei ihrem Unfall zeigte er sich hilfsbereit und fürsorglich.

Susanna schaute auf ihre Armbanduhr. Fast zwei Stunden textete er sie schon zu. Wie kommt sie nur nach Hause? In was hat sie sich da nur hineinmanövriert? Und daß Andreas ausgerechnet ihr Vorgesetzter war, machte die ganze Sachlage nur um so komplizierter. Er hatte sie und ihre Prüfungen schließlich mitzubewerten. Wenn sie nicht so will wie er, konnte das sehr unangenehm werden. Schöne Scheiße, dachte sie. Taxi. Ich rufe mir jetzt ein Taxi, schließlich warten auf mich zwei Kinder daheim. Und dieser Kerl ist ja besoffen, ohne es zu merken. Alkoholischer Akademiker! Nikotingetränkter Altfreak! Igitt. Und den wolltest du küssen, schimpfte sie sich.

„Ich muß jetzt leider nach Hause! Schon spät! Die Kinder warten", sagte sie diplomatisch.

„Ach, wie schade. Dabei haben wir uns doch so toll unterhalten. Soll ich dich nach Hause fahren?" fragte er im zweideutigen Tonfall.

„Nicht nötig. Danke, aber ich nehme lieber ein Taxi. Mein Hintern tut jetzt noch weh", begründete sie ihr Vorhaben.

„Na, dann. Wir sehen uns ja jetzt öfter. Um nicht zu sagen, täglich", lallte er und griff nach ihrer Hand, die er mit seinen fettig, glänzenden Lippen küßte. Susanna drehte sich der Magen um. Ihr wurde leicht übel. Dann drehte Kirschbaum seinen Kopf um, und rief Janni zum Bezahlen herbei.

Janni fragte unsicher: „Zusammen?"

Kirschbaum antwortete: „Nein, getrennt bitte."
Susanna war es ganz recht, ihr erbärmliches Essen selbst zu bezahlen. So schuldete sie ihm jedenfalls nichts.

Dennoch fand sie ihn für sein dickes Beamtengehalt zu geizig. Er scheint ein ausgesprochener Egoist zu sein. Ein geiziger Egoist. Schlimme Kombination. Doch nicht so fürsorglich, wie sie dachte. Oder er gehört einfach zu den Männern, die Leistung für Gegenleistung bringen. Egal. Eines hatte sie jedoch an diesem Abend gelernt: Der Traum vom Traummann hatte sich ausgeträumt. Leider.

Frustriert stieg Susanna ins Taxi und ließ sich zu Heike fahren. Sie brauchte es jetzt, mit einer Freundin ihr Leid zu teilen. Sie wollte sich ihren Herzschmerz von der Seele heulen, bevor sie wieder in Konstantins Herrschaftsgebiet einkehrte. Glücklicherweise war es noch nicht allzu spät. Heike machte die Tür auf und war erstaunt über Susannas spontanen Abendbesuch. „Was ist los? Ist was passiert?" fragte sie, den deprimierten Zustand ihrer Freundin sofort erkennend.

„Ach, Heike. Es ist alles sooo schrecklich!" stöhnte Susanna und heulte Rotz und Tränen.

Heike goß ihrer Freundin ein Glas köstlichen Lambrusco, den beide Frauen so sehr liebten, ein.

„Hier! Trink erst einmal einen kräftigen Schluck. Und dann erzähl mir in aller Ruhe, wo dein Problem liegt." Heike öffnete ein Fach ihres alten Oma Küchenschrankes, kramte darin herum und zog eine Packung Kleenex Tücher für ihre verheulte Freundin heraus. „Hier. Für alle Fälle. Mach die Packung ruhig leer, du wirst sehen, danach geht's dir viel besser", versuchte sie auf ihre Art zu trösten. „Im übrigen ist kein Mann dieser Welt mehr wert als eine Packung Kleenextücher."

„Wie recht du hast! Aber eine Packung ist noch viel zu viel für dieses Männerpack!" Susanna mußte zwischen dem Weinen das erste mal wieder lächeln. Sie putzte sich die Nase mit diesen flauschigen Dingern und fühlte sich gut. Verstanden und geborgen.   Frauen sind doch einfach unkomplizierter. Gefühlvoller. Lebendiger. Wärmer. In ihrer Nähe erscheinen die Probleme wieder lösbar. Klein. Dann erzählte sie Heike den ganzen miesen Tag von Anfang an. Und indem sie erzählte, befreite sie sich von ihrer schweren Last. Sie wurde leichter und gleichgültiger. Alles war ihr im Moment schnuppe. Konstantin, der daheim auf sie wartete, um ihr eine Standpauke zu halten. Kirschbaum, der sie sowieso nervte. Ihre Eltern, Lindemanns und Miriam ohnehin. Sie waren ihr über Nacht unwichtig. Einerlei.

Sie wollte etwas Neues. Sie wollte in absehbarer Zukunft ihr Leben verändern. Sie wollte frei sein. Unabhängig. Männerlos. Doch dazu brauchte sie Geld und Geduld. Leider hatte sie von beidem nicht genug.

Sie mußte ihre blöde Ausbildung beenden. Erst dann könnte sie irgendwo anders neu anfangen. Bis dahin war ihr Weg noch sehr steinig, schoß es ihr durch den Sinn.

„Ach, Heike. Du bist doch zu beneiden! Du mußt nur für dich entscheiden. Brauchst keinem Rechenschaft abzulegen. Kannst tun und lassen, was du willst. Hast keine fiesen Schwiegereltern. Keinen Halbehemann und keinen lästigen Kirschbaum. Keine Kinder, die an dir zerren. Du hast einfach deine Ruhe. Und dein eigenes kleines Reich", seufzte sie und tat sich selber unendlich leid.

„Man ist doch nie zufrieden mit dem, was man hat. Du hast recht. Ich habe allerdings keinen Mann, nicht einmal einen in Aussicht. Aber eines kannst du mir glauben. Ich hätte gerne einen. Von mir aus auch zwei. Alles, nur nicht keinen", beklagte Heike erneut ihr Single Dasein. „Aber mich will ja keiner." Jetzt zog sie sich selbst ein Kleenex-Tuch heraus und schneuzte ordentlich hinein.

„Wir können ja tauschen. Du kriegst meine, inklusive Kinder, Küche, Karriere. Und natürlich Konstantins Mutter dazu. Und ich mache es mir hier bequem. Welch himmlische Vorstellung!" seufzte sie. „Wie wär's?"

„Abgemacht!" Beide Frauen prosteten sich mit ihrem neu gefüllten Weinglas zu.

Susanna schlich sich leise auf Zehenspitzen ins Schlafzimmer.

Konstantin wartete dort schon eine ganze Zeit vergebens, und seine Laune wurde von Minute zu Minute miserabler. Als er Susanna hörte, tat er zuerst so, als ob er schliefe und wiegte sie in Sicherheit. Susanna, glücklich, die Nacht in Frieden und ohne weitere Diskussionen und Streit verbringen zu können, kuschelte sich halbtrunken in die Bettdecke. Sie schloß ihre Augen.

„Wo warst du so lange?" kam es mit scharfer Stimme von links.

Au nein! Auch das noch. Dieses hinterhältige Mannsstück. Na, warte. „Ich hatte Elternabend! Und jetzt bin ich müde. Gute Nacht!" sagte sie knapp.

„Seit wann wird auf dem Elternabend gesoffen? Und seit wann dauert ein Elternabend bis spät in die Nacht?" fragte er nachdrücklich und auf Streit aus.

„Seit heute! Gute Nacht!"

Konstantin setzte sich aufrecht und faßte sie hart an ihrem Arm. „Wo warst du?"

„Spinnst du? Bist du völlig durchgeknallt?" schrie sie ihn an, und schüttelte ihren Arm, um sich aus dem Griff zu befreien. „Laß mich endlich in Ruhe schlafen. Ich muß morgen früh aufstehen. Und merke dir das, es geht dich überhaupt nichts an, wo ich mich RUMTREIBE, verstanden!" zischte sie, und ihre großen Augen wurden zu Schlitzen, die warnend Blitze aussandten.

„Ach, es geht mich also überhaupt nichts an, wo die Dame sich RUMTREIBT. Von wegen, es geht mich sehr wohl was an. Besonders, wenn die Kinder alleine zu Hause sind, und sich keiner um sie kümmert", sagte er vorwurfsvoll.

„Dann kümmere du dich doch um sie. Und jetzt laß mich mit deinen Albernheiten in Frieden. Ich will jetzt schlafen." Susanna drehte sich genervt ans äußere Ende ihrer Bettseite.

„Das hat ein Nachspiel, das sage ich dir." Auch Konstantin drehte sich demonstrativ ans andere Ende des Bettes und es dauerte nicht allzu lange, bis er ohrenzerreißend schnarchte, „krrrrch, krrrrchh, krrrrrch."

Susanna, die sonst von diesem Geräusch bis aufs Blut gestreßt wurde, kam es diesmal eher gelegen. Es war der deutliche Beweis dafür, daß Konstantin jetzt tief und fest schlief. Sie drehte sich um, um ihm die Nase zuzuhalten, dabei kam er ihr das erste Mal wie ein Greis vor. Tatterig und absolut unerotisch, wie er so mit offenem Mund dalag.

Was war bloß aus ihrer Liebe geworden? dachte sie melancholisch. Sie hatte sich in all den Jahren in Streit, schlechte Laune, Routine und Gewohnheit verwandelt.

Es war vor fast zwölf Jahren, als sie zusammen kamen. Sie sah ihn am Strand und verliebte sich Hals über Kopf in ihn. Als er im Meer baden war, legte sie sich einfach frech auf sein Badetuch und wartete, bis er wieder ans Land kam. Irritiert kam er an seinen Platz zurück, schaute leicht verdutzt und hörte sie sagen:

„Hallo, ich bin Susanna."

„Angenehm, Konstantin Lindemann. Aber dürfte ich mich jetzt bitte mit meinem Handtuch abtrocknen?" bat er sie charmant.

Susanna stand auf, nahm sein Tuch und trocknete ihn verführerisch ab. Es dauerte keine fünf Sekunden und sie küßten sich leidenschaftlich. Seitdem sind sie ein Paar und verlebten größtenteils eine schöne Zeit. Doch mehr und mehr überfiel Susanna das bittere Gefühl der Erkenntnis, daß ein Kapitel ihres Lebens langsam zu Ende ging. Nicht heute, nicht morgen, aber bald.

Sie schlief unruhig ein und träumte schlecht.

*****

Am nächsten Morgen, als Pauline sie früh rief, stand sie völlig gerädert auf. Sie war schon fix und fertig, bevor der Tag überhaupt angefangen hatte. Am liebsten wäre sie den lieben, langen Tag im Bett geblieben. Aber das ging als berufstätige Mutter natürlich nicht.

Als sie sich aber im Spiegel betrachtete und ihr eine unansehnliche und bleichgesichtige Susanna mit Augen wie Derrick entgegenblickte, beschloß sie, Doktor Sonnenfeld mal wieder aufzusuchen. Sie hoffte, für vorgetäuschte Magendarm-Beschwerden, einen gelben Schein zu ergattern. Es war ihr zwar langsam peinlich, den guten alten Mann über Gebühr zu strapazieren. Aber sie entschuldigte sich damit, daß die Ferien noch in unerreichbarer Ferne lagen und sie sich mit ein paar freien Tagen, von der Aufregung der letzten Tage erholen konnte. Sie brauchte Abstand von den Geschehnissen der letzten Zeit. Auch mit Miriam bräuchte sie sich dann nicht die Zeit totschlagen. So hätte sie gleich zwei Fliegen mit einer Klappe geschlagen.

Außerdem mußte sie das Haus und den Garten mal wieder auf Vordermann bringen. Das brauchte viel Zeit. So eine Woche Sonderurlaub war daher schon eine tolle Sache, man konnte endlich Dinge erledigen, wozu man sonst nie kam. Auch durchs Aufräumen konnte jegliche depressive Stimmung beseitigt werden. Durch die körperliche Betätigung wurden alle Muskeln in Gebrauch genommen und gelockert. Alles wieder zu ordnen und sauber zu machen, verschaffte einem ein Gefühl, das Leben wieder in den Griff zu bekommen. Erst einmal äußerlich alles klar kriegen, dann kam die Seele dran. Manchmal war dies hinterher schon gar nicht mehr notwendig. Die konfusen Gedanken sortierten sich quasi mit beim Aufräumen. Es war eine gute Therapie. Schmerzlos und ohne schädliche Nebenwirkungen.

Konstantin kam miesepetrig in die Küche, wo Susanna das Frühstück schon vorbereitet hatte. „Wie siehst du denn aus? Das Saufen bekommt dir nicht. Das macht dich häßlich!" sagte er verletzend.

„Mir geht es nicht besonders gut. Irgendwie ist mir übel", log sie. „Ich glaube, ich bleibe heute zu Hause."

„Du mußt es ja wissen. Tu, was du nicht lassen kannst. Aber jammere mir hinterher nicht die Ohren voll, daß du deine verdammten Prüfungen nicht schaffst." Er trank einen Schluck zu heißen Kaffee und verbrannte sich dabei den Mund. „Verflixt! In diesem Haushalt klappt auch gar nichts mehr. Verdammter Schweinestall hier!" fluchte er.

„Was hat deine Blödheit mit dem Haushalt zu tun? Sogar Pauline weiß, daß man sich an heißem Kaffee verbrennen kann", belehrte sie ihn rachedurstig. „Und wenn dir der Haushalt zu schlampig ist, dann engagiere doch eine Putzfrau. Du verdienst doch schließlich genug und ich kann mich nicht noch mehr zerreißen. Oder wenn dir das mal wieder zu teuer ist, leg doch einfach selber Hand an und räume mal auf", fügte sie hinzu.

„Susanna, du kotzt mich an!" sagte er kalt.

Konstantin war gereizt. Er ließ sein Frühstück stehen, zog sich an und verließ wütend das Haus. Auf dem Weg ins Büro dachte er über ihre Beziehung nach. Vor kurzem hatten sie sich doch wieder recht gut verstanden, und mit dem Sex klappte es auch. Doch die letzten Tage waren voll daneben. Susanna nervte ihn nur noch. Auch hatten sie gar keine Zeit mehr miteinander verbracht. Er arbeitete immer bis spät abends, und sie wurde langsam flügge. Räumte nicht mehr auf, ging weg und gab patzige Antworten. Das mußte sich ändern, und zwar bald. So ging das nicht weiter, sagte er sich.

Marlene platzte in die Küche und fragte Susanna „Was ist denn mit dem los? Hat der Herr mal wieder schlecht geschissen? Deshalb braucht er mich ja nicht gleich anzumotzen. Ich verziehe mich heute den ganzen Tag, brauchst nicht mit dem Essen auf mich zu warten. Hier ist mir das zu uncool."

Susanna war frustriert. Ihr tat ihre Tochter Marlene leid. Konstantin war in letzter Zeit sehr oft fies zu ihr. Es war eben nicht sein eigenes, sein richtiges Kind. Dies war immer unterschwellig zu spüren. Zumal er Kinder eigentlich sowieso nicht leiden konnte. Sie waren ihm eher lästig, gehörten nur einfach dazu. Dies verletzte natürlich nicht nur Marlene, sondern ebenso Susanna. Sie konnte es nicht ertragen, daß nach so vielen gemeinsamen Jahren, immer noch so etwas Fremdes zwischen ihnen war. Dieses Gen hatte er bestimmt von seinen Eltern geerbt. Sie ließen ja auch nichts anderes gelten, als ihre eigene buckelige Blutsverwandtschaft. Lindemanns waren nach wie vor für Marlene die Lindemanns und nicht etwa Oma und Opa. Susanna litt sehr unter dieser Tatsache. Sie hatte sich immer eine eigene, eine richtige Familie gewünscht. Vor allem vor dem Hintergrund, daß sie selbst ein Stiefkind war. Karl-Heinrich Krause war nicht ihr leiblicher Vater, aber wenigstens durfte sie ihn Papa nennen. Er ging ja auch noch. Fraß bloß zuviel und wurde von Ressentiments geplagt. Ingeborg hingegen war zwar ihre leibliche Mutter, benahm sich aber nie so. Ihre wahre und einzige Tochter schien nur Susannas jüngere Halbschwester Christiane zu sein. „Chrissi, mein Liebling", „Chrissilein", "mein Kind", „Wie geht es dir, mein Schatz?" und andere Koseworte gebrauchte Ingeborg säuselnd für ihre Lieblingstochter. Susanna hingegen wurde von ihrer Mutter, wenn überhaupt, Susanna genannt. Nichts mit Liebling oder so. Susanna hoffte inständig, früher oder später ihren richtigen Vater kennenzulernen. Sigmar Rafael Schubert.

Sein Name war sozusagen alles, was sie von ihm wußte. Sie wußte nur noch, wie er mit zweiundzwanzig Jahren ausgesehen hatte. Interessant. Künstlerisch. Einfach gut. Ein Charakterkopf eben. Und das war nicht gerade viel. Oma Tilda hatte nach langem hin und her endlich ein vergilbtes schwarzweiß Photo herausgerückt, auf dem die junge und hübsche Ingeborg mit ihrer großen Liebe zu sehen war. Beide saßen sie verliebt an einen Baum gelehnt. Ihr Vater war als Thema immer tabu gewesen. Keiner, auch Oma nicht, wollte über ihn reden. Susanna verstand es nicht. Mit ihrer Oma konnte sie doch sonst über alles reden. Sie war tolerant, aufgeschlossen und hatte viel Lebensweisheit zu bieten. Aber über ihren Vater schwieg sie sich einfach aus. Angeblich sei er ein Hallodrian gewesen, ein schlechter Mensch, den man am besten schnell vergißt. Insofern war er für Susannas Phantasie eine tabula rasa, die sie je nach Stimmungslage füllen konnte. Er war manchmal der Starke, der Zärtliche, der Verständnisvolle, der Humorvolle, der Witzige, der Intelligente. Er war für sie die heimliche Beschützerfigur. Aber schlecht, schlecht war er in ihrer Vorstellung niemals.

Wenn die Atmosphäre in der Mozartstraße mal wieder zum Zerschneiden dick war, und alle mit genervten, verärgerten Gesichtern herumliefen, fand Susanna es immer schrecklich, keine richtige Familie zu sein.

Susanna griff sich den Telefonhörer und rief in der Schule an. Sie sagte der alten Hebestreit, daß es ihr nicht gut ginge, daß sie daher zum Arzt müsse und also nicht zur Arbeit kommen könne. Die Hebestreit sagte zickig: „Kommen Sie denn morgen zur Schule?"

„Ich weiß es nicht. Diese Entscheidung überlassen wir doch besser dem Arzt. Auf Wiederhören, Frau Hebestreit." Susanna legte den Hörer auf. Alte Zimtzicke.

Danach rief sie bei Lindemanns an. Sie erzählte Lisa das gleiche. Der Kommentar Lisas war: „Ja, dann braucht Muschilein ja auch nicht kommen. Du bist ja schließlich zu Hause." Keine <gute Besserung oder bringe Pauline doch trotzdem zu uns, dann kannst du dich erholen, Kind> war zu vernehmen. Dies war die kleine Rache für Susannas gestrigen gelungenen Schachzug. Susanna war froh darüber, daß sie nur simulierte. Sie sah nur schlecht aus, körperlich ging es ihr aber gut. Jetzt mußte sie nur noch zu Doktor Sonnenfeld. Susanna hatte Glück. Gastritis hieß das Zauberwort. Eine ganze Woche schrieb der Arzt sie arbeitsunfähig. Und genau das war sie auch, wenn sie es sich recht überlegte. Sie hätte wirklich Magenschmerzen bekommen, wenn sie Kirschbaum, Fisch und den anderen Konsorten begegnet wäre. Allein bei dem

Gedanken daran, drehte sich ihr der Magen um. Allerdings, aufgeschoben ist nicht aufgehoben.

In einer Woche würde die Realität sie wieder einholen, dachte sie schmerzlich. Aber bis dahin hätte sie bestimmt eine angenehme Zeit und über die ganze Geschichte mit der Schranke würde etwas Gras gewachsen sein. Man sollte doch sowieso jeden Tag leben, als ob es der Letzte wäre. Es ist nicht entscheidend, wie lange man lebt, sondern wie man lebt. Carpe diem. Auch Oma Tilda sagte dies immer.

Die Sonne schien. Es war ein sehr warmer Frühlingstag. Fast schon sommerlich. Susanna hielt auf dem Rückweg an einer Gärtnerei an. Sie wollte bei diesem herrlichen Wetter zuerst den Garten in Angriff nehmen. Dafür kaufte sie ein paar Margeritenbüsche, zwei große Terracottatöpfe, einen Bambusstrauch. Sie wollte nicht nur im Garten arbeiten und aufräumen, sondern ihn auch verschönern. Beim Kiosk kaufte sie sich noch ein „Mein Garten und Ich" Magazin und für Pauline eine Schlickertüte und ein paar Brötchen.

Zufrieden schleppte sie ihre Beute in den Garten, kochte sich einen Kaffee und suhlte sich beim zweiten Frühstück mit ihrer Zeitung auf der sonnigen Terrasse. Einfach wunderbar, so eine geklaute freie Zeit. Es gibt kaum etwas Schöneres, dachte sie erfreut.

Etwas später klingelte das Telefon.

„Hallo, Darling. How do You do?" trällerte eine sehr bekannte, nun leicht amerikanisierte Frauenstimme.

„Bärbel? Bist du das?" fragte Susanna freudestrahlend.

„Yeahh! Ich wollte mal hören, wie es meiner besten Busenfreundin im good old Germany so geht."

Susanna erzählte mit schnellen Sätzen, was ihr in letzter Zeit passiert ist.

„Well, no problem, honey! Lass' die Männer zischen, nimm dir einen Frischen. Aber Spaß beiseite. Ich rufe dich noch aus einem anderen Grund an. Es geht dabei wieder um einen Mann. Einen sehr, sehr netten Mann. Einen Mann, den du dir immer gewünscht hast. Es geht um deinen Vater! Susanna, ich glaube, ich habe gestern abend deinen Vater kennengelernt", sagte sie bedeutend.

Susanna stockte der Atem. Ihr Vater. Ihr richtiger Vater. Wie sehr hatte sie sich in ihrem ganzen Leben nach einem Lebenszeichen von ihm gesehnt. „Bist du sicher?" fragte sie unsicher.

„Ja, so ziemlich", antwortete sie.

„Was heißt so ziemlich?" fragte Susanna leicht enttäuscht.

„Nun ja. Gestern traf ich auf einer Vernissage einen erfolgreichen Kunsthändler und Bildhauer. Schwerreich dazu. Wir kamen ins Gespräch. Zuerst habe ich mir bei seinem Namen Schubert nichts gedacht. Warum auch? Den gibt es doch schon seit mehr als 200 Jahren, man denke da nur an Franz Schubert. Doch als ich seine Visitenkarte daheim betrachtete, fiel es mir wie Schuppen von den Augen. Sigmar R. Schubert. So viele gibt es davon bestimmt nicht auf der Welt. Und zweitens hatte er deine Augen, wenn ich es mir genau überlege. Was sagst du nun?" triumphierte Bärbel hörbar durchs Telefon.

Susanna sagte nichts.

„Hey, whats the matter? Bist du noch dran?" fragte Bärbel nach.

„Ja, klar! Aber das muß ich erst einmal verarbeiten, verstehst du? Hast du ihm von mir erzählt?"

„Susannachen! Ich vermutete doch erst später, daß er dein Vater sein könnte. Well, aber ich habe ja seine Adresse. Er lebt hier im wonderfulen Boston. Ich werde ihn in den nächsten Tagen besuchen und ihm von dir erzählen. Okay? Take it easy, Darling. Well, das war bestimmt eine Fügung vom großen Schicksal oder so etwas, daß mein lovely Wolter ein Jahr hier arbeiten muß und ich ausgerechnet deinem Vater über den Weg laufe. Too much crazy!" versuchte sie ihre miserablen Englischkenntnisse zur Schau zu stellen, um zu demonstrieren, wie sehr sie vom american way of life fasziniert war.

„Rufe mich sofort wieder an, wenn du was Näheres in Erfahrung gebracht hast. Ich bin ja so aufgeregt. Ach, wenn das wirklich wahr wäre! Mein Vater. Mein richtiger Vater! Ich kann es kaum glauben." Susanna spürte ihr Herz pochen.

„No problem, ich rufe dich sofort an, wenn ich news erfahren habe. Und relax etwas, Darling. And immer schön cool bleiben! So long! Good Bye!" verabschiedete sich Bärbel von ihrer Freundin.

„Moment noch. Nicht auflegen!" schrie Susanna in den Hörer.

„Ist er Jude?" fragte sie vorsichtig nach.

„Über Religion haben wir nicht geredet. Ach ja, Dein Vater soll ja ein Jude sein. Also, einen Rauschebart hatte er nicht. Aber ich bin mir sicher, daß es Dein Vater ist."

„Wie sieht er denn aus? Beschreibe ihn doch bitte mal", forderte sie Bärbel auf.

„Tja, wie sieht er aus?" Bärbel machte es spannend. „ich würde sagen... gut!"

„Was heißt denn gut?"

„Gut heißt gut und nicht schlecht", antwortete Bärbel lapidar.

„Darling, ich melde mich, wenn ich genau weiß, ob ich recht habe. Okay. So long."

Enttäuscht darüber, daß Bärbel keine weiteren Schilderungen über ihren vermeintlichen Vater tat, legte sie das Telefon beiseite. Susanna waren alle Probleme, die sie vorher hatte, mit einem Schlag nebensächlich geworden. Es spukte nur noch ihr Vater in ihrem Kopf herum. Sie wollte ihn unbedingt bald sehen. Endlich ihren Vater kennenzulernen. 36 Jahre hatte sie darauf gewartet. Was ist aber, wenn Bärbel sich geirrt hatte? fragte sie sich furchtsam, als ob ihr ein kostbares Juwel geklaut werden könnte. Oder wenn er mich gar nicht kennenlernen möchte? Das ist doch schließlich auch möglich. Ach, sie fegte diesen Gedanken schnell wieder beiseite.

Anstatt den Garten weiter zu bearbeiten, lehnte sie sich in aller Seelenruhe zurück und träumte ihren amerikanischen Traum: Ihr Vater und sie. Beide überglücklich, endlich vereint zu sein. Sie würde mit beiden Kindern in die Staaten ziehen und dort mit Kunstgemälden handeln. Dort würde sie reich, berühmt und am Ende verliebt sein. Ihr Daddy würde mit Pauline spielen und alle wären rundum glücklich. Ach, was für ein Leben!

Aber bevor die Sache nicht hundertprozentig war, wollte sie mit niemandem darüber reden. Um sich ihrem gewohnten Leben wieder hinzugeben, machte sie sich endlich an die vorgenommene Gartengestaltung. Sie ackerte wie ein Schwerstarbeiter, und der Schweiß floß dabei in Strömen. Voller Stolz half Pauline mit. Sie schleppte unerbittlich mit ihren kleinen Händchen das frisch gemähte Gras beiseite. Dann klingelte das Telefon erneut. Susanna pochte das Herz, sie dachte, es wäre vielleicht ihr Vater. Ängstlich meldete sie sich mit „Susanna Schubert". Am anderen Ende der Leitung fragte eine bekannte Männerstimme: „Na, ist Dir der gestrige Abend nicht bekommen? Du hättest besser mit zu mir kommen sollen. Ich hätte Dich noch ein bißchen verwöhnt."

Susanna verschlug es die Sprache. Kirschbaum!

„Herr Dr. Kirschbaum", - sie zögerte einen Moment, und kratzte ihren ganzen Mut zusammen - „ich glaube, Sie haben da etwas in den falschen Hals bekommen. Unser Essen war rein beruflich. Und ich möchte, daß es auch so bleibt."

„Susanna, daß kannst du mir doch nicht weismachen. Du bist doch genauso scharf auf mich, wie ich auf dich", sagte er kackfrech.

Dieses eingebildete Arschloch!

„Tut mir leid, wenn Ihnen mein Verhalten etwas anderes suggerierte. Aber ich habe wirklich kein Interesse an einer erotischen Beziehung mit Ihnen. Tut mir wirklich leid. Im übrigen bin ich in festen Händen. Quasi verheiratet." Susanna wußte selbst nicht, wie sie es schaffte, so klar und deutlich zu werden. Schließlich hatte er ja recht. Sie war verliebt in ihn. WAR, wohlgemerkt.

„Deine Zickigkeit wirst Du noch bereuen. Schließlich habe ich dich in der Hand. Vergiß das nicht. Wenn du deine Prüfungen bestehen willst, mußt du schon ein bißchen nett zu mir sein."

„Das ist doch Erpressung!"

„Nenne es wie du willst! Ciao Baby." Er legte den Hörer auf.

Susanna schnürte es die Kehle zu. Sie saß ganz schön in der Klemme. Sie hätte besser mitspielen sollen, als auf Konfrontationskurs zu gehen. So ein verdammtes, widerliches Arschloch! Damit hat sie nun wirklich nicht gerechnet. Ihre Gedanken kreisten durcheinander. Gott sei dank hatte der gute alte Sonnenfeld sie krankgeschrieben. Sie hatte jetzt eine kurze Galgenfrist.

Abends kam Konstantin fluchend nach Hause.

„SUSANNAAA! Hole mir doch mal einen Lappen!! SUSANAAA!" schrie er wie von einer Tarantel gestochen.

Susanna sprang zum schreienden Konstantin und fragte ihn herausfordernd in der Diele.

„Was ist los? Wozu brauchst du einen Lappen?" Sie rümpfte die Nase. „Igitt stinkt das hier! Bah! Furchtbar! Hast du mal wieder einen fahren lassen, du altes Stinktier?"

„Diese verdammten Köter! Ausgerutscht bin ich! Und zwar in Hundescheiße! Nicht daß diese stinkenden, scheißenden Viecher unseren Grünstreifen vorm Haus als Klo benutzen. Nein! Jetzt müssen die noch vor unserer Einfahrt kacken! Die grüne Kackmeile reicht den verdammten Viechern langsam nicht mehr", redete er sich nunmehr in Rage.

Susanna grinste übers ganze Gesicht.

„Was gibst denn da zu grinsen? Hol endlich einen Lappen! Meine guten Schuhe! Die werden noch ganz versaut! Ich schieß die alle ab! Ich schieß die alle ab!" Er atmete schnell, als ob er kurz vorm Herzinfarkt stünde. „Und das neugierige, alte Weib von drüben schieß ich gleich mit ab. Die hat bestimmt wieder hinter der Gardine gelauert und gesehen, wie ich in den heiligen Haufen ihres Hundes getreten und ausgerutscht bin. Ich hätte mir auch den Hals brechen können. Die werde ich irgendwann noch mal verklagen, wenn das so weitergeht. Das alte Weib! Machst du jetzt endlich meine guten Schuhe sauber?" Dabei streckte er ihr wie selbstverständlich sein rechtes Bein entgegen und zog seine Nase voll Ekel angewidert hoch.

„Ich denke, du bist nur reingetreten. Anscheinend hat der Köter dir noch ins Gehirn geschissen. Mach deinen beschissenen Schuh doch selber sauber! Selbst ist der Mann! Wir leben schließlich am Ende des 20. Jahrhunderts!" weigerte sich Susanna, den Schuhputzer zu miemen.

„Wenn du nicht augenblicklich meinen Schuh sauber machst, dann wirst du das 21. Jahrhundert nicht mehr erleben", drohte er ihr.

„Dazu müßtest du mich erst einmal kriegen. Mit diesen Schuhen setzt du keinen weiteren Schritt mehr ins Haus! Hier ist der Lappen!" Sie warf ihn ihm entgegen, drehte sich schadenfroh und siegessicher um, und ließ ihn sprachlos in der Diele stehen.

Sie öffnete die Tür zur Küche, drehte sich nochmals um. „Nimm's nicht so schwer! In Hundescheiße zu treten, bringt bekanntlich Glück." Nach diesen trostreichen Worten warf sie ihm eine Kußhand zu und schloß die Tür hinter sich.

*****

Bärbel machte sich gleich am nächsten Tag auf den Weg zu Susannas Vater. Sie war einfach zu neugierig. Sie wollte endlich wissen, was für ein Mensch er war und warum er sich nie bei seiner Tochter gemeldet hatte. Irgendetwas mußte doch passiert sein? Er erschien ihr nicht wie ein herzloser Mensch. Ganz im Gegenteil. Und sie war sich absolut sicher, daß dieser Mann auch Susannas Vater war. Allein diese ausdrucksvollen blaugrünen Augen, um die sie Susanna insgeheim beneidete, waren für sie Beweis genug.

Sie stand vor Sigmar Schuberts Haustür, zögerte aber ein Weilchen, bevor sie klingelte. Wenn sie sich nun doch geirrt hatte? Wie sollte sie ihren spontanen und so schnellen Besuch erklären? Sind Sie der Vater von Susanna Schubert und warum haben sie sich nie um ihre Tochter gekümmert? Bärbel schob alle Gedanken und Fragen beiseite und atmete tief durch. Es wird schon werden, sagte sie sich zuversichtlich.

Die Tür öffnete sich. Ein graumelierter Herr in Jeans und schwarzem T-Shirt guckte sie erstaunt an, und sagte mit freundlich männlicher Stimme: „Hallo?"

Bärbel räusperte sich und erwiderte: „Hallo, I´m Bärbel Käfer. Wir kennen uns von gestern, von der Vernissage. Can I come in?"

„Verzeihung. Bitte, kommen Sie herein", sprach er deutsch mit amerikanischem Akzent. „Was kann ich für Sie tun?"

„Ich hoffe, sehr viel", sprach sie in Rätseln.

„Kommen Sie, ich werde sehen, was ich für Sie tun kann. Am besten, wir setzen uns bei diesem schönen Wetter in den Garten", sagte er.

Er führte sie durch ein riesengroßes Wohnzimmer, was eher als ein Salon bezeichnet werden konnte. Viele Palmenkübel standen herum. Weiche Polstermöbel mit antiken Holztischchen luden zur Entspannung ein. Und Skulpturen, große wie kleine, gaben das ihre, es wie eine Kunsthalle wirken zu lassen. Soviel Platz! Und das Ganze lichtdurchflutet durch die gigantische Fensterfront. Schiebefenster, die zur mediteranen Terrasse führten. Bärbel war beeindruckt von seinem Einrichtungsstil.

„Please, setzen Sie sich. Was kann ich Ihnen zu trinken anbieten?" fragte er.

„Ein Mineralwasser, bitte." Bärbel war erstaunt über seine perfekten Deutschkenntnisse. Allerdings verstärkte es ihre These: Dieser Mann mußte Susannas Vater sein.

Als Sigmar Schubert das Mineralwasser aus dem Kühlschrank holte, fragte er sich, was diese junge und schöne Frau von ihm eigentlich wollte. An seiner Kunst schien sie ihm aus irgendwelchen Gründen nicht besonders interessiert zu sein. An ihm, dem alten Knaben auch nicht. Es war keine Erotik, kein Knistern zwischen Ihnen vorhanden. Er wurde neugierig.

„Thank you", sagte Bärbel, nachdem Schubert ihr Mineralwasser einschenkte. „Was ich Sie schon gestern fragen wollte, wieso sprechen Sie so verdammt gut deutsch?" begann sie ihr kleines Verhör.

„Well, ich bin in Deutschland geboren und habe dort sehr lange gelebt. Das ist alles."

„Verlernt man die Sprache nicht, wenn man so lange in einem anderen Land lebt?" wollte sie nun wissen.

„Nein. Seine Muttersprache verlernt man nicht. Das ist wie mit dem Fahrradfahren. Außerdem habe ich hier viele deutsch - jüdische Freunde. Ich bin nicht nur Deutscher, ich bin auch Jude. Wenn auch kein orthodoxer", fügte er schnell hinzu.

Das war der Beweis. Das es so einfach war, hätte Bärbel nicht gedacht. „Aber Sie sind doch nicht aus dem Nazi-Deutschland geflohen? Dazu sehen Sie mir zu jung aus", fragte sie interessiert weiter.

Sie schaute ihn an, und überlegte, ob er jüdisch aussieht. Er hat eine markante Nase, aber nicht auffällig. Ach, ich denke auch immer in Klischees, dachte sie. Er sah einfach gut aus: Schlank und gut gebaut war er. Dann diese tollen Augen, die warmherzig blickten. Und viele Lachfalten zierten sein Gesicht. Und er hatte einen schön geschwungenen Mund.

„Da haben Sie recht. Ich war noch ein kleiner Junge als dort drüben die Schreckensherrschaft begann. Meine Mutter und ich konnten uns retten. Mein Vater ist in Auschwitz ermordet worden", sagte er knapp, aber pointiert.

„Das tut mir leid. Es ist bestimmt nicht einfach, so ohne Vater aufzuwachsen", erwiderte Bärbel.

„Der Mensch gewöhnt sich an alles. Es dauert nur seine Zeit."

Eine kurze Pause entstand.

„Aber Sie sind bestimmt nicht hierhergekommen, um mit mir über die Vergangenheit zu sprechen?" fragte er sie.

„Sie liegen mit ihrer Aussage gar nicht so verkehrt." Bärbel lächelte ihn an. Wissen Sie, ich habe in Deutschland eine sehr gute Freundin. Susanna. Und diese Freundin sucht seit Jahren vergeblich ihren Vater", sie stockte, „und der heißt Sigmar Rafael Schubert und ist Jude." Bärbel schaute ihr Gegenüber eindringlich an.

„Und Sie meinen, das bin ich?" fragte er, ohne sich ertappt zu fühlen. "Es tut mir leid, aber ich weiß von keiner Tochter, die meine sein soll. Leider", fügte er hinzu.

„Kennen Sie eine Ingeborg Krause, äh, ich meine natürlich Ingeborg Bretschneider, so war ihr Mädchenname?

Schuberts Gesicht verdüsterte sich. Dann sagte er mit trockener Stimme: „Ja." Er schaute in den blauen Himmel, als würde er ihr Bild dort sehen.

Bärbel ließ ihn in seine Gedanken versinken. Sie lehnte sich entspannt in ihren Sessel und lobte sich für ihr richtiges Gespür. Sie hatte recht gehabt mit ihrer Vermutung. Sie hat Susannas Vater gefunden. Es gab überhaupt keinen Zweifel mehr.

Nach einer Weile hörte sie ihn sagen: „Sie meinen, ich habe eine Tochter?"

„Ja", antwortete Bärbel bestimmt. „Sie haben die gleichen Augen wie Susanna. Und Sie haben auch noch zwei entzückende Enkelkinder. Marlene und Pauline." Sie kramte in ihrer Tasche und zog aus ihrem Portemonnaie ein Foto hervor, auf dem Susanna mit ihren beiden Kindern in die Kamera lachten. „Das sind sie." Sie reichte ihm stolz das Bild.

Schubert studierte das Bild. Dabei entspannten sich seine Gesichtszüge. Er lächelte still in sich hinein. Für diese Geste empfand Bärbel starke Sympathie.

„Das ist ja alles schön und gut, aber wieso weiß ich bislang von keiner Tochter? Können Sie mir das erklären?" So gern er sich Kinder wünschte, kam der Verdacht in ihm auf, daß vielleicht Erbschleicher am Werk waren. Schließlich war er vermögend. Auf der anderen Seite war er mit Ingeborg verheiratet. Wenn auch nur sehr kurz.

„Warum Sie es nicht wissen, kann ich Ihnen leider auch nicht beantworten. Aber ich weiß, daß Susanna nicht die leibliche Tochter von Karl Krause ist. Außerdem heißt sie Schubert. Sie waren doch verheiratet mit Ingeborg!"
„Ja, kurz. Die Scheidung lief ungewöhnlich reibungslos. Keine Forderungen. Nichts."

„Dann muß Ingeborg schon schwanger gewesen sein, und es Ihnen aus irgendwelchen Gründen nicht gesagt haben. Das wäre schließlich nicht das erste Mal, das Frauen so etwas tun."

„Wenn das wirklich wahr ist und Susanna wirklich mein Kind ist, wäre ich der glücklichste Mann unter der Sonne. Ich habe mir immer ein Kind gewünscht. Doch leider vergeblich."

„Ich garantiere Ihnen, das sie eine Tochter haben."
Sie unterhielten sich noch stundenlang über Susanna, ihre Kinder, ihr Leben und Bärbel erfuhr viel über Sigmar R. Schubert. Dabei stellte sich heraus, daß er gebürtiger Bremer war, aber als junger Schnösel zur Ausbildung als Tischler an die Nordsee gekommen war. Dort entdeckte er seine Leidenschaft als Bildhauer und Künstler. Als jüdischer Hanseat war er verbunden mit der großen weiten Welt, und die Nordsee tat das ihre hinzu, seinen Traum von einem anderen Land verwirklichen zu wollen. Er hatte Verwandte „drüben", die ihm für den Anfang behilflich sein konnten. Aber er liebte auch Ingeborg sehr. Doch sie teilte nicht nur seinen Glauben nicht mit ihm, sondern hatte für seine „Spinnereien" auch nichts übrig. Für sie und ihre Mutter war er ein Nichtsnutz. Ein Außenseiter. Eben ein Künstler. Ein jüdischer obendrein. Und so ging er allein in die Staaten.

*****

Bärbel rief am nächsten Tag sofort bei Susanna an. „Hallo Darling! Ich bins, Bärbel. Und rate mal, wo ich gestern war?“

Susanna wurde ganz schlecht vor innerer Aufregung. Sie traute sich nicht, bei meinem Vater auszusprechen.

„Hey, Susannchen. Bist du noch dran?“

„Ja“, kam es kläglich durch den Hörer.

„Gut. Dann halte dich fest. Ich war gestern bei deinem Vater. Und er ist es. Er war mit deiner Mutter verheiratet. Und er freut sich riesig, in seinem Alter endlich Vater zu werden. Was sagst du nun?“ fragte sie stolz.

Susanna verschlug es immer noch die Sprache. Sollte ihr Traum vom Vater nun wirklich wahr werden. Sie hatte urplötzlich Angst. Angst vor Enttäuschung.

„Whats the matter, Darling? Er ist dein Vater, absolutly!“ sang Bärbel in den Hörer.

„Ich habe aber Angst. Angst enttäuscht zu werden“, gab Susanna zu verstehen.

„Ach, Unsinn! Dein Vater ist ein richtig toller Typ. Und er freut sich riesig, dich zu sehen. Und im übrigen: „‘Enttäuschtes Leben heißt ohne Täuschung leben’ “. Ich erinnere mich, daß so ein Spruch einer österreichischen Schriftstellerin früher mal an deiner Wand hing, oder sollte ich mich so geirrt haben?“

„Nein, hast du nicht. Aber auch Ingeborg Bachmann hat es nichts genützt“, trotzte Susanna wieder.

„Ja, ja. Aber du bist nicht Ingeborg Bachmann, sondern Susanna Schubert. Und jetzt Schluß mit dem Gejammer. Come to Boston!“, lockte Bärbel ihre Freundin.

„Weißt du denn nicht, daß ich leider nicht so über meine Zeit verfügen kann wie du? Ich gehöre zur arbeitenden Bevölkerung und kann nicht wie du nur meinen Hobbys nachgehen und trotzdem in Designer Klamotten herumstolzieren“, blaffte sie ihre Freundin neidvoll an. Sie mußte sich ungerechterweise Luft machen, da das Leben auch ungerecht ist.

„Ach, Darling. Wie sprichst du denn mit deiner besten Freundin. Höre ich da so etwas wie Neid der Besitzlosen? Anstatt mir dankbar zu sein, werde ich noch angemotzt. Das ist nicht die feine Art. Aber du hast Glück, ich bin nicht nachtragend. Also, sehe zu, daß du deinen Hintern in nächster

Zeit zum Flieger schleppst und deinen Vater und auch mich mit deiner Anwesenheit beglückst. Du wirst es schon schaffen. So long, Darling." Sie legte den Hörer auf.

Nach dem Telefonat war Susanna total aufgeregt. Sie mußte raus aus dem Haus, das ihr nun wie ein goldener Käfig vorkam, um ihre Gedanken zu sortieren. Es war schönes Wetter. Milde, angenehme Luft und Sonnenschein. Sie schnappte sich ihre kleine Tochter, suchte ein paar Sandsachen für sie zusammen und fuhr mit ihr zum Strand. Der Strand war schon ziemlich belebt. Viele, hauptsächlich ältere Badegäste vergnügten sich in ihren gemieteten Strandkörben und genossen das Leben. Susanna suchte sich ein schönes Plätzchen auf einer freien Sanddüne aus. Dort konnte sie sich beruhigt in den weichen, warmen Sand legen, dem Spiel der Wolken oder den weißen Segelschiffen am Meereshorizont zuschauen, während ihre Tochter eifrig Sandkuchen backte. Das Meer hatte schon immer eine enorm beruhigende Wirkung auf Susanna gehabt. Hier im warmen Wind konnte man seine Gedanken wie Strandgut einfach treiben lassen. Das sanfte Rauschen der Wellen war wie Entspannungsmusik in ihren Ohren und das Kreischen der Möwen Zeichen von Lebendigkeit und Freiheit. Sie fühlte sich von diesem Ort heute besonders berührt. War doch der Ozean die Verbindung zum anderen Kontinent. Dort, wo ihr richtiger Vater lebte und arbeitete und auf sie wartete.

Warum kann ich morgen nicht einfach zu ihm fliegen? fragte sie sich. Doch schon im gleichen Moment sagte sie sich, „wieso eigentlich nicht?" Morgen bin ich ja noch krankgeschrieben, und danach ist Wochenende. Also hätte ich drei Tage Zeit. Nicht viel, aber besser als gar nichts. Für ein gutes Essen reicht es allemal, und außerdem komme ich endlich mal raus aus diesem Kleinstadtmuff. Wie sagte Oma Tilda doch immer: "Carpe diem." Susanna atmete tief durch und streckte dabei ihre Arme befreit in die Luft.

„Komm her mein Schatz. Wir beide müssen jetzt los, Mama hat noch so viel zu erledigen. Mama fliegt morgen mit dem Flugzeug nach Amerika."

„Ich will auch nach Merika," sagte Pauline begeistert und klatschte in ihre Händchen..

„Mein Schatz, das geht aber leider nicht. Du mußt zu Hause bleiben bei Papa und Marlene, und wir fragen gleich Tante Heike, ob sie ein bißchen auf euch aufpassen kann, solange ich weg bin. Okay ? Heike magst du doch gerne? Nicht wahr?"

„Aber warum kann ich denn nicht mit?" Sie setzte ihre beleidigte Miene auf, die sie vom Vater geerbt oder sich abgeguckt hatte. Lernen durch Nachahmung.

„Weil ich ,... weil ich... allein fahren muß. Tante Bärbel ist krank, und kleine Kinder dürfen dort nicht mit hin," versuchte Susanna ihre Tochter zu vertrösten.

„Aber ich bin doch schon groß," protestierte die Kleine.

„Ja schon, aber nicht groß genug. Du mußt noch soviel wachsen." Susanna spannte ihre Arme aus und zeigte ihrer Kleinen ungefähr einen Meter, den sie noch zu wachsen habe. „Na gut. Dann bleibe ich eben zu Hause. Aber nächstes Mal nimmst du mich mit, okay?"

„Okay, großes Indianerehrenwort." Susanna nahm ihre Kleine in die Arme und drückte sie ganz doll. Sie hatte ja auch sehr schnell Verständnis gezeigt. Vielleicht ging ja die Trotzphase langsam zu Ende. „Mama hat dich ganz ganz doll lieb, mein Schatz."

Sofort kramte Susanna ihr erst kürzlich errungenes Handy aus ihrer Schultertasche hervor und wählte Heikes Nummer. „Los, geh schon ran!" sagte sie nervös zu dem Hörer.

„Wagner," erklang erwartungsvoll Heikes Stimme.

„Endlich", platzte Susanna los," ich befürchtete schon, du wärst mal wieder nicht da."

„Wieso", unterbrach Heike neugierig, „gibt's was Besonderes?"

„Ja, du mußt ab heute abend bis einschließlich Sonntag bei mir zu Hause meine Stellung einnehmen. Ich fliege mit der nächsten Maschine nach Boston," sagte sie, als sei es das Selbstverständlichste der Welt.

„Hast du sie noch alle? Hab ich richtig gehört? Ich soll mein kostbares Wochenende mit Konstantin und deinen Kindern verbringen? Bist du wahnsinnig?" empörte sich Heike.

„Wieso? Wollten wir nicht kürzlich noch Rollen tauschen?", tat sie unschuldig und naiv wie ein Lamm. „Heike, ich muß morgen dringend nach Boston, Bärbel liegt im

Krankenhaus", log sie, „und du bist meine einzige Rettung. Ich mache das auch wieder gut. Versprochen", bettelte Susanna.

„Was sagt dein Konstantin denn dazu?"

„Ach, der weiß es noch gar nicht. Aber wenn du dich etwas um ihn kümmern würdest, hat er bestimmt nichts dagegen. Er ist zwar ein kleiner Pascha, aber sonst ganz erträglich." Der wird mir am liebsten den Hals umdrehen, wenn er davon erfährt, dachte sie sich.

„Aber ich habe ihn erst einmal kurz zu Gesicht bekommen. Ich kenne ihn doch gar nicht, außer von deinen Erzählungen. Und die sind alles andere als rosarot," versuchte sich Heike aus der Misere zu retten. Aber vergeblich.

„Egal, ihr werdet euch schon nicht die Köpfe einschlagen. Aber ich habe es jetzt verdammt eilig. Ich muß noch viele Besorgungen machen. Bis heute abend. Ich zähl auf dich. Tschüs."

Heike war vollkommen baff. Natürlich wollte sie ihrer Freundin helfen. Wenn sie nur auf die beiden Kinder aufpassen müßte, wäre es auch gar keine Frage gewesen. Aber bei Konstantin hatte sie ein komisches Gefühl. Was sollte sie denn mit ihm reden? Sie kannten sich doch gar nicht. Aber sie wußte, daß ihr keine andere Wahl blieb, als ein paar Tage in die Mozartstraße 8 zu ziehen.

Susanna indessen fuhr zielstrebig ins nahegelegene Reisebüro, um den nächsten Flieger nach Boston zu buchen. Um 19.55 startete eine Boing 707 von Frankfurt aus direkt nach Boston. Es war die letzte Maschine an diesem Tag. Sie hatte noch ein paar Plätze frei, allerdings nur in der etwas teuren Business-class. Aber wozu hat man denn seine Kreditkarte? Susanna rechnete in ihrem Kopf aus, wie sie zeitlich alles schaffen konnte. Jetzt war es 15.51 Uhr. Sie mußte Pauline nach Hause bringen. Marlene, die hoffentlich daheim war, kurz die Situation schildern. Konstantin eine Nachricht hinterlassen, was ihr sehr recht war. Ersparte es doch langwierige Diskussionen, Streit und Zeit. Für sich ein paar Sachen zusammenpacken, vor allem diverse Fotos von ihren Kindern, damit ihr Vater sich schon mal ein Bild von seinen Enkeln machen konnte. Sie mußte ihren Reisepaß suchen und den Wagen volltanken, weil sie mit dem Auto zum Bremer Flughafen fahren mußte, um von dort erst mit dem Flugzeug nach Frankfurt zu gelangen. Die Zeit war knapp bemessen. Aber Susanna wußte, daß unter Zeitdruck vieles schneller ging. Man verplemperte seine Zeit nicht mit unnützen Dingen wie Bekleidungsfragen oder einer dritten Tasse Kaffee, sondern handelte schnell und zielsicher.

Daheim angelangt, erledigte sie alles wie geplant. Nur zu dumm, daß sie in all der Hektik ihren Reisepaß, das wichtigste Utensil für dieses Unterfangen, nicht so leicht finden konnte. Sie kramte nervös und fluchend alle ihre Schubladen durch, bis er sich endlich zwischen irgendwelchen Unterrichtsvorbereitungen wiederfand. „Gott sei dank", rief sie. „So ihr Lieben, seid schön brav und ärgert Heike und Konstantin nicht allzusehr. Bis bald. Küßchen", sie umarmte ihre Kinder und verschwand.

Marlene stand die ganze Zeit nur da und staunte über das Verhalten ihrer Mutter Bauklötze. Ihre Mutter flog mal eben in die Staaten. Sie konnte es gar nicht fassen. Es war ungewohnt. So kannte sie ihre Mutter nicht. Einfach abzuhauen, ohne dem großen Meister Konstantin Bescheid zu sagen oder besser noch, ihn um Erlaubnis zu bitten. Aber sie fand es cool. Und Heike fand sie auch ganz passabel. Sie bedauerte lediglich, daß sie nicht mitfliegen durfte, hätte sie doch nächste Woche ihren Klassenkameraden einiges zu erzählen gehabt.

Kurz darauf befand Susanna sich endlich auf der Autobahn und freute sich riesig, bald im Flieger sitzen zu können. Sie war noch nie allein geflogen. Sie fühlte sich so gut, so stark, so ungebunden, so lebendig. So ähnlich muß es den vielen Managern und den Models gehen, dachte sie sich. Heute hier, morgen dort. Streß pur. In der Tat, es war aufregend und spannend, so ein Leben aus dem Koffer, aber nichts für Susanna. Auf keinen Fall lebenslang. Sie sehnte sich nach häuslicher Harmonie, nach Familienleben und Freunden. Das war ja schließlich auch der Grund, warum sie jetzt auf der Autobahn fuhr. Schlagartig fiel ihr ein, daß sie Bärbel noch gar nicht Bescheid gesagt hatte. Sie rief sie an.

„Hallo. Käfer."

„Hallo, Bärbel, I´m coming. Ich bin gerade unterwegs zum Flughafen. In ein paar Stunden bin ich in Boston. Mein Flieger geht um 19.55 von Frankfurt. Erkundige dich bitte, wann du mich vom Flughafen abholen kannst. Ja?" sagte sie ohne Luft zu holen.

„Ich kann das noch gar nicht glauben. Susanna hat es tatsächlich geschafft, sich durchzuringen. Was sagt denn dein lieber Konstantin dazu?" fragte sie nicht ohne spitzen Unterton.

„Du wirst auch das kaum glauben, er weiß es noch gar nicht." Beide Frauen lachten laut durchs Telefon. Susanna schlenkerte leicht mit ihrem Wagen auf die Überholspur. Sie bemerkte es aber noch rechtzeitig, so daß sie noch umlenken konnte, um nicht mit dem rasenden BMW-Fahrer zusammenzustoßen. Es war haarscharf. Sie hatte noch einmal Glück gehabt, aber der Schreck saß ihr tief in den Knochen.

„Du, Bärbel. Ich hätte gerade beinahe einen Unfall gehabt", kam es todernst von ihren Lippen. Das Handy zitterte in ihrer Hand.

„Okay, Darling. Atme ganz tief durch, bleib ganz ruhig, es wird alles wieder gut. Ich kümmere mich um die Ankunftszeit und hole dich dann ab. No Problem. Ich freue mich riesig, dich zu sehen. Leg jetzt auf, und fahr schön vorsichtig. Bye."

Susanna nahm sich vor, nie mehr beim Autofahren zu telefonieren. Es war doch einfach zu gefährlich. Sie hoffte inständig, heil und gesund nach Boston zu gelangen, zumal sie unter einer leichten Flugangst litt. Als sie im Flugzeug saß, fragte sie sich, wohin das alles führen würde. Wie es sein würde, endlich ihren richtigen Vater zu sehen. Wie er wohl aussehen würde? Alt? Vielleicht ist er ja auch ein orthodoxer Jude mit Rauschebart? Und wenn schon, sagte sie sich. Was spielt der Glaube für eine Rolle? Ob der Gott nun Jahwe heißt oder Mohamed oder Jesus Christus oder einfach nur Gott. Es ist doch alles das gleiche: die Personifizierung aller positiven Kräfte dieser Welt, philosophierte sie für sich. Dann schloß sie die Augen und träumte ihren amerikanischen Traum.

Susanna atmete erleichtert auf, als der Jumbo gekonnt auf dem Bostoner Logan-Airport aufsetzte.

*****

Heike   war mittlerweile in der Mozartstraße und versuchte, sich in Susannas Küche zu betätigen. Die Küche entbehrte wirklich nichts. Es war der reine Luxus, den Heike nicht gewohnt war, aber an den man sich leider allzu schnell gewöhnen konnte. Sie hatte einen köstlichen Salat zusammengestellt. Auf dem Herd köchelte Huhn in Orangensoße mit viel Knoblauch und frischem Salbei. Dazu gab es selbstgemachte Kräuterbutter und heißes Fladenbrot, welches sie summend in den Ofen schob. Sie hatte vorsorglich eingekauft, um Konstantin die ungewöhnliche Situation etwas schmackhaft zu machen. Heike war aufgeregt. Sie deckte für vier Personen den Tisch. Pauline guckte ihr begeistert zu und half ihr gelegentlich mit ihren kleinen Kinderhändchen. Und Marlene genoß die Ruhe vor dem erwarteten Sturm.

Dann kam Konstantin hungrig und abgearbeitet nach Hause. Er roch den verführerischen Duft, der aus der Küche kam, und rief erfreut über Susannas Einsicht, sich endlich mal wieder um ihre Familie zu kümmern, liebevoll ihren Namen. Als er aber die Küche betrat, blieben seine Augen entsetzt auf Heike ruhen, die sich an seinem Herd zu schaffen machte. „Wo ist Susanna?" fragte er leicht gereizt.

„In Boston", antwortete Heike kläglich.

„Wo?" fragte er ungläubig nach, als ob er nicht richtig gehört hätte.

„Sie ist in Boston. Bärbel, ihre Freundin, ist krank, und ich sollte mich um euch kümmern. Ich darf doch du sagen?"

„Von mir aus. Aber wieso weiß ich davon nichts? Habe ich überhaupt nichts mehr zu sagen?" blaffte er Heike stellvertretend an.

„Doch, aber es mußte alles so schnell gehen", verteidigte sie ihre Freundin. „Aber setz dich erst mal hin und iß was mit uns. Oder soll ich wieder gehen?"

Konstantin guckte zuerst zum Herd und dann schaute er sie das erste mal richtig an. Sie war nicht unattraktiv, aber mit Susanna absolut nicht zu vergleichen. Doch hatte sie in der Tat etwas Anziehendes an sich. Er überlegte, was es war. Dann fiel es ihm ein. Sie hatte Charme. Sie strahlte eine gewisse

Lebensfreude aus, und gleichzeitig hatte sie etwas Mütterliches an sich. Eine gute Kombination, man konnte sich bei ihr geborgen fühlen. Auch war sie nicht so overdressed wie Susannas Freundin Bärbel, die er überhaupt nicht ausstehen konnte. Allerdings war Heike ihm ein bißchen zu dick. Aber sie scheint ausgezeichnet kochen zu können. Es roch außerordentlich gut.

„Nein, natürlich kannst du bleiben, ich meinte, wir würden uns alle freuen. Vor allem scheinst du gut kochen zu können", sagte er chauvinistisch, aber charmant und lächelte sie das erste Mal dabei an.

Heikes Herz machte einen kleinen Aussetzer. In diesem Augenblick beneidete sie ihre Freundin um diesen Mann. Und war gleichzeitig froh, ein paar Tage ihre Rolle spielen zu dürfen.

*****

Susanna und Bärbel fielen sich am Flughafen freudig in die Arme und begrüßten sich.

Sodann fragte Susanna gespannt: „Hast du meinem Vater gesagt, daß ich komme?"

„Darling, sollte ich etwa?" fragte sie heuchlerisch.

„Weiß nicht, aber kannst du mal aufhören mit deinem blöden DARLING, das nervt nämlich", sagte Susanna plötzlich schlechtgelaunt.

„Susannchen ist der lange Flug wohl nicht bekommen. Etwas überempfindlich heute, die Dame. Ach komm! Wir fahren jetzt zu mir und machen es uns gemütlich. Oder willst du gleich ins Bett gehen und schlafen? Bist du schon sehr müde? War bestimmt anstrengend der lange Flug?" fragte sie wieder mütterlicher.

„Ach was, schlafen kann ich in Deutschland noch genug. Ich will die drei Tage genießen und nicht verschlafen. Oder bist du schon müde?"

„Ich? Wo denkst du hin?"

„Okay, Amerika, wir kommen. Hat dein Walter auch nichts dagegen, daß ich bei euch wohne?"

„Ach, der hat nie was dagegen, und im übrigen ist der in New York. Also, weit weg und das bedeutet, wir haben unsere Ruhe, DARLING," rief Bärbel sichtlich vergnügt aus und zog ihre Busenfreundin erneut in die Arme.

„Miss Schubert, come to the information, please", ertönte eine freundliche Stimme durch die Halle.

Beide Frauen guckten sich fragend an.

„Ich glaube, du bist gemeint", sagte Bärbel spitzfindig.

„Ich, wieso ich? Oh", seufzte sie erschreckt, „das ist sicher Konstantin. Zuhause ist bestimmt etwas passiert." Auf einmal überkam Susanna ein ganz schlechtes Gewissen. War sie zu egoistisch? Zu selbstsüchtig? Zu spontan? Sie hatte einfach aus einer Laune heraus gehandelt. Oje, hoffentlich ist den Kindern nichts passiert. Susanna kaute nervös an ihrem Fingernagel und zappelte.

„Miss Susanna Schubert, please come to the information", ertönte diese freundliche Ansagestimme erneut.

„Siehste, sag ich doch. Du bist gemeint. Komm laß uns dort hingehen", Bärbel schnappte sich einen Koffer und zog mit der anderen Hand ihre Freundin zur Information.

Susanna klopfte das Herz. „Bitte, lieber Gott, laß nichts Schlimmes passiert sein", sandte sie ihr Stoßgebet gen Himmel. „Hallo, I am Susanna Schubert", stotterte sie mit einem dicken Kloß im Hals. „Ist etwas mit meinen Kindern passiert?" fragte sie von Panik ergriffen.

Die Stewardess lächelte freundlich und zeigte mit ihrem rotlackierten Finger auf einen grauhaarigen, älteren Herrn. „This is Mr. Schubert. He is waiting for you."

Susanna war für einen Augenblick verwirrt, blickte hilfesuchend zu Bärbel. Sie hatte das Gefühl, im falschen Film zu sein. Mit ihren Kindern war also glücklicherweise nichts passiert. Ihr Vater hatte ihr diesen Schrecken eingejagt. Es war ihr Vater, der dort stand und nicht wußte, was zu tun war. Hunderte Male hatte sie sich in den letzten Tagen ausgemalt, wie sie ihrem Vater zum ersten Mal begegnen würde. In verschiedenen Variationen vom klischeehaften Treffen mit Blume im Knopfloch im Restaurant, oder bei Bärbel zu Hause, bis hin zum Überraschungsbesuch bei ihm. Dabei schwang in ihren Vorstellungen unterschwellig immer die Angst mit, sich fremd zu bleiben oder schlimmstenfalls sich gar nicht leiden zu können. Daß sie aber so unerwartet, so unverhofft ihrem Vater gegenüberstand, hatte sie sich nicht vorgestellt. Darauf war sie überhaupt nicht vorbereitet.

Gedankenblitze rasten binnen Sekundenbruchteilen durch ihren Kopf, gleichzeitig nahm sie das äußere Erscheinungsbild ihres Vaters wahr, um es mit ihrem Bild, das sie sich in all den Jahren von ihm gemacht hatte, zu vergleichen. Er sah ein wenig verlebt aus, auch ein bißchen älter, als sie angenommen hatte, aber liebenswert. Ein bißchen wie ein alter Seebär. Susanna ließ ihre Handtasche fallen und ging langsam auf ihn zu. Zeitlupentempo. Dabei blickte sie in seine Augen, die mit jedem Schritt von ihr noch mehr strahlten als zuvor, bis sie ihm endlich in die Arme fiel. „Papa", flüsterte sie, dabei lief ihr eine Träne die Wange herunter.

Beide hielten sich viele Sekunden fest umarmt, als ob sie Angst hätten, sich wieder zu verlieren. Dann löste sich Sigmar Schubert behutsam aus der Umklammerung, damit er seiner Tochter in die Augen schauen konnte. „Susanna. Mein Kind. Ich bin so froh, daß es dich gibt. Ich hoffe, du bist mir nicht böse wegen dieses Überfalls. Aber ich konnte es keinen Tag länger aushalten, dich endlich in den Armen zu halten. Gott sei dank hat deine Freundin mich sofort informiert", dabei blickte er dankbar in Bärbels Richtung.

„Ich glaube, ich lasse euch jetzt besser allein", warf Bärbel ein, „ihr habt euch bestimmt sehr viel zu erzählen."

„Das kannst du wohl sagen. Fast ein ganzes Leben. Aber trotzdem möchte ich, daß du uns heute Gesellschaft leistest. Du warst doch schließlich diejenige, die uns zusammengeführt hat. Ohne deine geniale Kombinationsgabe hätten wir den Rest unseres Lebens auch noch verpaßt, nicht wahr PAPA?" Susanna merkte, wie leicht ihr dieses Wort über die Lippen ging. Sie war glücklich darüber, daß ihre Angst über förmliche Distanziertheit unbegründet war.

„Daran mag ich gar nicht denken. Ich habe mich in dieser kurzen Zeit schon so sehr an den Gedanken gewöhnt, eine

Tochter zu haben. Ich kann und will mir ein Leben ohne sie gar nicht mehr denken. Ich danke dir, Bärbel“, sagte er sentimental.

„Schon gut, schon gut. So viel Happy end kann ich gar nicht vertragen. Und schon gar nicht auf nüchternen Magen. Also laßt uns was essen gehen, okay?“

„Dein Wunsch ist uns Befehl. Dann zeigt mir mal, wo man in Boston gut essen gehen kann. Ich komme um vor Hunger. Der Fraß im Flieger ist doch nur so genießbar wie Pappe.“ Susanna hakte sich bei beiden ein und fühlte sich in dieser goldenen Mitte sauwohl. Allein für dieses Gefühl hatte sich der Weg gelohnt.

*****

Das Essen in der Mozartstraße schmeckte vorzüglich. Konstantin hatte sogar eine seiner kostbaren Weinflaschen herbeigeholt, um sie mit Heike zu trinken. Dabei redeten sie über Gott und die Welt. Zwischendurch brachten sie Pauline ins Bett, räumten gemeinsam das Geschirr in die Spülmaschine, amüsierten sich. Irgendwann ließ Konstantin hörbar einen fahren. Ein Zeichen totaler Entspannung. Es war ihm aber doch sichtlich peinlich. Er entschuldigte sich sofort dafür. Doch Heikes Kommentar dazu: „Der stinkt ja nicht einmal. Du müßtest mal meine riechen.“ Kaum gesagt, pubste sie schon los.

Beide konnten sich vor Lachen kaum halten. Auch sie fühlte sich so sauwohl, wie schon lange nicht mehr. Und sie stellte sich vor, wie es wäre, mit diesem wunderbaren Mann zusammenzuleben. Ja, wirklich. Sie fand Konstantin richtig toll. Und sie verstand es überhaupt nicht, daß Susanna immer über ihn nörgelte. Konstantin war für sie wie ein Sechser im Lotto. Leider waren auch hier die Chancen zu gewinnen gleich Null.

Als ob es die natürlichste Sache der Welt wäre, gingen beide gemeinsam ins Bad, um sich die Zähne zu putzen und anschließend zusammen ins Schlafzimmer. In Windeseile versuchte Heike sich ihrer Klamotten zu entledigen, um ungesehen unter Susannas Bettdecke zu verschwinden. Beinahe geschafft, schaltete Konstantin den Deckenfluter an. In diesem

Moment bereute sie zutiefst, in den letzten Wochen nicht häufiger Susannas Sportangebot wahrgenommen zu haben. Nun stand sie da mit ihrer Cellulitis und den eher üppigen Beinen und Bauch. Doch der sonst so auf Äußerlichkeiten bedachte Konstantin bemerkte diesen Mangel nicht und fragte sie, ob sie Lust hätte, noch den Spätkrimi zu gucken. Heike war alles recht, sie hätte sogar den Musikantenstadl ertragen, Hauptsache Konstantin verbannte sie nicht ins Gästezimmer, denn sie liebte diesen Mann. Von dem Moment an, wo er sie angelächelt hatte, wußte sie es.

Eng aneinandergekuschelt vergaßen sie die Welt um sich herum und vor allem Susanna. Boston war einfach zu weit weg.

*****

Susanna verlebte eine kurze, aber großartige Zeit in Boston, meistens zu dritt. Bärbel, Susannas Vater und sie waren ein gutes Gespann. Sie verstanden sich prächtig und hatten mächtig viel Spaß. Susanna hatte nicht das Bedürfnis, mit ihrem Vater sofort die Vergangenheit aufzuarbeiten, sie wollte lieber vorerst die Gegenwart mit ihm erleben. Waren sie sich doch auf den ersten Blick sympathisch und die Zeit drängte. Also wollten sie lieber den Augenblick genießen als ihn mit Worten über die Vergangenheit zu belasten. Wortlos waren sich beide in diesem Punkt einig. Auch wollte Susanna die US-Metropole ein wenig kennenlernen, schließlich fährt man nicht jeden Tag nach Amerika.

Sie war beeindruckt von dieser imposanten Stadt, die die Bostoner stolz „The Most Walkable City" nennen, weil sie im Gegensatz zu den anderen US-Metropolen bequem zu Fuß erkundet werden kann. Dies taten die drei auch ausgiebig. Anstatt mit Sigmar Schuberts Limousine zu fahren, bummelten die drei zu Fuß durch die Stadt, bis ihnen abends doch die Füße weh taten. Susanna war fasziniert von der vielfältigen Architektur, die Boston aufzuweisen hat. Sie hatte in ihrem ganzen Leben noch nie einen Wolkenkratzer gesehen - zumindest keinen richtigen. Es war ein komisches Gefühl im

146

Bauch, von so viel Stein überragt zu werden. Es ließ einen selbst so bedeutungslos erscheinen. So klein und nichtig. Aber dennoch war es kein schlechtes Gefühl.

Am Ende des Tages tat ihr daher vom vielen Hochgucken neben den Füßen auch noch der Nacken weh. Glücklicherweise konnte sie sich in dem luxuriösen Haus ihres Vaters, das auch über einen Swimmingpool verfügte, vom vielen Laufen erholen. Susanna fand sein Mobiliar recht spärlich, aber avantgardistisch und mit Sicherheit sündhaft teuer. Nicht gerade sehr gemütlich, eher etwas kühl. Sie fand, daß dieser Einrichtungsstil nicht gerade gut zu ihrem Vater paßte, der so gar nicht kühl wirkte. Ganz im Gegenteil. Er war mehr wie dieser tropische Palmengarten mit seinen schweren, gepolsterten Korbmöbeln, die zum Relaxen einluden, und durch dessen Mitte sich ein langer Pool dahinzog. Die Wände dieser Schwimmhalle waren den Fresken aus altägyptischer Zeit nachgeahmt. Es war wie Urlaub pur. Die reinste Erholungsoase. Nach dem Baden konnte sie in seinem edlen Marmorbad eine heiße Dusche nehmen, bevor es mit dem Wagen zum Bostoner Hafen ging, um sich dort bei einem Fünf-Gänge Menü auf dem größten und modernsten Passagierschiff, der „Odyssee", kulinarisch verwöhnen zu lassen. Als musikalische Begleitung gab es Jazz. Es war ein außergewöhnlich toller Tag. Total ausgepowert und glücklich über soviel Erlebnis sank Susanna am Ende eines langen Abends neben Bärbel ins Bett und schlief selig ein.

Am nächsten Tag machten alle drei einen Einkaufsbummel. Susanna wollte unbedingt ihren Lieben daheim, einschließlich Heike, Geschenke mitbringen. Sie schlenderten durch die riesengroßen Einkaufspassagen, wo ein Geschäft das nächste jagte. Es schien ihr, als ob die Amerikaner nichts anderes taten als shoppen. Zwischendurch gingen sie in einen Coffeeshop, um sich ein wenig vom Kaufrausch zu erholen. Susanna hatte mehrere Tüten mit Jeans für Marlene, Disneyfiguren für Pauline und sonstigen Schnickschnack erbeutet. Für Heike hatte sie einen besonders schnulzigen und kitschigen Bilderrahmen erstanden. Plötzlich fiel ihr mit Schrecken ein, daß am nächsten Tag Muttertag war. Hatte sie sich doch erst vor kurzem mit ihren Eltern wieder versöhnt. Ingeborg würde stocksauer sein, wenn sie zu diesem besonderen Tag von ihrer Tochter nichts geschenkt bekommen würde. Sie schob diesen Gedanken beiseite. Sie hatte doch morgen noch genug Zeit, darüber nachzudenken und irgendwoher ein paar Blumen zu besorgen. Jetzt wollte sie die letzten Stunden mit Bärbel und ihrem Vater genießen. Die letzten Stunden ihre Unabhängigkeit und Freiheit genießen. Alle Alltagssorgen vergessen. In Boston. Boston, der Stadt der Unabhängigkeit. Von hier aus nahm die Revolution, die zur Unabhängigkeit der Vereinigten Staaten führte, vor mehr als 200 Jahren ihren Anfang. Vielleicht, dachte sie sich, verhilft sie mir ja auch zu meiner Freiheit. Frei sein von Konstantin und dieser nervigen Lehrerausbildung. Wer weiß?

*****

Heike war nervös und unzufrieden. Sie wußte, daß in Kürze Susanna wieder ihren Platz einnehmen wollte. Sie konnte sich an den Gedanken, ihr Singledasein wieder aufnehmen zu müssen, so gar nicht gewöhnen. Sie verfluchte sich, daß sie sich überhaupt auf so einen Deal eingelassen hatte. Hätte sie es nämlich nicht getan, würde sie jetzt auch nicht so gnadenlos wissen, was sie verpassen würde. Und sie würde jetzt nicht so entsetzlich leiden. Gut, sie haben zusammen geschlafen, Konstantin und sie. Für sie war es wunderschön. Doch er war heute morgen so merkwürdig, als ob ihn das schlechte Gewissen bei jedem Schritt piken würde. Die ausgelassene Heiterkeit war spurlos verschwunden. Und von Zärtlichkeit fehlte auch jede Spur. Oder hatte sie etwa die letzten beiden Tage mal wieder mehr gesehen, als da war? fragte sie sich. Sie verfluchte sich, so eine Affäre, wenn es denn überhaupt eine war, angefangen zu haben. Sie wollte keine Affäre sein. Nur die zweite Geige spielen. Sie wollte die richtige Liebe spüren. Nicht Verstecken spielen. Aber sie wollte auch keine Sekunde mit Konstantin vermissen. Ihr graute davor, Susanna gegenüberzutreten zu müssen. Sollte sie ihr etwa sagen, „Du, ich liebe deinen Mann und wir haben miteinander geschlafen. Es war wunderschön, aber nun ist es aus?" Wieso Mann? Die beiden waren doch nur so liiert. Lebensabschnittsgefährte. Aber das änderte auch nichts. Heike bemerkte nun, wie fies und egoistisch ihre Gedanken waren. Und sie fühlte sich noch schlechter als zuvor.

Gott sei Dank hatte sich Marlene rar gemacht. Sie war mit Freunden in der Disco und übernachtete anschließend bei einer Freundin. Es wäre ihr sonst bestimmt aufgefallen, warum das Gästezimmer nicht belegt war. Sie atmete etwas erleichtert auf, da ihr von dieser Seite keine Unannehmlichkeiten drohten. Trotzdem beschloß sie, das Elend sofort zu beenden und wollte nach Hause, bevor Susanna freudestrahlend zur Tür hereinplatzte.

Konstantin hatte nichts dagegen einzuwenden. Er war froh über Heikes Entschluß, und wollte die nächsten ein-zwei Stunden in Ruhe alleine frönen. Auch freute er sich auf Susanna. Er liebte sie schließlich, auch wenn er sie ein zweites Mal betrogen hatte. Aber das eine hatte mit dem anderen nichts zu tun. Auch wenn er Heikes Gegenwart sehr genossen hatte, war sie doch nur ein sehr angenehmer Lückenbüßer gewesen. Eine selten gute Gelegenheit eben. Eine Gelegenheit, bei der er sich ausgesprochen gut fühlte, weil nicht an ihm herumgenörgelt wurde, weil nicht gestritten wurde, weil er sich mal wieder als attraktiver Mann fühlte. Da fiel ihm siedendheiß ein, daß heute Muttertag war. Er mußte für seine Mutter und auch für Susanna unbedingt Blumen besorgen. Also konnte er seine Ruhepause ad acta legen. Denn es war nicht auszudenken, wenn er nicht rechtzeitig und mit einem großen Rosenstrauß seiner Mutter Dank bezeugte. Auf einmal war er völlig gestreßt, rief hektisch nach Marlene, um ihr aufzutragen, auf Pauline aufzupassen. Dann zog er sich mustergültig an und verschwand aus dem Haus.

*****

Währenddessen saß Susanna erschöpft im Flieger. Die letzten beiden Tage waren doch sehr anstrengend gewesen. Die vielen neuen Eindrücke dieser anderen Welt. Bärbel rund um die Uhr bei sich zu haben und dann in zweieinhalb Tagen alles nachzuholen, was sie seit mehr als drei Jahrzehnten mit ihrem Vater versäumt hatte. Ein Unterfangen, das von vornherein zum Scheitern verurteilt war. Trotzdem waren es die herrlichsten und unbeschwertesten Tage seit ewigen Zeiten. Dennoch, Susanna mußte dies alles erst einmal verdauen. Sie lehnte sich zurück und fühlte sich so oben in den Wolken etwas verloren. Allein.

Von Stunde zu Stunde wuchs obendrein das Gefühl, daheim in ein großes Desaster zu kommen. Konstantin würde wohl stocksauer auf sie sein, daß sie ihm Heike einfach so auf den Pelz geschickt hatte und sie selbst blitzschnell verschwand. Gar nicht auszudenken, wie sie sich wieder streiten würden. Und dann noch ihre Mutter, die stinkbeleidigt sein würde, daß ihre Tochter ihr nicht schnell genug zum Muttertag gratulieren würde. Und Lisas Tiraden über die mißratene Schwiegertochter, die sich nicht genügend um das Leib und Wohl ihres heißgeliebten Sohnemanns kümmerte, und ihre Kinder wie eine Rabenmutter im Stich ließ. Morgen müßte sie auch ihre pädagogischen Fähigkeiten wieder unter Beweis stellen. Grauenvoll! Und das ganze Lehrerpack, Kirschbaum inklusive, würde sie auch wiedersehen. Noch schlimmer! Bei diesem Gedanken wurde ihr ganz mulmig. Das war wieder eine völlig andere Welt. Sie hatte sie schon fast aus ihrem Gedankengut verdrängt. Aber aufgeschoben war ja leider nicht aufgehoben.

Endlich setzte der Flieger auf heimischem Boden auf. Susannas Haut schuppte sich von der trockenen Luft im Flugzeug. Es war ein unangenehmes Gefühl, so ausgetrocknet zu sein. Und es juckte widerlich. Sie brauchte unbedingt eine reichhaltige Feuchtigkeitscreme. Sie mußte endlich ihren Koffer bekommen, damit sie sich ihre Körpermilch hervorholen konnte. Zu dumm auch, daß sie nicht vorher daran gedacht hatte, sie in ihr Handgepäck zu stecken. Das kostete sie zwar Zeit, aber sonst würde sie demnächst die Zeit auf ihrer Haut sehen. Und das wollte sie noch nicht. Sie wartete ungeduldig am Fließband auf ihren Koffer und ging schließlich mit ihm auf die Toilette. Dort zog sie sich aus und cremte sich sorgfältig ein. Anschließend ging sie ins Flughafencafe, trank einen miserablen Cappuccino, der nach Instantkaffee schmeckte, bezahlte ihn ohne Trinkgeld zu geben und machte sich endlich auf den Weg nach Hause.

Dort kam sie dann am späten Nachmittag ziemlich gerädert an. Sie hatte ein eigenartiges Gefühl im Bauch. Eine Fremde zu sein. Beim Aufschließen der Haustür kam sie sich dann auch vor wie ein Einbrecher. Völlig idiotisch, dachte sie sich. Sei nicht albern. Schließlich warst du ja nur auf einem Kurztrip in den USA, um deine kranke Freundin zu besuchen. Das ist doch lobenswert. Wenn nicht sogar edel, hilfreich und gut.   Also, rein mit dir. Die Kinder freuen sich bestimmt, dich wiederzusehen. Und Konstantin wird sich auch wieder beruhigen.

In der Diele rief sie: „Hallo? Seid ihr da? Ich bin's."

Pauline kam sofort freudestrahlend herbeigesprungen, Marlene und Konstantin kamen hinterher. „Ich bin wieder da," sagte sie etwas kleinlaut.

„Toll, Mama. Ich habe dir auch was gemalt, für den Muttertag!" sagte die Kleine voller Stolz.

„Da freue ich mich aber, zeig mal her. Das sieht ja ganz toll aus. Aus dir wird bestimmt mal eine ganz große Künstlerin." Susanna küßte ihren kleinen Liebling.

„Kriege ich gar keinen Begrüßungskuß?" fragte Konstantin ohne einen Hauch schlechter Laune.

Susanna wunderte sich. Sie zögerte ein wenig, dann ging sie auf ihn zu, stellte sich auf ihre Zehenspitzen und küßte ihn. Dabei schmeckte sie eine geringfügige Veränderung. Sie konnte es sich auch nicht erklären. Vielleicht bildete sie es sich auch nur ein? Schließlich hatten sie sich ein paar Tage lang überhaupt nicht geküßt. Außerdem war sie hundemüde und erledigt. Sie wollte am liebsten ins Bett und schlafen. Aber das konnte sie ihren Leutchen nicht zumuten.

„Wo ist eigentlich Heike?" fragte sie auf einmal.

„Die ist schon heute morgen gegangen. Die war soo komisch heute", posaunte Pauline heraus. „Gestern war sie noch ganz lieb", fügte sie hinzu.

Konstantin räusperte sich. Susanna guckte in die Runde. „Habt ihr sie etwa geärgert? Oder hast du sie mit deiner so stadtbekannten stieseligen Art aus dem Haus getrieben?" Sie guckte Konstantin dabei fest in die Augen.

„Papa und Heike haben sich verliebt, Mama", sagte die Kleine mit Unschuldsaugen und fernsehverseucht. „Die heiraten!"

Susanna lachte leicht hysterisch auf. „Na, so was?" versuchte sie zu scherzen. „Kaum bin ich weg, läuten schon die Hochzeitsglocken. Ich glaube es ja nicht!" Aber der Stachel der Eifersucht saß schon in ihr fest.

„Ist das wahr? Hast du etwas mit Heike?" dabei schaute sie Konstantin böse und fragend zugleich in die Augen.

„Kinderkacke! Du glaubst das doch nicht etwa? Susanna, ich bitte dich", erwiderte er.

Eigentlich konnte sie es sich von ihrer Freundin nicht vorstellen, daß sie sich an Konstantin heranmachen würde, um ihr den Mann zu klauen. Einfach absurd. Oder?

Konstantin wurde es mulmig in der Magengegend. Er fühlte sich ertappt. Den kleinen Kindern blieb auch nichts verborgen. Man mußte höllisch aufpassen. Sein schlechtes Gewissen versicherte ihm, daß er sich mit der Situation so gut es ging arrangiert hatte. Daß es dabei zu einem sexuellen Zwischenfall gekommen war, dafür konnte er ja nichts. Er war eben auch nur ein Mann mit kleinen Bedürfnissen. Über so eine Kleinigkeit braucht man doch gar kein Wort zu verlieren. Das hatte er zweifellos nicht vor. Doch was ist, fragte er sich besorgt, wenn Heike es Susanna am nächsten Tag brühwarm erzählen würde? Wenn sie sich gegenüber Susanna aufspielen wollte? Wenn sie sich in ihn tatsächlich verliebt hätte? Frauen sind doch unberechenbar. Ihm wurde leicht übel. Man hört doch immer solche Geschichten: „Die beste Freundin hat der Freundin den Mann ausgespannt und so" und daß Frauen untereinander nicht immer solidarisch sind, ist doch jedem klar. Zwischen Frauen herrscht doch Konkurrenz und Neid. Das hörte er doch ständig von Susanna persönlich, wenn sie über die fiesen Frauen in der Schule jammerte. Er wischte seine Gedanken beiseite wie eine lästige Fliege. Dann spielte er Susanna den Beleidigten vor, der noch nicht richtig geküßt worden ist. Er hielt ihr seinen Schmollmund hin.

Susanna küßte ihn ein zweites Mal und sie spürte wieder diese Fremdheit. Sollte er doch etwas mit Heike gehabt haben? fragte sie sich verunsichert und spürte wieder eine leichte Eifersucht in sich aufsteigen. Sie küßte ihn noch einmal. Langsam küßte er wieder wie gewohnt, doch mit mehr Leidenschaft als vorher. Sie war irritiert. Aber er küßte sie und machte ihr außerdem keine Szene. Damit gab sie sich schließlich zufrieden.

Sie lief zum Telefon, um ihre Mutter anzurufen. „Hallo, Mama. Ich bin's, Susanna. Ich wollte dir alles Liebe zum Muttertag wünschen. Ich bin gerade erst aus den Staaten wiedergekommen und schaffe es wohl nicht mehr zu kommen. Sei nicht böse, ja?"

„Hm" klang es mißmutig vom anderen Ende der Leitung, und dann war nur ein Auspusten von Zigarettenrauch zu vernehmen. Ingeborg war wie erwartet eingeschnappt.

Susanna bemerkte dies und meinte: „Ich komme gleich doch noch kurz vorbei. Bis dann." Sie legte den Hörer auf. War das wieder anstrengend. Sie war kaum zu Hause, da ging auch schon der schnöde Alltag wieder los. Susanna war genervt. „Wo kriege ich denn um diese Zeit bloß Blumen her. Oma ist doch sonst stinkbeleidigt, wenn ich ohne ein Geschenk dort antanze", platzte es aus ihr heraus.

Marlene meinte dazu: „Wieso denn Blumen. Blumen ziehen bei Oma doch nicht, da müßtest du ihr schon eine Stange Zigaretten mitbringen. Die meckert sonst bestimmt wieder, daß sie keine Vase hat, wie letztes Mal. Ich würde ihr eine Schachtel Zigaretten schenken, damit wirst du eher auf ihrer Wellenlänge liegen."

„Mein Schatz, wenn ich dich nicht hätte. Das ist einfach die Idee. Soll sie doch ihre Glimmstengel qualmen. Diese Sargnägel gibt es doch an jeder Ecke. Also, ich besorge schnell welche und fahre kurz zu den beiden. Will irgendjemand mitkommen?"

„Nee", erklang es im Chor.

Marlene hatte recht gehabt. Ingeborg war ganz angetan von ihrem praktischen Muttertagsgeschenk und ihr Beleidigtsein hatte für diesen Tag ein Ende. Sie kochte sogar für Susanna einen Kaffee.

Nachdem Susanna endlich wieder zu Hause war, sank sie nach kurzer Zeit todmüde ins Bett. Auch Konstantin kam schnell hinzu, wälzte sich jedoch unruhig von einer Seite auf die andere, weil er begierig war „Es zu tun", aber genau wußte, daß Susanna mal wieder zu müde war und keine Lust hatte.

„Wie war übrigens dein USA-Aufenthalt, Schatz?" fragte er zum ersten Mal, dabei griff seine Hand nach ihrem nackten Schenkel.

Bei Susanna zog sich alles zusammen. Nichts hatte sich verändert, aber auch gar nichts. Sie war erschöpft, wie so oft, seitdem sie Pauline hatten, und wollte nur schlafen. Aber Konstantin zerrte wieder an ihr herum und brachte kein Verständnis dafür auf, daß sie müde war und keine Lust auf Sex hatte. Sie fühlte sich unverstanden, enttäuscht und einsam wie immer. Sie wollte reden, sich verstanden fühlen, kuscheln. Natürlich wollte sie auch Sex. Aber der Weg dorthin lief bei ihr über Zärtlichkeit. Bei ihm war es aber genau die andere Richtung. Ab und an trafen sich beide in der Mitte. Leider sehr selten. Viel zu selten.

*****

Am nächsten Tag in der Schule war ebenfalls alles beim Alten. Als Susanna das Lehrerzimmer betrat, hörte sie die Herrenliga mal wieder ein paar blöde Witze reißen: „Hey, Fischi, kennste den?" fragte Schiller: „Nun Klein-Lieschen, was willst du denn mal werden, wenn du groß bist?' Sagt Klein-Lieschen.'Ja, Frau Lehrerin, das weiß ich noch nicht so genau. Wenn ich einen Busen bekomme, dann werde ich Fotomodel, und wenn ich keinen Busen kriege - ja, dann werde ich Lehrerin." Dämliches Männergegröle konnte Susanna vernehmen. Es kotzte sie alles hier an.

Sogar Heike war etwas sonderbar. Sie war sehr kurz angebunden. Hatte sie etwa doch was mit Konstantin gehabt während ihrer Abwesenheit? Doch Susanna schüttelte ihren verdächtigen Gedanken kurz entschlossen beiseite. Vielmehr interpretierte sie das Verhalten ihrer Freundin als Ärger darüber, daß Susanna ihr keine andere Wahl ließ, als ihre Stellung einzunehmen. Hoffentlich war Konstantin nicht ganz so stieselig. Er war noch nie besonders freundlich ihren

Freundinnen und Bekannten gegenüber gewesen. Viele ihrer früheren Bekannten hatten sich auch langsam, aber sicher von ihr abgewendet. Sie lebte mit den Jahren in dieser Scheinehe immer abgekapselter und fühlte sich oft so furchtbar isoliert. Sie war zu zweit einsam geworden. Zweisam einsam.

Auf dem Weg ins Klassenzimmer traf sie auf Kirschbaum.
„Ah, Frau Schubert! Sind Sie wieder im Lande?" rief er laut und deutlich über den Flur.
„Ja, ich war leider krank", stammelte sie kleinlaut.
„Ah ja, Ihnen ist ja unser griechisches Essen auf den Magen geschlagen. Ach, Frau Schubert, bevor ich es vergesse. Die Schranke! Die Schranke müssen Sie selbstverständlich ersetzen. Ich habe mir einen Kostenvoranschlag geben lassen: 856,80DM kostet der Spaß. Sie müssen es sich überlegen, ob Sie für diesen Betrag ihre Versicherung einschalten wollen oder es besser aus eigener Tasche bezahlen. Ich an Ihrer Stelle würde wohl letzteres vorziehen."
Da kommt der Pfennigfuchser mal wieder ans Licht. Bei dem würde ich ja vom Regen in die Traufe kommen, dachte sie. Erleichtert stellte sie jedoch fest, daß er sie siezte. Sie stand sprachlos da. Wußte nicht, ob sie lachen oder weinen sollte. Gott, diese verdammte Schranke. Das Ganze war erst eine Woche her. Ihr kam es vor wie eine Ewigkeit. Was war in dieser Zeit alles geschehen. Die Dinge überschlugen sich förmlich und sie hat noch niemandem davon erzählt. Keinem. Ach Papa, war das schön mit dir, dachte sie wie ein kleines Mädchen.
Da erklang Kirschbaums diesmal blecherne Stimme wieder. „Und übrigens. Haben Sie schon auf den Lehrplan gesehen? Ab morgen müssen Sie eine Woche die gute alte Frau Schmidt in Klasse 8c vertreten. Unsere gute Kollegin ist auf Bildungsurlaub. Sehr lobenswert. Nicht? "
„Ja, sehr lobenswert so ein Bildungsurlaub," gab sie ihm das Bestätigungsritual. Wahrscheinlich töpfert diese gute alte Frau in der Toskana oder genehmigt sich eine kurze Bildungsreise nach Bali. Auf Staatskosten versteht sich.

Er schaute wichtigtuerisch auf seine Imitationsrolex und sagte wie ein Oberlehrer: "Wir haben aber jetzt Unterricht zu geben. Bis bald, Frau Schubert."

„Ja, Tschüs", kam es kläglich aus ihren roten Lippen. Als er aus ihrer Sichtweite war, atmete sie erlöst auf. Saublöder Kerl, dachte sie. Wie konntest du dich nur in so einen aufgeblasenen Typen verlieben. Du scheinst dir ja immer nur solche Nieten ans Land zu ziehen. Zu Hause hast du doch schon so ein Exemplar sitzen. Sie schimpfte mit sich. Und dann war sie zusätzlich genervt, daß sie mal wieder Überstunden geben konnte, weil einfach zu wenig Lehrer vorhanden sind. Und die, die da sind, müssen noch ständig auf Fortbildungsreisen gehen. Und die armen Referendare können noch mehr büffeln und vorbereiten, und wissen gar nicht mehr, wo ihnen der Kopf steht. Aber beschweren darf man sich ja nicht, das schadet der konjunktivischen Karriere. Ausbeutung! Sie ging mißgelaunt ins Klassenzimmer und spulte ihre Unterrichtsvorbereitung runter.

Nach Schulschluß fuhr sie erst nach Hause. Sie wollte zunächst etwas aufräumen, bevor sie die Kleine von Lindemanns abholte. Doch daheim lag Konstantin winselnd und wimmernd auf dem Sofa, eingekuschelt in seine Lümmeldecke. Das Fieberthermometer lag griffbereit neben ihm auf dem Tisch, nebst Zwieback und Aspirin, versteht sich. Die Accessoires eines „kranken" Mannes. Dieses Mannes.

„Was hast du denn? Bist du krank?" fragte Susanna sichtlich überrascht. Heute morgen ging es ihm doch noch ausgezeichnet.

„Ja", stöhnte er mit hauchdünner Stimme. „Mein Magen. Ich habe solche Magenschmerzen", klagte er sein Leid und stöhnte nochmals kräftig, um seine Äußerung zu demonstrieren. „Ich habe mir bestimmt irgend so einen blöden Virus eingefangen. Bestimmt hast du ihn aus den Staaten eingeflogen", dabei krümmte er sich qualvoll auf dem Sofa. Er tat sich selber ja so unendlich leid.

„Warst du schon beim Arzt?" fragte sie sachlich. „Vielleicht ist es ja auch der Blinddarm?" Sie machte diesem augenscheinlichen Hypochonder ein bißchen Angst. Machte dieser Idiot sie doch gleich wieder für seine Unpässlichkeit verantwortlich. Dieser Schuft. Soll er doch zusehen, wie er klarkommt. Wenn ich krank bin, kümmert sich auch keiner um mich. Dann muß ich mir höchstens anhören: „Stell dich doch nicht so zimperlich an.“

„Du hast bestimmt bloß verklemmte Blähungen! Die können auch manchmal ziemlich schmerzen“, sagte sie ungerührt.

„Ich habe keine Blähungen! Ich habe Fieber!!!!“ wurde der Herr leicht böse und seine Stimme verwandelte sich von hauchdünn zu messerscharf.

„Ist ja schon gut. Reg dich ab. Es hätte ja sein können. Wie hoch ist denn dein Fieber?“ heuchelte sie Interesse.

„37,3 Grad Celsius“, klang seine Stimme wieder gotterbärmlich.

„Oh, das ist schlimm. Du Ärmster, du tust mir ja so leid. Nur zu dumm, daß ich gleich Pauline abhole und dann mit Heike verabredet bin, wo mein Ärmster doch sooo krank ist “, säuselte sie schlangenhaft.

„Mit Heike!? Das kannst du doch nicht machen. Du kannst mich doch so nicht alleine lassen. Susanna“, wimmerte er.

„Wieso denn nicht? Du hast Temperatur und schlafen ist bekanntlich die beste Medizin dagegen. Und das kannst du doch wohl alleine. Nicht wahr?“ Susanna machte es langsam Spaß, diesen sonst so perfekten Supermann so erbärmlich zu sehen. Wie klein und jämmerlich er doch wirkt. Kranke Männer sind doch wirklich eine Katastrophe. Susanna merkte in diesem Moment, daß ihre Liebe für diesen Mann so halbwegs am Ende war. Es gab keine Herzlichkeit zwischen ihnen. Jahrelang lief sie mit einem diffusen Unwohlsein herum. Heulte sich die Augen aus, wenn sie romantische Szenen im Fernsehen oder verliebte Pärchen am Strand spazieren gehen sah. Aus Neid und Eifersucht, weil sie dieses verliebte Feeling bei Konstantin seit Jahren vermißte. Diese unerfüllte Sehnsucht nach Zärtlichkeit und Liebe, machte auch sie hart und sarkastisch ihm gegenüber. Irgendwann fing dieser „Ehekrieg“ einmal an, keiner weiß seit wann und warum. Es kam so mit der Zeit. Erst ein kleiner Streit, dann häuften sie sich. Aus einer Lappalie wurde ein riesiger Krach mit fiesen Beschimpfungen und Gemeinheiten. Jeder fühlte sich mißverstanden, verletzt. Man leckte seine Wunden, doch es blieben Narben zurück. Schmerzende Narben. Hinzu kam die Angst vor dem Alleinsein und die Frage: Wird es beim nächsten Mann/Frau besser? Und keiner kann die Zeit zurückdrehen. Verzankte Zeit. Verlorene Zeit.

„Nein. Ich will aber nicht alleine sein. Wenn es schlimmer wird, mußt du mich nachher zum Arzt fahren. Und Pauline soll auch noch bei meinen Eltern bleiben. Ich brauche absolute Ruhe. Ich bin nämlich krank", sagte er gekränkt.

„Gut. Wenn du willst, hole ich dir das Telefon her, dann kannst du deiner Mutter Bescheid sagen, daß du krank bist und Pauline da bleiben soll. Und ich bleibe von mir aus auch hier. Heike kann ja auch zu uns kommen. Dann sind wir alle zufriedengestellt", schlug sie kompromißbereit vor.

„Nein. Nein. Ich will nicht, daß Besuch mich so sieht. Ich brauche Ruhe. Hast du mich nicht verstanden?" fauchte er sie an.

„Schon gut. Schon gut", beschwichtigte sie ihn. Sie hatte auf fiesen Streß keine Lust. Dann mache ich mir eben auch einen gemütlichen Tag, soweit man dies bei einem dahinsiechenden Mann voller Wehwehchen kann.

Konstantin hatte es wieder einmal mit seiner hilfreichen Widerlichkeit geschafft, sich seine Probleme vom Hals zu schaffen. Er hätte es nicht ertragen können, Heike in Gegenwart Susannas zu sehen. Die Konstellation wäre äußerst unangenehm gewesen. Außerdem konnte er so in Ruhe seine Unpäßlichkeit pflegen oder pflegen lassen.

Susanna ging in die Küche. Sie brühte sich frischen Kamillentee auf. Dann zog sie sich gemütliche Klamotten an, holte sich Kekse und einen Stapel Zeitschriften, um sich im Lesesessel so richtig zu entspannen. Konstantin blickte mißgünstig auf die Keksschale und forderte von Susanna, sich doch in seiner Gegenwart ein bißchen zusammenzureißen. Er hätte Magenbeschwerden und dürfte so ein süßes Zeug nicht essen. Also könnte sie doch etwas Rücksicht auf ihn nehmen und aus Solidarität auch auf Süßigkeiten verzichten.

„Ich will aber nicht!" beharrte sie und stopfte sich zwei Kekse auf einmal in den Mund. Es reichte ihr. Konstantin ging ihr ziemlich auf die Nerven. Sie lief zum Telefon, um Heike kurz abzusagen. „Heike, ich bin's. Ich kann heute nicht. Konstantin ist krank bzw. spielt den Kranken und da will der

Herr seine absolute Ruhe haben, gleichzeitig aber auch nicht alleine sein. Der hat vielleicht ein tyrannisches Gebärden, furchtbar, sage ich dir."

„Ach der Ärmste", sagte Heike, ganz die besorgte Liebende. „Soll ich dir helfen und zu euch kommen?" fragte sie hoffnungsvoll. Sie hatte ja solche Sehnsucht nach diesem Mann.

„Nein, nicht nötig. Konstantin will heute keinen sehen. Ich habe es ihm auch schon vorgeschlagen, daß du zu uns kommen kannst. Aber der stellt sich total komisch an. Er will es einfach nicht. Einfach lächerlich!" erboste sie sich.

Heike versetzte diese Äußerung einen Stich ins Herz. „Hat er irgendetwas über mich gesagt? Ich meine, wie er das fand, daß ich da war?" fragte sie vorsichtig an.

„Nee. Wir haben kein einziges Wort über Dich verloren. Aber Du hast recht. Ich frage ihn nachher mal. Hat er sich eigentlich sehr daneben benommen, dieser Pascha?" fragte jetzt Susanna vorsichtig nach.

„Nööö. Er war ganz nett. Ja nett. Ich weiß gar nicht, was du immer an ihm herummeckerst. Konstantin ist doch ganz in Ordnung", fing sie beinahe zu schwärmen an.

Susanna wurde mißtrauisch. „Findest du? Dann kannst du mir ja sein albernes Verhalten erklären?"

Heike zögerte einen Moment bis sie zum Klischee griff: „Du weißt doch wie kranke Männer sind."

„Na, ich weiß nicht. Und Konstantin und du, ihr habt euch also gut verstanden?" bohrte sie weiter.

„Ja. Er ist wirklich nett."

„Zu dir vielleicht. Aber ehrlich gesagt, kann ich mir das auch nicht so recht vorstellen. Tut mir ehrlich leid. Also, ich muß jetzt auflegen, der Herr hat mich gerufen. Vielleicht stirbt er gerade. Wir sehen uns morgen, okay?"

„Was heißt hier, Du kannst Dir das nicht vorstellen, daß er zu mir nett sein kann? Ist die Krankheit ansteckend?" fragte Heike gekränkt und bissig.

„Sorry, so war das nicht gemeint. Ich meine nur, ach ich weiß auch nicht. Tut mir leid. Manchmal reitet mich irgend so ein Teufel", beschwichtigte sie den kommunikativen Zwischenfall.

„Ist schon okay. Wir sehen uns morgen. Und grüß mir den Kranken", verabschiedete sich Heike. Sie fühlte sich schlecht in diesem Spiel. Sie konnte mit niemandem über ihr Problem reden, und fühlte sich durch Susannas Bemerkungen wie weggefegt. Was hatte sie sich auch gedacht, daß Konstantin mit fliehenden Fahnen zu ihr überfliegen würde. Wie naiv und dumm sie doch war!

 Es klingelte an der Tür. Lisa Lindemann stand mit einem Kochtopf in der Hand da.

„Frische Hühnerbrühe für meinen armen Sohn. Das bringt ihn wieder zu Kräften, den Ärmsten. Wo ist denn mein Liebling?“ fragte sie besorgt.

„Der liegt auf dem Sofa wie Leiden Christi“, stichelte Susanna.

„Warum liegt er denn nicht richtig im Bett? Hat er Fieber?“ fragte Lisa sehr besorgt.

„Nee. 37,3 Grad Celsius hat er nur“, antwortete Susanna.

„Wieso nur?“ fauchte Lisa sie an. „Es ist doch auch erst mittags. Bis zum Abend kann er noch sehr hohes Fieber kriegen.“

„Von mir aus. Soll ich die Suppe in den Kühlschrank stellen?“, fragte sie unbedacht.

„Wieso in den Kühlschrank? Auf den Herd damit! Konstantin soll gleich ein paar Löffelchen zu sich nehmen.“ Sie ging ins Wohnzimmer, um sich haarklein die diversen Leiden ihres Sohnemanns geduldig anzuhören.

Nachdem sie gegangen war, kritisierte er: „Du könntest dir mal ein Beispiel an meiner Mutter nehmen. Die kümmert sich jedenfalls rührend um mich. Sie ist übrigens auch der Ansicht, daß ich absolute Ruhe brauche und gute Pflege. Mit so einem verschleppten Virus ist nämlich nicht zu spaßen.“ Er griff zum Fieberthermometer. „Ich muß mal wieder messen.“ Dies war seine Lieblingsbeschäftigung für die nächsten sechs Tage seiner Krankschreibung von Dr. Sonnenfeld. Und äußerlich mutierte Konstantin vom todschicken Mamasöhnchen zum verwahrlosten Gammler.

Am letzten Tag seiner Krankschreibung hatte er in der Tat noch etwas Temperatur. Er rief Susanna herbei.

„Du, darf ich mit 37,2 Grad Celsius wohl duschen?“ fragte er völlig ernsthaft.

„Nee, ich glaube du löst dich dann auf oder das Wasser fängt bei deiner Temperatur zu kochen an." Sie konnte dieses Wehleidige nicht mehr ertragen und diese verlotterte Erscheinung auch nicht. Sie verfluchte sich, daß sie jemals auf so ein Muttersöhnchen hereingefallen war und es schon jahrelang mit diesem ausgehalten hatte. Letzteres war natürlich schlimmer.

„Du fiese Zicke", moserte er sie an.

Der Streit war mal wieder perfekt...

*****

Konstantin bekam eine neue Sekretärin. Sie sah äußerst attraktiv aus. Dunkelhaarige kurze Locken umrahmten ihr ebenmäßiges Gesicht. Und sie war stolze Besitzerin einer Superfigur mit unendlich langen wohlgeformten Beinen, deren Ende sie in kurze, teure Designerkostüme hüllte. Eine gewisse Ähnlichkeit mit Susanna war vorhanden, allerdings in einer etwas jüngeren Ausgabe und mit mehr Sexappeal. Nina war eine Herausforderung für jeden Jäger. Und sie rauchte, was ihr zusätzlich eine sündige Aura gab. Konstantin hatte sich selbst vor Jahren das Rauchen abgewöhnt, und er vermißte es überhaupt nicht. Im Gegenteil. Leute, die rauchten, fand er undiszipliniert und widerlich. Doch bei Nina fand er es sehr erotisch, wie sie lasziv an ihrer Zigarette sog und den grauen Rauch durch den Raum hauchte. Er selber bekam auch sofort wieder Schmacht. Er bat Nina um eine Zigarette. Lehnte sich anschließend in seinem schwarzen Ledersessel zurück und malte sich eine heiße Affäre mit diesem Superweib im Vorzimmer aus.

Daheim angelangt fragte Susanna, ob er wieder rauchen würde. Er rieche so sonderbar.

Konstantin log sie an. Das sei die neue Sekretärin, die qualmt, was das Zeug hält. Er ist schon völlig genervt und vermißt die gute alte Seele Frau Engel. Die jungen Dinger heutzutage haben doch alle keinen Funken Disziplin mehr. Und richtig arbeiten können diese faulen Dinger auch nicht. Er wüßte gar nicht, was sich sein Chef bei dieser Einstellung gedacht hat. Das wüßte er wirklich zu gern.

Susanna gab sich mit diesen Erläuterungen zufrieden. Wieso sollte sie ihm auch nicht glauben? Sie vertraute ihm.

Einige Tage später, sie war zufällig ganz in der Nähe seines Arbeitsplatzes, dachte sie sich, schaue doch mal vorbei und bringe ihm ein Stückchen Kuchen mit, als kleines Friedensangebot. Früher hatte sie ihn auch ab und zu besucht. Nie lange. Sie wußte, daß er nicht so gerne bei der Arbeit gestört werden wollte. Doch manchmal freute er sich sogar sichtbar über ihren Kurzbesuch. Sie tranken dann gemeinsam eine Tasse Kaffee und verabredeten sich für später.

Durch ihren Vater hatte sie das starke Bedürfnis, auch ihr Privatleben wieder in den Griff zu kriegen und sich mit Konstantin auszusöhnen. Sie hatten sich in letzter Zeit einfach zu oft gestritten. Susanna hatte keine Lust, aber in erster Linie keine Nerven mehr dazu. Sie sehnte sich nach häuslichem Frieden und ein bißchen Harmonie. Sie wollte ihm auch endlich erzählen, daß sie Kontakt zu ihrem Vater hatte. Und daß sie darüber sehr glücklich sei. Und daß sie in den nächsten Ferien alle zusammen nach Boston fliegen könnten.

Als sie in seiner Etage angekommen war und an die Tür seiner Sekretärin klopfte, antwortete niemand und sie drückte zaghaft die Tür auf. Sie wunderte sich, daß im Vorzimmer keine Sekretärin saß, dachte sich aber, vielleicht ist sie ja mal eben „für kleine Mädchen". Sie öffnete seine Bürotür ohne anzuklopfen. Sie dachte sich nichts dabei.

Dort sah sie diese gutgebaute, junge, aber gestylte Schönheit rauchend auf Konstantins Schreibtisch sitzen. Zwischen ihren makellosen, nackten Schenkeln, saß er. Auch er rauchte. Dabei war seine linke Hand unter ihrem hoch geschobenen Rock am fummeln. Susanna stand mit offenem Mund da. Fassungslos. Sie fühlte sich, als ob jemand sie brutal mit der Faust ins Gesicht geschlagen hätte. Sie war total geschockt. Völlig gelähmt.

Konstantin hustete. Er hatte sich ebenfalls erschrocken. Darauf war auch er nicht vorbereitet. Er war einfach zu unvorsichtig. Es hätte ja auch sein Chef sein können. Nun war es aber Susanna. Stellte sich die Frage, was schlimmer war?

„Ich glaub es nicht. Du rauchst!?“ war das erste, was sie sagen konnte. Sie konnte es kaum fassen. Daß er rauchte, fand sie fast schlimmer als die eindeutige Situation, in der er sich befand. Er hatte sie regelrecht belogen. Er hatte seine Prinzipien für diese Schreibtischschlampe aufgegeben. Er war militanter Nichtraucher, und es mußte ihn schon schwer erwischt haben. Wie konnte sie nur so naiv und dumm sein, diesem Kotzbrocken zu glauben. Ihr stiegen Tränen in die Augen. Nina erhob sich langsam von ihrem Podest und schlängelte sich geschmeidig, wie eine Katze an Susanna vorbei, mit den Worten: „Ich gehe wohl besser. Bis gleich Konstantin.“ Diese Worte saßen wie Peitschenhiebe. Susanna zuckte regelrecht zusammen. Dieses vertraute Einverständnis. Dieses gemeinsame Geheimnis des Rauchens, was die beiden miteinander teilten. Vom Sex gar nicht zu reden. Susanna fühlte sich so leer und verlassen wie noch niemals in ihrem Leben. Schlagartig fühlte sie sich schrecklich alt und unattraktiv. Und Konstantin saß selbstgefällig in seinem Drehsessel und rauchte seine Zigarette zu Ende, als ob es das Selbstverständlichste der Welt wäre. Kein Wort der Entschuldigung oder der Reue. Nichts als ein arrogant blickendes Gesicht hatte er für Susanna übrig. Es ging nur Eiseskälte von ihm aus.

„Ich denke, du rauchst nicht mehr?“ fragte sie verstört.

„Richtig. Nicht mehr und und nicht weniger“, sagte er fies. Susanna besann sich plötzlich auf den Kuchen und knallte ihn mit voller Wucht in seine Richtung. Jetzt ließ der Herr sich zu einem weiteren Kommentar herab. „Spinnst du?“ war das einzige, was er zu sagen hatte. Susanna flüchtete Hals über Kopf aus diesem verruchten Zimmer. So war das also, dieses vielbesagte Klischee. Der eigene Mann und seine Sekretärin. Wieviel Frauen haben deswegen schon so gelitten? Viel zu viele.

Susanna liefen Tränen die Wangen herunter. Damit hatte sie nun wirklich nicht gerechnet. Sie hatte eher ihre Freundin Heike in Verdacht, schob diesen aber ständig beiseite. Aber, daß er ein Verhältnis mit seiner Sekretärin unterhielt, darauf wäre sie nie gekommen. Das Naheliegende ist oft so fern. Sie saß wie benebelt am Steuer und fuhr wie betrunken durch die Stadt. Sie konnte dieses entsetzliche Bild der genußfreudigen

Zweisamkeit nicht aus ihren Augen kriegen. Es schlich sich immerzu bohrend in ihr Bewußtsein. Und diese Beine! Susanna quälte dermaßen die Eifersucht, daß sie einen Schutzengel bei sich gehabt haben mußte, der sie schließlich gesund bei Heike ankommen ließ. Sie brauchte jetzt Trost. Unbedingt. Sie stand förmlich vor dem Zerplatzen. Sie wußte wohl, daß es mit ihrer Liebe nicht mehr so stimmte wie früher. Aber das ihr so etwas passieren würde, so betrogen zu werden, damit hat sie nie gerechnet. So billig. So abgeschmackt war das Ganze. Ihr wurde kotzübel. Sie mußte sich bei Heike prompt übergeben. Danach heulte sie sich die Seele aus dem Leib.

Für Heike war es ebenfalls ein kräftiger Doppelschlag in die Magengegend. Ihre Liebe zu diesem Mann war damit wohl völlig absurd. Zweitens tat ihr ihre Freundin leid. Sie verfluchte diesen Kerl für seine Verlogenheit und Feigheit, und daß er sie dazu gebracht hatte, ebenfalls unaufrichtig zu ihrer Freundin gewesen zu sein. Sie schämte sich, auf so einen Idioten hereingefallen zu sein. Für ihr Gefühl konnte sie ja nichts. Liebe kommt und Liebe geht. Dagegen ist man halt machtlos. Wenn es einen erwischt, dann erwischt es einen. Aber bei den Männern ist es häufig anders gelagert. Sie verwechseln Liebe mit Erotik. Und für viele ist frau einfach austauschbar. Oder sind es die Frauen, die Erotik mit Liebe verwechseln? Passen beide überhaupt zusammen? Gibt es das überhaupt, Liebe? fragte sie sich. Oder sprechen Männer und Frauen nur eine andere Sprache?

„Was soll ich denn nur machen? Wie soll das ganze jetzt weitergehen?" befragte sie völlig deprimiert Heike.

„Ich weiß es doch auch nicht, Susanna", seufzte Heike. -- „Du, Susanna, was ich dir jetzt sage, tut mir unendlich leid, aber glaube mir, ich wollte dich niemals verletzen."

Susanna spürte diesen geänderten Tonfall ihrer Freundin und ahnte, daß sie gleich in eine weitere Krise geraten würde. „Heike, was willst du mir sagen? Sprich es aus, bitte!" flehte sie sie an.

„Wie soll ich es sagen?" sie räusperte sich. „Ich habe auch mit Konstantin geschlafen. Es tut mir leid, wirklich. Das mußt du mir glauben." Heike fühlte sich zwar miserabel wie eine

Verbrecherin, aber dennoch erleichtert, weil sie ihre Freundin nicht mehr anlügen mußte. Eine Lüge kann zentnerschwer sein.

„Bumst Konstantin jetzt alle Weiber?" fragte sie gehässig. Sie fühlte sich so tief verletzt. In ihrem Kopf drehte sich alles. Heike schwieg beklommen.

Nach einer Weile sammelte Susanna sich und fing zu sprechen an: „Ich wollte es ja nicht glauben, aber ich habe soetwas geahnt. Ich wollte es aber nicht wahr haben, und vor allem nicht, daß meine Freundin mich hintergeht." Sie trank einen großen Schluck Wein, um ihren Kummer runter zu spülen. „Aber weißt du was?" fragte sie mit leiser Stimme. „Ich nehme es dir nicht übel. Ich kann dich ja sogar verstehen. Konstantin küßt einfach zu gut. Und ich bin dir dankbar, daß du es mir jetzt gesagt hast. Außerdem weiß ich jetzt, daß er ein Arschloch ist. Ein verdammtes." Sie ging zu Heike hin und nahm sie in ihre Arme. Sie drückten sich so fest sie konnten. Dann weinten und lachten sie über das Leid der Welt. In diesem Fall die Männer.

„Kann ich heute bei dir bleiben? Ich würde sonst für nichts garantieren und diesen verdammten Scheißkerl noch umbringen. - Ich habe so eine wahnsinnige Wut im Bauch."
„Aber klar doch. Ich bin froh, wenn ich nicht alleine bin. Aber was ist mit deinen Kindern?" erinnerte die Kinderlose die Mutter.

„Verdammt! Ich muß Marlene anrufen, die soll sich auch am besten bei ihrer Freundin einquartieren. Und Pauline muß bei Lindemanns bleiben. Wie soll das sonst funktionieren?"

„Ja, ich glaube auch, das wäre das beste", stimmte sie zu und wischte sich mit dem Ärmel die rotzige Nase ab.

Susanna nahm ihr Handy zur Hand, um Marlene zu informieren. Dann rief sie bei Lindemanns an.

„Ich wollte euch nur Bescheid geben, daß ich Pauline nicht abholen werde. Konstantin bumst mit einer anderen und deshalb komme ich nicht nach Hause." Nach dieser vulgären Info drückte sie die Auflegetaste. Sie wußte, daß sie diese konservativen Menschen in Aufruhr gebracht hatte, aber wieso sollte nur sie leiden. Sie hatte jahrelang Ehe gespielt und alles verloren. Sie schleppte sich zum Spiegel. Und ein Bild des Grauens blickte ihr entgegen. Dicke verquollene Augen, eine rote verheulte Nase, ein Haufen Elend schaute sie an. Und sie fühlte sich abgrundtief häßlich und absolut reizlos. Kein Wunder, daß Konstantin sie betrügt. Sie war eben nicht mehr die Jüngste. Und Falten machten sich auch schon bemerkbar, dachte sie selbstzerstörerisch. Altern ist einfach widerlich. Wieder tauchte das Bild dieser bildhübschen, jungen Sekretärin mit diesen makellosen Beinen bis zum Hals auf, und quälte sie. Die Quelle ihrer Tränen war immer noch nicht versiegt. Noch lange nicht.

Dann meldete sich ihr Handy. Eigentlich wollte sie nicht drangehen, sie hoffte, es wäre Konstantin, aber er wußte gar nicht, daß sie überhaupt ein solches besaß. Sie meldete sich neugierig wie sie eben war. „Schubert.“

„Hallo, Darling, how are you ?“ meldete sich Boston-Bärbel fröhlich.

Susanna schluchzte in die Technik.

„What´s the matter? Was ist passiert?“

„Konstantin betrügt mich mit seiner Sekretärin. Und er raucht.“ Herzzerreißendes Schluchzen.

„Ach, Sünde! Aber diesen Mistkerl konnte ich ja noch nie leiden. Darling, laß ihn zischen, nimm einen Frischen!“ versuchte sie ihre angeschlagene Freundin wieder aufzubauen, dabei pustete sie hörbar ihren Zigarettenqualm aus.

„Und wo soll ich einen hernehmen?“ flennte sie. „Mich will ja sowieso keiner haben. Ich bin ja so häßlich. Und alt.“ Sie schüttelte sich vor Selbstmitleid. „Und außerdem will ich Konstantin behalten!“ sagte sie total trotzig. „Aber der liebt und vergnügt sich ja mit seiner jungen Sekretärin. Dieser Scheißkerl!! Bärbel, was soll ich denn nur machen? Es tut so weh. So verdammt weh.“

„Also, jetzt höre auf mit diesem elenden Selbstmitleid und deinen maßlosen Übertreibungen. Und wieso regst du dich denn darüber auf, daß er raucht? Sei doch froh, um so schneller bist du ihn los“, sagte Bärbel anwendungsbezogen.

„Ich will ihn aber gar nicht los werden. Ich will, daß er mich liebt, richtig liebt“, heulte sie weiter. „Und daß er raucht, finde ich noch schlimmer, als daß er mich mit dieser Schlampe betrügt. Er hat mich regelrecht belogen. Und er saß so kalt wie Alaska da in seinem blöden Chefsessel. Keine Entschuldigung, nichts, gar nichts, Bärbel. Er hat nur weitergeraucht bis zum letzten Zug und mit dem arrogantesten Gesichtsausdruck, den ich jemals in meinem Leben gesehen habe. Ein völlig fremder Mensch saß dort. Es schien ihm gar nichts auszumachen, weißt Du?" Sie schniefte ordentlich ins Taschentuch. „Was soll ich denn bloß machen?"

„Schmeiß den Kerl doch einfach raus! Was willst du dich noch weiter mit ihm rumplagen? Bringt doch nichts ein", sagte sie schlicht, vergaß aber dabei, daß es Konstantins Haus war und sie Susannas empfindlichsten Nerv prompt getroffen hat.

„Das ist es ja. Ich kann ihn gar nicht rausschmeißen. Er kann nur mich rausschmeißen." Wieder ging die Heulsirene an.

„Ach, bullshit! Ich vergaß total, daß du von diesem Schwein auch noch finanziell abhängig bist. Darling, come to Boston. Dein Vater würde sich sehr freuen, euch alle bei sich zu haben. Und ich mich auch." Das war die einzige Lösung, die ihr spontan einfiel.

„Ja, vielleicht." Mit dieser letzten Aussage ihrer Freundin, schöpfte sie wieder etwas Mut und wurde leicht getröstet. Ihr Vater! Wenn alle Stricke reißen, und Konstantin sie und die Kinder aus dem Haus haben wollte, dann könnte sie ihn um Hilfe bitten. Finanziell gesehen wäre es für ihren Vater ein Kinderspiel, ihr eine geräumige Eigentumswohnung zu kaufen. Und tief in ihrem Inneren wußte sie, daß er sie unterstützen würde. Aber das wäre die allerletzte Möglichkeit für sie. Dann wäre sie ja schon wieder von einem Mann abhängig, auch wenn es ihr Vater war. Aber es war ein gutes Gefühl, sich an jemanden wenden zu können, wenn es unbedingt nötig wäre. Viele hatten diese Option nicht. Es ging ihr schon ein bißchen besser. Doch die Eifersucht wuchs wie ein Krebsgeschwür in ihr.

Am nächsten morgen ging sie mit verquollenen Augen zum Dienst. Es war ihr aber scheißegal. Auch das Wetter draußen war sch... . Es nieselte. Und die Farbe an der Küste war wie so oft grau. Es war die meistgesehene Farbe dort, und schlug genauso häufig aufs Gemüt. Doch auch dies beeinflußte Susanna nur am Rande. Im Gegenteil, es passte ihr heute sogar gut in den Kram. Es war die Farbe ihrer Stimmung. Ungefärbt. Einfach grau.

Sie betrat das Klassenzimmer. Dort wartete Dr. Koller schon gereizt auf sie. Er saß nicht wie es bei einer Stundenhospitation üblich war in einer hinteren Ecke, wo man kaum auffällt. Nein, dieser intellektuelle Tyrann mischte sich unter die Pennäler, so daß Susanna ihn jedesmal mit den Augen streifen mußte, wenn sie auf Wortmeldungen wartete oder in die Klasse hinein sprach. Dieser gerissene Hund wollte sie verunsichern, um sie anschließend besser niedermachen zu können. Aber es machte ihr heute auch nichts aus. Soll er doch wieder rummosern, und sich über ihre Stunde beschweren. Egal. Es war ihr heute alles egal. Doch Dr. Koller hatte heute eine spezielle Kritik parat. Er moserte über ihre Stimme und schlug ihr sogar vor, Stimmunterricht zu nehmen. Alles, alles hätte sie heute ertragen. Kritik an ihrem pädagogischen Vermögen, Kritik an ihrem Unterrichtsstil, Kritik an ihrer Methodik, Kritik an ihrer didaktischen Sachanalyse, ... Doch diese unangebrachte Kritik, die doch schon unter die Gürtellinie ging, war zuviel des Guten. Sie verkraftete sie nicht und rannte heulend und aufgelöst aus dem Besprechungsraum. Sind denn jetzt alle durchgeknallt? Ist jetzt alles falsch an mir? Susanna war verzweifelt.

Ihr Handy bimmelte.

„Darling!" sagte eine ernste Stimme. „Du musst sofort nach Boston kommen. Dein Vater...."

„Was ist mit meinem Vater?" schrie Susanna verzweifelt in den Hörer.

„Er liegt im General Hospital. Es ist ernst. Sehr ernst. Er hatte einen schlimmen Herzinfarkt. Komm sofort mit der nächsten Maschine. Er braucht dich jetzt. Ich erwarte dich."

„Alles klar. Ich fliege sofort. Bis später."

Wie von einem Magnet angezogen fuhr sie direkt zum Flughafen. Ihr war alles andere egal. Sie mußte unbedingt ihren Vater sehen, und wenn es das letzte war, was sie tat. Ihr Leben war von einer Minute auf die andere sowieso aus allen Angeln gehoben. „Wenn es kommt, dann kommt es dicke", pflegte Oma Tilda immer zu sagen. „Bitte, bitte lieber Gott, laß meinen Vater nicht sterben. Laß ihn wieder gesund werden, bitte" flehte sie alle Instanzen um Hilfe an. Ihr Liebesleid geriet sofort ins Abseits. Es interessierte sie auch nicht, was und wie es zu

Hause ablief. Was mit ihren Kindern war? Allein ihr Vater war jetzt von Bedeutung. Ihn wollte sie auf keinen Fall wieder verlieren. Hatte sie ihn doch gerade erst kennen und lieben gelernt. Nein geliebt hatte sie ihn schon immer, ihren Helden der Kindheit. Doch in dieser kurzen Zeitspanne sind sie sich sehr nahe gekommen und sie fühlten sich sehr vertraut. Aber was ist im Leben schon kurz oder lang? Es ist doch alles relativ. Sie telefonierten beinahe täglich miteinander. Sprachen über sich, über Gott und die Welt. Mit seiner ruhigen, warmen Stimme, die so viel Zärtlichkeit ausdrückte, erzählte er ihr auch viel übers Judentum. Susanna wunderte sich, daß sie sich, obwohl sie wußte, daß er ein Jude war, nie richtig mit dieser Thematik auseinandergesetzt hatte. Sie schämte sich jetzt sogar ein bißchen dafür. Sie fand sich plötzlich dumm und oberflächlich. Dann fiel ihr ein, was ihr Vater vor kurzem gesagt hatte: „Wer nicht an Wunder glaubt, ist kein Realist.“ Dies war ein jüdisches Sprichwort. Susanna hoffte flehend auf ein Wunderwerk. Vielleicht würde er doch durchkommen. Sie wollte ihm seine Enkelkinder doch noch zeigen, und noch viele schöne Stunden mit ihm verbringen. Was sollte es für einen Sinn haben, daß sie sich nach so vielen Jahren endlich gefunden hatten, um sich kurze Zeit später wieder trennen zu müssen? Warum ist das Schicksal manchmal so erbarmungslos grausam? fragte sie sich ratlos. Tränen der Hilflosigkeit kullerten ihre Wangen runter. Sie spürte einen Kloß im Hals. Sie war einfach machtlos. Sie konnte sich weder gegen Konstantins Seitensprünge wehren oder sie gar zurückdrehen, noch konnte sie ihrem kranken Vater helfen. Das Leben ist wie ein reißender Strom, man kann es nicht anhalten. Und manchmal nimmt er alles fort, was einem lieb ist.

Bärbel holte sie am Flughafen ab. Sie umarmte Susanna und weinte leise.

„Es sieht sehr schlimm aus mit ihm. Du mußt jetzt sehr tapfer sein. Hörst du?“

„Wieso? Kommt mein Vater wirklich nicht durch?“ fragte sie entsetzt, obwohl sie es befürchtete. Los Bärbel, sag es mir! Kommt er durch oder nicht?“ schrie sie beinahe.

Bärbel zuckte mit den Schultern. „Die Ärzte wissen es nicht. Es sieht wohl schlecht aus. Tut mir leid, so schrecklich leid. Dein Vater ist ein so toller Mensch. Ich hab ihn richtig lieb gewonnen -" Sie wischte sich ihre Tränen ab, sprach dabei leise: „Wir können nur noch für ihn beten."

„Nein!" rief Susanna verzweifelt.

„Susanna! Reiß dich jetzt zusammen und laß uns ins Krankenhaus fahren. Es hilft ja nichts. Da müssen wir jetzt durch. So weh es auch tut. Komm jetzt", sagte sie sanft und hakte sich bei Susanna ein.

Die Atmosphäre des Krankenhauses war nicht gerade die, die einem in so einem Moment Hoffnung geben konnte. Alles weiße Kacheln, Sterilität, übler Geruch. Krankheiten: arbeitsunfähig, pflegebedürftig, Schmerzen. Krank, schwerkrank, sterbenskrank. Susanna schluckte. Doch der Kloß in ihrem Hals blieb stecken. Dann öffnete sie wieder eine Tür. Diesmal erwartete sie keine Affäre, sondern ihr todkranker Vater. Ihr Held der Kindheit. Ihr Held der Träume. Und wieder zerplatzte ein Traum wie eine Seifenblase.

Jetzt lag er da in seinem weißen Hemdchen, umgeben von unzähligen Schläuchen und Maschinen. Alt und gebrechlich sah er aus. Gequält. Kraftlos. Hilflos. Müde. Anwärter des Todes.

Susanna schlich sich langsam und auf Zehenspitzen an sein Bett, voller Angst, ihn zu erschrecken. Dann nahm sie ganz vorsichtig seine faltige, alte Hand und flüsterte: "Papa". Seine Augen öffneten sich langsam, blinzelten sie ein bißchen schelmisch an und seine schwache Hand drückte die ihre zart. Für überschwengliche Umarmungen und lange Unterhaltungen, wie sie sie sich ersehnten, war keine Gelegenheit mehr. Ihr Vater lag in seinem Sterbebett. Die Hand war das einzig von Liebe erfüllte Instrument, was ihnen in diesem Moment blieb. Behutsames Streicheln als Zeichen von <Ich bin da>. Das war auch die Übersetzung des jüdischen Gottesnamen Elohim. Kalte Haut an warmer Haut. Noch junge Haut an alter Haut. Sanftes und stilles Abschied nehmen. Für immer. Susanna strömte fast über vor Liebe. So traurig diese Abschiedsszene auch war, so stark war auch das Gefühl von Geborgenheit. Unvergeßlich. Unvergleichbar. Unsterblich.

Sigmar Schubert fühlte sich vor seinem letzten, tödlichen Infarkt, es war der dritte, häufiger schon schwach und elend. Doch er lebte einfach nicht nach dem Rat seiner Ärzte. Er arbeitete zuviel, rauchte zuviel, aß zuviel, trank zuviel. Und dann dieser Zustand, daß er endlich ein Kind hatte, es aber nicht sehen konnte, machte ihm zu schaffen. Er liebte und litt dabei. Vorsorglich ging er zum Notar und ließ sein Testament ändern. Ein Großteil seines Vermögens sollte der jüdischen Gemeinde in Boston zuteil werden, den anderen Teil vermachte er seiner Tochter. Sie sollte abgesichert sein. Seine Tochter war schließlich nicht verheiratet, und das bei zwei Kindern. Es sollte ihr und ihren Kindern an nichts fehlen. Das war sein letzter Wille.

*****

Drei Wochen später saßen Susanna und Konstantin sich am Frühstückstisch gegenüber. Sie musterte ihn. Er schmierte sich sorgfältig sein Brötchen, leckte sich danach die Finger ab, mit denen er den Schinken angefaßt hatte. Anschließend rührte er erbarmungslos in seinem Kaffee - eine Allüre, die sie noch nie leiden konnte - und sagte kein Wort. Schweigen. Betretenes Schweigen. Die Luft knisterte förmlich und jedes Runterschlucken von Kaffee betonte die Stille hörbar. Konstantin griff zur Zeitung, blätterte sie auf und verschanzte sich hinter einer Mauer aus Papier. Ein Blatt Papier machte also ihre desolate Lage sichtbar, dachte Susanna. Sie redeten schon seit Wochen nicht mehr miteinander. Er hatte sich nicht bei ihr entschuldigt oder sich versucht zu erklären, er tröstete sie nicht, wenn sie sich nachts in den Schlaf weinte und er kam, wann er wollte nach Hause. Meistens sehr spät nachts, wenn überhaupt. Auch, das Susanna in Boston gewesen ist, fiel dem Herrn nicht auf. Jedenfalls fragte er sie nicht, wo sie ein paar Tage gewesen war. Kein Interesse, keine Anteilnahme an ihrer Person. Er behandelte sie, als wäre sie Luft.

Konstantin pupste.

In diesem Moment wußte sie, daß sie dieses betretene Schweigen und diesen Mann nicht noch weitere Jahre ertragen wollte. Es sollte sich in ihrem Leben etwas ändern. Sie wollte endlich ihr Leben leben. Sie sehnte sich nach Aktivität. Nach Spaß. Wärme. Zärtlichkeit. Kommunikation. Und vor allem nach Liebe. Sie sah traurig aus dem Fenster, als ob sie da draußen den Weg finden würde. Was war nicht alles in den letzten Wochen geschehen, resümierte sie. Viel Leid mußte sie ertragen. Und daß ihr Vater starb, zerriß ihr fast das Herz. Hatte sie sich doch seit ihrer Kindheit nach ihm gesehnt. Und kaum hatte sie ihn gefunden, hatte sie ihn auch schon wieder verloren. Lediglich die Kinder gaben ihr Kraft zum Leben. Aber sie wußten nicht, daß ihr Großvater gestorben ist. Ihren Großvater, den sie nie kennengelernt haben und den sie auch niemals mehr kennenlernen werden. Susanna hatte noch niemandem davon erzählt. Warum, wußte sie auch nicht. Auch von der Erbschaft hat sie noch niemandem erzählt. Sie war plötzlich reich. Steinreich. Doch der Preis war hoch. Sie schaute zu Konstantin rüber, aber da war keine Liebe mehr vorhanden. Und kein Wort.

Auf einmal sagte sie im furchtbar ernsten, geradezu hoffnungslosen Tonfall und mit gekonnten Pausen: „Es ist aus. - Mit uns ist es aus. - Aus und vorbei. - Ich liebe dich nicht mehr, Konstantin."

Konstantin hingegen blätterte teilnahmslos die Zeitung um. In diesem Augenblick war Susanna sich so sicher wie noch nie, daß ihre Liebe zu Ende war. Eine unglückliche Liebe erlosch. „Hast du nicht gehört, was ich gesagt habe?" fragte sie nach.

„Hm?" fragte er ohne jegliches Interesse.

„Ich liebe dich nicht mehr. - Schon lange nicht mehr," fügte sie hinzu.

Konstantin legte nun die Zeitung weg und starrte sie konsterniert an. „Willst du mir ein Gespräch aufzwingen? Oder was soll das Gelaber?"

„Ich will dir kein Gespräch aufzwingen. Ich will dir lediglich mitteilen, daß es aus ist zwischen uns beiden. Und das ich dich nicht mehr liebe. Punkt", sagte sie leicht gereizt.

Darauf sagte er trocken: „Wen interessiert das?" Dabei nahm er einen Schluck Kaffee und blätterte weiter in seiner Zeitung.

Über soviel Kälte war Susanna völlig entsetzt.

Dann sagte Konstantin weiter mit einem hämischen Grinsen im Gesicht: „Was willst DU denn machen? Willst du mich etwa verlassen? Willst du von deinen paar miesen Kröten deine Kinder ernähren? Was soll dann aus denen werden?"

Susanna konnte es kaum fassen. Er, der sich wahrhaftig kaum um die Kinder gekümmert hatte, stellte nun die dramatische Frage nach deren Zukunft. Kaum zu glauben.

„Was wird aus den Kindern?" echote sie ihn verzerrt nach. „Was soll schon aus ihnen werden? -- Vernünftige, selbstständige und selbstbewußte Menschen; hoffe ich jedenfalls. - Nein, im Ernst. Die Kinder nehme ich natürlich mit. Wir sind ja auch nicht verheiratet, also habe ich sowieso das Sorgerecht," fügte sie verletzend hinzu. "Das sollte der Herr Jurist doch wohl am besten wissen."

„Mit?" fragte er jetzt unsicher, aber von oben herab. „Wohin?" fragte er anschließend, als ob es unmöglich wäre, ihn zu verlassen. Seine Zeitung hielt er immer noch vor sein Gesicht.

„Nach Hannover," sagte sie mit entschlossener Miene. „Ich und meine beiden Kinder ziehen nach Hannover." Sie wußte selbst nicht, wie es zu dieser spontanen Äußerung kam. Aber kaum war dieser entscheidende Satz gesprochen, kam es ihr wie selbstverständlich vor. Wieso sie ausgerechnet Hannover sagte, wußte sie selbst nicht so genau. Sie kannte diese Stadt gar nicht. Und Bekannte hatte sie schon gar nicht dort wohnen. Vielleicht, weil Hannover in letzter Zeit so oft in den Medien genannt wurde. War es doch die Stadt des neuen Bundeskanzlers. Wer weiß, vielleicht eine göttliche Eingebung. Also werde ich heute noch diverse Makler anrufen, um mir dort ein passendes Wohnobjekt zu kaufen. Jawohl, Susanna Schubert kann sich eine Wohnung oder ein Haus kaufen oder auch beides. Sie verfügte über genügend Geld. Sie grinste auf einmal und sah dankbar aus dem Fenster.

„Weißt du eigentlich, wie teuer dort die Mieten sind?" kam der Lindemann-Geiz sofort zum Vorschein. Er glaubte es immer noch nicht so ganz, daß es ihr ernst war. Wie sollte sie es denn auch bezahlen? Und ihre Ausbildung hatte sie auch noch lange nicht abgeschlossen. „Das kannst du dir doch gar nicht leisten

oder hast du dir klammheimlich einen Millionär geangelt?"
spottete er selbstsicher.

„Nein. Das nicht! Brauche ich auch nicht, da ich selber
Millionärin geworden bin. Im übrigen, in ein paar Wochen geht
es los, dann ziehen wir um. Nur damit du Bescheid weißt,"
sagte sie prosaisch.

Er legte die Zeitung endlich beiseite. „Hast du etwa im Lotto
gewonnen?" fragte er neugierig und spöttisch zugleich.

„Nein. Schlimmer. Ich habe geerbt. Mein leiblicher Vater ist
gestorben", sagte sie mit schwerer Stimme.

„Du hast vielleicht ein Glück! Kaum auszuhalten. Da stirbt
irgendwo ein Mensch, der zufällig dein Alter ist und du erbst
Millionen. Satan! Das ist ja wie im schlechten Film", ereiferte
er sich. „Möchtest du noch ein Brötchen? Kaffee?", fragte
Konstantin aus heiterem Himmel fürsorglich und mit
Dollarzeichen in den Augen. „Wieviel haste denn geerbt?"
erkundigte er sich erwartungsvoll und tat so, als ob alles wieder
in Ordnung wäre.

Susanna war geistesabwesend und fragte: „Was?"

„Wieviel du geerbt hast, will ich wissen."

„Konstantin, was geht dich denn das an? Wir lieben uns nicht
mehr und zwischen uns beiden ist es ein für allemal aus. Aus
und vorbei. Kapierst du das? Und was ich noch sagen wollte, du
hast doch selber genug Geld und dieses blöde Haus gehört dir
auch alleine. Also mußt du dir doch um deine Zukunft gar keine
Sorgen machen. Und für ein warmes Bett ist doch auch gesorgt.
Du kannst doch deine Schreibtischtussi hier einziehen lassen.
Ich fordere lediglich den Unterhalt für Pauline, der mir zusteht",
sagte sie entschieden.

„Was?" rief er empört. „Ich soll Unterhalt zahlen, obwohl du
stinkreich geworden bist? Vergiß nicht, daß ich euch **alle**
jahrelang durch die Zeit geschleppt habe. Und jetzt soll ich als
Dank dafür Unterhalt bezahlen?" fragte er entsetzt.

„Wieso denn nicht? Geld stinkt nicht, und es steht mir
rechtlich zu. Das müßtest du doch als Jurist am besten wissen",
stichelte sie.

„Das ist doch lächerlich. Wieso soll ich dich denn noch
reicher füttern? Nee, nee. Nicht mit mir", wehrte er sich mit
beiden Händen.

„Du sollst mich nicht füttern, sondern es geht allein um deine Tochter," erwiderte sie.

„Das ist doch dasselbe. Wieviel hast du denn nun von deinem Alten geerbt?" bohrte er weiter. Er wollte es genau wissen.

„Ein paar Millionen", erwiderte sie, als ob es Murmeln wären.

„Ein paar Millionen?" fragte er völlig fassungslos. Und schluckte erst einmal. „Du hast ein paar Millionen geerbt?" Er hustete.

„Du solltest aufhören zu rauchen", meinte sie kalt.

„Ach, Susanna! Mach doch nicht so ein Drama aus dieser einen Zigarette. Ich schwöre dir, es wird nie wieder vorkommen. Laß uns doch einfach von vorne beginnen. Susanna. Wir haben uns doch immer so gut verstanden. Wir können doch über alles reden", flehte er sie an. „Du kannst mich doch jetzt nicht einfach allein lassen." Er war aufgestanden und versuchte sich von hinten an Susanna anzuschleichen, um sie im Schulterbereich zu massieren.

„Und ob ich das kann." Sie wehrte ihn mit einer Handbewegung ab wie eine lästige Fliege.

„Ich werde mich bessern, das verspreche ich dir. Ehrenwort. Ich mache alles, was du willst. Bitte Susanna, bleibe bei mir. Ich heirate dich auch", sagte er plötzlich voller Panik, einsam und allein dazustehen.

„Ach ja? Aber natürlich nur mit Vertrag, nicht wahr?" fragte sie ironisch.

Beide standen sich jetzt gegenüber.

„Nein. Von mir aus auch ohne Vertrag. Ganz wie du willst", fügte er noch schnell hinzu.

„Mach dich doch nicht lächerlich, Konstantin. Unsere gemeinsame Zeit ist endgültig vorbei."

„Wieso hast du **unser** Haus vorhin als blöd tituliert?" fragte er weiter, weil er Angst hatte, sie würde weggehen. „Ich dachte du magst es?"

„Ich habe gelogen." Sie wollte sich in Bewegung setzen, um in die Schule zu fahren und ins Seminar. Sie wollte kündigen.

Doch Konstantin hielt sie an ihrem Handgelenk fest. Er wollte sie nicht loslassen. Er hatte auf einmal richtige Angst, sie zu verlieren. „Susanna! Bitte sei doch vernünftig. Wir sind doch schon jahrelang zusammen, und da kann doch so eine klitzekleine Affäre nicht alles zerstören. Das war doch nur Sex. Das hatte überhaupt nichts mit dir zu tun. Glaub mir.“

„Konstantin! Bitte! Es hat doch keinen Sinn mehr mit uns. Und sei nicht albern, ich muß zur Schule fahren. Bitte!“

„Frau Millionärin muß in die Schule fahren“, stimmte er wieder seinen gehässigen, aber gewohnten Tonfall an.

Susanna befreite sich schließlich aus seiner Umklammerung, griff sich schnell ihren Trenchcoat und machte sich auf den Weg zur Schulbehörde. Sie freute sich schon auf die blöden Gesichter. Vor allem auf das von Dr. Koller und von Dr. Andreas Kirschbaum. Von euch gesamten Idioten bin ich nun nicht mehr abhängig. Ihr könnt eure Spielchen mit jemand anderem spielen. Nicht mehr mit mir. Damit ist Schluß, sagte sie sich.

Sie fühlte sich so unendlich befreit, endlich ihre unsichtbaren Fesseln los zu sein. Und sie freute sich auf ihr neues Leben. In einer neuen Stadt. Hannover. Warum nicht? Es war schließlich die Landeshauptstadt und forcierte zur Expostadt. Es gibt Schlimmeres, dachte sie sich. Nur Konstantin tat ihr doch ein wenig leid. Aber mit Mitleid ist noch nie jemandem geholfen worden, tröstete sie sich. Und Mitleid hatte dieser Scheißkerl ja auch nicht mit mir. Wochenlang war er eiskalt ihr gegenüber gewesen. Das hat er nun davon.

Sie fuhr zum Seminar. Auf dem Parkplatz angekommen, stieg sie aus und guckte sich dieses alte Gebäude genau an, in dem sie so oft mit Angstschweiß gesessen und die Minuten gezählt hatte, bis die Seminarstunde endlich vorbei war. Wie ein dummes Schulmädchen kam sie sich dutzendfach vor, aber sie wurden ja auch so behandelt. Im Seminar und bei den Besprechungen bekamen die Referendare die schon abgelegte Schülerrolle wieder zugewiesen, in der Schule mußten sie dann wiederum die Lehrerrolle einnehmen. Diese Schizophrenie machte einem manchmal ganz schön zu schaffen. Susanna hatte des öfteren das Gefühl, ihr bißchen Selbstbewußtsein, was sie sich in all den Jahren mühsam erarbeitet hatte, gänzlich zu verlieren. Referendarzeit war eine schlimme Zeit. Sie sog alles um sich herum noch einmal in sich auf, um ja nichts zu vergessen. Ab heute sollte Schluß sein mit dieser fürchterlichen Quälerei und diesem ständigen Büffeln. Das Lehrerdasein war einfach nichts für sie. Sie wollte endlich leben und einer Tätigkeit nachgehen, die ihr mehr zusagte. Und sie hatte da auch schon eine Idee. Sie ging leichtfüßig ins erste Stockwerk, wo der Seminarleiter seine Residenz besaß. Sie klopfte energisch an die Tür. Dann betrat sie selbstbewußt und gutgelaunt, wie sie es noch nie in diesem Gebäude getan hatte, das Büro dieses Despoten.

„Guten Tag, Herr Dr. Koller!" sagte sie freundlich lächelnd.

„Was kann ich für Sie tun? Wollen Sie etwa den Termin ihrer Lehrprobe verschieben? Dann muß ich Sie allerdings enttäuschen. Ihr Termin steht definitiv fest", grinste er sarkastisch.

„Da muß ich Sie leider enttäuschen, Herr Dr. Koller. Für mich findet keine Lehrprobe mehr statt. Ich kündige hiermit mein Beamtenverhältnis auf Zeit. Fristlos", sie reichte ihm ein vorbereitetes Schriftstück. „Meiner Kenntnis nach, müßte das so in Ordnung sein."

„So, meinen Sie das, Frau Schubert?"

„Ja, das meine ich, Herr Dr. Koller."

„Ich muß Sie aber daraufhin hinweisen, daß Sie überzahlte Beamtenbezüge zurückerstatten müssen."

„Kein Problem, Herr Dr. Koller. Auf alle Fälle können Sie sicher sein, daß ich diesen Affenstall nie mehr betreten werde, und sie können mich mal am kleinen Zeh küssen. Guten Tag, Herr Dr. Koller." Sie drehte sich um und wollte zur Tür hinausgehen.

„Haben Sie sich das auch gut überlegt? Schließlich fehlt ihnen das zweite Staatsexamen, wenn sie kündigen", rief er ungewohnt besorgt in den Raum.

Susanna öffnete die Tür, drehte sich noch einmal um und sagte: „Wissen sie was? Stecken Sie sich das zweite Staatsexamen doch in den Hintern." Dann ging sie hinaus. Sie war verblüfft über ihre Dreistigkeit. Doch sie hatte nichts mehr zu befürchten. Ein ganz klein wenig schämte sie sich, weil der Koller vorhin doch ganz nett schien. Nun ja, sagte sie sich, sei's drum. Sie war erleichtert. Sie war frei. Endlich wieder frei.

Draußen angelangt atmete sie tief durch, breitete ihre Arme aus und schrie laut: „Jeeeaahhh!" Sie rannte glücklich zum Wagen. Ein paar Referendare sahen ihr zu und riefen. „Hast du dein Examen bestanden? Du strahlst ja so."

„Iwo. Ich habe gekündigt. Ich bin wieder frei", jubelte sie.

„Na dann", sagte einer pikiert, weil er noch weitere harte Monate vor sich hatte und den Mut nicht aufbringen konnte, zu kündigen. Er hatte schließlich keine reichen Verwandten oder eine andere Alternative.

„Macht's gut, Leute. Und viel Erfolg! Tschau!" rief sie ihnen zu, stieg in ihren Wagen und fuhr los.

Sie kaufte sich die „HAZ" und setzte sich anschließend in ein kleines Café, um dort in einer Ecke ungestört mit verschiedenen Immobilienmaklern zu telefonieren. Einer von ihnen hatte ein sehr vielversprechendes Objekt in der Zeitung annonciert. „Jugendstilhaus. Beste Lage. 260 qm Luxuswohnung mit Dachterrasse. Im Erdgeschoß 460 qm gewerblich nutzbare Fläche. 2,3 Mio." Susanna rief sofort an und wollte dem Makler schon sagen, sie nehme es ungesehen. Doch in letzter Sekunde siegte doch die Vernunft über ihren Übermut. „Übermut tut selten gut", warnte Oma Tilda immer. Sie verabredete also für den nächsten Tag einen Besichtigungstermin. Schließlich sollten sich ihre Kinder dort auch wohl fühlen. Beide machten ihr allerdings große Sorgen. Wie würden sie diese neue Hiobsbotschaft wohl aufnehmen? Würden sie wohl beide mitkommen oder wollte Marlene lieber an der Küste bleiben? Wo sie doch seit Wochen einen Freund hatte, mit dem sie ständig zusammenhing und auf große Liebe machte. Susanna kam sich mies vor. Sie hatte versagt. Sie gehörte zu den Menschen, die ihren Kindern keine glückliche Familie geben konnte. Ihre Kinder waren Scheidungsopfer ohne Scheidung.

Sie holte Marlene von der Schule ab. Diese war über Susannas Überraschungsbesuch nicht gerade begeistert, sondern eher mürrisch. Zum einen war es ihr peinlich von der Mutter abgeholt zu werden, zum anderen wollte sie sich gleich wieder mit Vincent verabreden, anstatt mit ihrer Mutter zum Italiener zu gehen. Essen war sowieso nicht mehr ihr Ding. Sie litt seit kurzem an der Teenagerseuche „Bloß nicht zu dick werden".

Dabei sahen sie alle aus wie angezogene Skelette. Doch Susanna blieb hart.

„Ich muß mit dir reden, mein Schatz. Und außerdem mußt du mal wieder was zwischen die Knochen kriegen. Du siehst ja zum Davonlaufen aus“, kritisierte sie und warf ihrer Tochter das Handy hin. „Hier! Ruf deinen Vincent an und sag ihm, du kannst heute nicht.“ Susanna räusperte sich und fügte hinzu: „Und morgen auch nicht.“

„Was?“ schrie Marlene entsetzt. „Wieso kann ich morgen nicht? Was soll das?“ empörte sie sich vehement.

„Das werde ich dir gleich in aller Ruhe erklären. Aber soviel schon jetzt: Wir fahren morgen nach Hannover. Und das steht fest.“ Sie startete den Wagen.

„Aber Mama, wir haben morgen Unterricht. Es sind keine Ferien. Und im übrigen schreiben wir morgen eine wichtige Mathearbeit“, rebellierte die Tochter.

„Na und?“ sagte Susanna lapidar und zuckte mit den Schultern. „Dann müssen sie sie eben ohne dich schreiben. Wo liegt das Problem?“

„Ich meine ja nur“, erwiderte Marlene kleinlaut, die nun doch Hannover den Vorzug vor einer Mathematikarbeit gab.

„Ich wußte gar nicht, das du auf einmal so besessen auf die Schule bist. Und das du so pflichtbewußt deinen Klassenarbeiten gegenüberstehst, finde ich richtig lobenswert“, sagte sie mit einem ironischen Lächeln.

Marlene schmollte.

„So, da wären wir. Aussteigen bitte.“

Bei Fernando war noch nicht allzuviel los. So konnten sie sich den kuscheligsten Platz am Fenster aussuchen. Susannas Lieblingsplatz. Marlene bestellte sich griesgrämig eine vegetarische Kinderpizza. Susanna wollte die köstlichen Miesmuscheln probieren. Sie hatten Saison. Sie wartete bis sie ihren Lambrusco, ein Wein, der so gar nicht zum Essen passte, bekam. Aber das war ihr egal. Sie liebte dieses süßliche Getränk nun mal. Sie trank einen kräftigen Schluck, um sich Mut zu machen. „Mein Liebling“, sie räusperte sich. „Was ich dir sagen will, ist folgendes.“ Sie wußte nicht wie sie anfangen sollte. Aufzählung. Eine Aufzählung ist immer gut, fiel ihr ein.

„1. Konstantin und ich haben uns getrennt. Ich liebe ihn nicht mehr und er betrügt mich seit geraumer Zeit. 2. Dein richtiger Großvater ist gestorben und ich habe eine verdammt große Menge Geld geerbt. 3. Ich habe mein Referendariat heute früh gekündigt. 4. Ich will mit euch beiden, also mit dir und Pauline nach Hannover ziehen. 5. Wir gucken uns morgen ein Haus an, das ich vielleicht kaufen werde. 6. Und jetzt bist du dran“, forderte sie Marlene auf, Stellung zu beziehen. Sie nahm einen weiteren Schluck Lambrusco. Gar nicht so schwer. Man mußte nur einfach die Worte aneinanderfügen und ohne Pause, sprich ohne großartig nachzudenken, diese laut sprechen.

Marlene trank ihr Glas Cola leer als ob sie am verdursten wäre. Dann stellte sie ihr leeres Glas provokativ auf den Tisch. Sie sagte nichts. Sie zündete sich genüßlich und mit stoischer Ruhe eine Zigarette an. Sie sagte immer noch nichts. Sie lehnte sich zurück und rauchte gemächlich.

Susanna wurde bewußt, wie schnell die Zeit verging, und aus den kleinen lieben süßen Mädchen, selbstbewußte junge Frauen wurden. Und zickig wurden sie auch noch. Es war noch nicht allzu lange her, da kam Marlene ihr immer ein bißchen zu brav vor. Hin und wieder machte sie sich deswegen sogar Sorgen. Aber seit sie mit diesem Vincent zusammen war, war sie bockig, egoistisch und sehr launisch. Und sie rauchte. Aber das taten ja fast alle Teenies. Nichts außergewöhnliches. Gruppenzwang. Neugier. Loslösung von der Kindheit. Die Zigarette als Symbol für scheinbare Selbstbestimmung. Auch schminkte sie sich in letzter Zeit. Ihre großen braunen Kulleraugen, die doch immer noch etwas kindliches hatten, wurden erwachsen geschminkt. Wenn auch dezent. Susanna spürte nichtsdestoweniger einen gewissen Stolz auf ihre Tochter, wenn sie sie ansah.

„Und was sagst du dazu?“ fragte Susanna vorsichtig nach.

Marlene rauchte die Zigarette immer noch genüßlich und langsam zu Ende, ohne ein Wort zu sprechen. Dann drückte sie sie nachhaltig aus, lehnte sich in ihrem Stuhl zurück und begann langsam und deutlich zu reden: „1. Daß du dich von Konstantin getrennt hast, finde ich cool. Er ist doch der absolute Pascha. Ein Scheißtyp.
2. Das mit deinem Vater tut mir leid.

3. Lehrer sind sowieso blöd.
4. In Hannover sind immer geile Konzerte.
5. Ich gucke mir morgen auch dieses verdammte Haus mit an.
6. Auf deine Erbschaft stoßen wir an. Und
7. Ich habe da so eine abgefahrene Hose gesehen. Du bist doch jetzt reich." Marlene grinste ihre Mutter hinterhältig, aber liebevoll an.

Susanna fielen tausend Steine vom Herzen. Sie hatte ein gutes Gefühl. Sie freute sich darauf, ein neues Leben mit ihren Kindern zu beginnen. Alles wird gut werden. Allein unter Frauen. Auch hoffte sie für Marlene das richtige zu tun, denn in einer größeren Stadt hatten Jugendliche mehr Chancen, was Bildung, Kultur und Lebensqualität betraf, als so ein Landei aus der Provinz.

Das Essen wurde gebracht und Susanna genoß die köstlichen Muscheln in scharfer Tomatensoße. Es machte ihr sichtlich Spaß sie zu essen. Dabei plauderten Mutter und Tochter wie zwei Freundinnen. Beim Gespräch stellte sich heraus, daß auch Vincent nicht gerade der Traumprinz war. Diese Modelimitation spielte mit den Mädchen seiner Schule „Bäumchen wechsle dich". Daher fand Marlene es gar nicht so uncool, die Stadt zu wechseln. „Aus den Augen, aus dem Sinn", sagte Oma Tilda immer. Doch was sie betraf, da stimmte es überhaupt nicht. Auch wenn die Zeit die schlimmsten Wunden schloß, und ihr Bild langsam verblaßte.

Nach dem Italiener fuhren Mutter und Tochter zu Lindemanns, um Pauline endgültig abzuholen. Das war noch eine unangenehme Aufgabe, und Susanna hatte die Gedanken daran bislang verdrängt. Pauline mochte ihre Großeltern natürlich sehr, die sie nach Strich und Faden verwöhnten und bei denen sie sehr viel Zeit verbracht hatte. Viel zu viel. Es würde schmerzlich für die Kleine sein, auf einmal von ihnen getrennt zu werden. Doch das Leben ist hart, und man kann seine Kinder gar nicht früh genug daran gewöhnen, entschuldigte sich Susannas schlechtes Gewissen. Aber wer weiß, wofür das alles gut ist, tröstete sie sich gleich hinterher. Es ist ja auch nicht gut für die Kleine, soviel Zeit bei den alten Leuten zu verbringen.

Kinder müssen her. Pauline muß endlich in den Kindergarten. Das war die Lösung.

Lisa Lindemann drehte förmlich durch, als sie hörte, daß Susanna ihren Job gekündigt hatte, ihren Lebensgefährten verlassen, und dann noch nach Hannover ziehen will. Mit IHREM Enkelkind.

„Was bist du doch für eine Rabenmutter! Und was für eine miese Ehefrau du bist", ereiferte sie sich und ihre Stimme überschlug sich dabei. Sie hatte mit Konstantin telefoniert und war schon auf dem neuesten Stand der Dinge. Doch daß es jetzt nackte Wirklichkeit war, und sie dagegen völlig machtlos, schien ihr fast den Verstand zu rauben. Sie konnte nur noch schimpfen und beleidigen, während sie gezwungenermaßen die Habseligkeiten ihrer Enkelin zusammenkramte und achtlos in eine Tüte stopfte. Pauline stand zwischen den Fronten und weinte jämmerlich. Sie wußte gar nicht, was los war und warum sich die Erwachsenen so anbrüllten. Sie fühlte sich so hilflos und traurig.

Susanna konnte es nicht länger in diesem Haus aushalten, und schnappte sich also Pauline samt ihrem Gepäck, klemmte sie sich unter den Arm und verließ mit beiden Kindern das Haus. Draußen atmete sie die frische, etwas kühle Herbstluft tief ein, um wieder einen klaren Kopf zu bekommen. Nur nicht zu sehr aufregen. Es ist vorbei. Dieses Spiel mit Lindemanns ist endgültig vorbei. Sie tröstete Pauline und versprach ihr ein großes Eis.

Die Herbstsonne zeigte nochmals ihre volle Kraft und Energie. Susanna sah dies als gutes Zeichen, war sie doch ab und an ein wenig abergläubisch. Sie fuhr mit ihren Kindern ein letztes Mal zum Strand, den sie in der anderen Stadt entbehren mußte. Das Meer hatte sich indes zurückgezogen, als ob es beleidigt wäre, daß Susanna es verlassen wollte. Es war Ebbe und das Watt breitete seinen typischen Geruch aus. Ein Gemisch aus Salz, Fisch, Seetank. Die weißen Möwen glitzerten in der Sonne und kreischten vor Vergnügen. Ein paar Schiffe trieben am Horizont entlang. Und dieser Wind mit all seinen Facetten. Heute war er sanft und recht warm. Susanna liebte diese Szenerie des Nordens. Es war ihre Heimat. Sie

wurde ein wenig sentimental. Erinnerungen tauchten auf. Sie
waren gemischt mit Zweifel. Ist es richtig, was ich tue?
Wird es mir in Hannover besser ergehen? Werde ich wieder
eine Freundin wie Heike finden? Einen anderen Mann?
Abschiedsangst.

Am folgenden Tag kamen sie in Hannover an. Die Sonne
strahlte wieder, als ob sie sich freute. Die Natur zeigte sich von
ihrer schönsten Seite. Die Farben der Blätter an den unzähligen
verschiedenen Bäumen, die diese Stadt aufzuweisen hat,
schienen mit der Sonne um die Wette zu leuchten. Grün, gelb,
rot, braun, orange. Susannas Herz hüpfte vor Vorfreude. Bald
würde sie hier wohnen und ein Teil dieser quirligen Großstadt
sein. Sie würde dieses Touristenfeeling ablegen und einfach
dazugehören. Ein neues Leben beginnen. Sie war ja noch jung.
Keine vierzig. Und es gab ja noch soviel zu erleben.
Der Stadtteil, in dem sich das entsprechende Wohnobjekt
befand, war sehr beeindruckend. Buntes Treiben war auf den
Straßen. Und ein Meer hatte Susanna hier auch. Wenn auch
nicht aus Wasser, so doch aus Stein. Häusermeer. Ein altes
Jugendstilhaus gab dem nächsten Platz. Dabei machte jedes
Haus dem anderen Konkurrenz durch die Vielfalt seiner Farben,
Formen und Motive, die es schmückten. Alter Stuck protzte
von den hohen Zimmerdecken, die durch die großen Fenster zu
sehen waren. Zierrat von vergangenem Luxus. Zeitloser Luxus.
Postmodern.   Dieses Meer aus Stein war zwar nicht wie ihr
geliebtes heimisches Wasser, aber es hatte durchaus auch seine
Reize. Es war zumindest sehr interessant. Es muß ja nicht für
immer sein. Aber sie konnte sich vorstellen, eine zeitlang hier
zu leben. Auch die Kinder fanden die Gegend ganz passabel.
Vor allem die Kleine, die die zahlreichen Spielplätze dieser
Gegend sofort erkannte und jedesmal ins totale Verzücken
geriet. Auch die Aussicht, daß sich in dieser Stadt ein Zoo
befand, ließ sie in die kleinen Händchen klatschen. Und alles
war in der Nähe, quasi zu Fuß zu erreichen. Auch die Lister
Meile lud zum Bummeln und Einkaufen ein. Hannover schien
ein wahres Einkaufsparadies zu sein, stellten alle begeistert
fest.

Dann war es endlich soweit. Sie standen vor ihrem Haus. Ein Prachtexemplar in knalllila, über dessen Eingangstür drei Drachenköpfe ragten, die sehr freundlich dreinguckten. Susanna verliebte sich sofort in diese sanften, gutmütigen Augen des großen Drachens, der wie ein Beschützer wirkte. Wie ein lebendiger Freund. Und sie wußte augenblicklich, das war ihr Haus. Hier wollte sie wohnen.

Marlene flippte fast aus: „Mama, das ist ja echt abgefahren. Völlig cool. Oh bitte, kauf dieses Haus! Ja?“

Susanna schmunzelte. „Mal sehen. Wir müssen es uns doch erst genau angucken. Schließlich kostet dieser Steinhaufen eine Menge Holz.“

„Mama. Du hast doch genug Kohle.“

„Wir werden sehen. Ganz cool bleiben.“ Susanna schaute auf ihre Uhr. „Wo bleibt nur dieser Maklerfutzi?“

„Frau Schubert?“ hörte sie eine affektierte Stimme.

„Pünktlichkeit ist auch nicht ihre Stärke?“ blaffte sie ihn an. „Sie scheinen es wohl nicht nötig zu haben, ihre Objekte zu verkaufen.“

„So kann man das nicht sagen. Aber in dieser Stadt herrscht nun mal ein permanentes Parkplatzproblem. Es tut mir leid, wenn Sie warten mußten“, beschwichtigte er.

„Schon gut. Dann lassen Sie uns mal das gute Stück von innen betrachten.“

„Wollen wir mit der Wohnung anfangen?“

„Von mir aus, ja.“

Es war ein wahrer Traum! Sieben Zimmer verteilt auf 260 qm. Alles lichtdurchflutet und in einem einwandfreien Zustand. Stuck und Parkett versteht sich. Als sie die mit Zedernholz verlegte Dachterrasse betraten, mußte Susanna sich zusammenreißen, nicht gänzlich auszuflippen. Sie wollte mit ein wenig gespielten Desinteresse den gigantischen Preis ein wenig reduzieren. Aber es fiel ihr verdammt schwer. Von hier oben hatte sie einen wunderschönen Blick über die Eilenriede, den grünen Gürtel dieser Stadt. Auch die Zimmer waren individuell geschnitten. Ein Zimmer hatte acht Ecken, ein Zimmer hatte einen kleinen Turm vorzuweisen, ein anderes einen runden Erker und das größte von allen besaß eine riesige Fensterfront mit Rundbögen und einen Kamin, wovon Susanna schon immer geträumt hatte. Sie war total verliebt in diese Wohnung.

Das Erdgeschoß hingegen war in einem äußerst bedauernswerten Zustand. Es würde viel Zeit, Geld und Mühe kosten, dieses zu sanieren. Außerdem waren hier enorme Umbauarbeiten zu leisten. Wände mußten weg, eine Sauna sollte her, edle und luxuriöse sanitäre Anlagen sollten auch installiert werden. Denn in diesem Erdgeschoß wollte sie ein Fitnessstudio für Frauen eröffnen. „BALANCE" sollte es heißen. Balance zwischen Körper und Geist. Balance zwischen Arbeit und Vergnügen. Sie wollte ein Kindermädchen einstellen, damit auch Mütter sich in Ruhe um ihr eigenes Wohl kümmern und ihre Figuren wieder in Form bringen konnten. Der große Garten im Hinterhof mit seinem alten Baumbestand lud im Sommer als Erholungsoase ein. Hier sollten zum einen die Kinder spielen, zum andern die Frauen sich in Liegestühlen ihren Gedanken widmen können. Ein Fitnessstudio der sanften Welle und ohne diese angeberischen Muskelprotze, die sonnenstudiogebräunt ihre Kilos durch die Räumlichkeiten schleppten, um anschließend irgendwelche Frauen abzuschleppen. Der Gedanke, sich als akademische Sportlehrerin selbstständig zu machen, bereitete ihr die größte Befriedigung. So war also ihr Lehramtsstudium doch nicht umsonst gewesen.

„Für 2,2 Millionen können Sie den Kaufvertrag aufsetzten", sagte sie entschieden.

„Äh" räusperte sich der Makler, „Sie wissen doch, das in der Zeitung der Betrag von 2,3 Millionen stand."

„Ja und? Ich muß doch nicht alles glauben, was in der Zeitung steht", sagte sie frech, aber charmant. „Außerdem ist doch immer ein gewisser Spielraum vorhanden, wenn es um Geschäfte geht. Und einige Mängel hat dieses Haus ja nun wirklich. Das Erdgeschoß ist in einem katastrophalen Zustand. Das müssen Sie doch zugeben. Also 2,2 Millionen! Nicht mehr und nicht weniger", sagte sie beharrlich und setzte ihr Pokerface auf.

„Nun gut, ich werde sehen, was ich für Sie tun kann", sagte der Makler entgegenkommend.

„Tun Sie das. Ich höre also von Ihnen." Damit verabschiedeten sie sich.

Susanna ging mit ihren Kids zum Italiener. Und sie schnatterten alle drei über das tolle, teure Haus. Wer welches Zimmer bekommt, wie sie es einrichten würden und und und. Plötzlich fragte Pauline zaghaft: „Kommt Papa auch mit in das neue Haus?"

Susanna und Marlene schauten sich fragend an.

„Mein Liebling, Papa und Mama verstehen sich nicht mehr. Und deshalb kommt Papa auch nicht mit. Verstehst du das ?"

Pauline verstand es natürlich nicht. „Aber dann habe ich ja gar keinen Papa mehr!" sagte sie traurig.

„Natürlich hast du deinen Papa noch. Du wirst immer deinen Papa behalten und dein Papa hat dich immer lieb. Das hört nie auf. Aber mit den Erwachsenen ist das anders. Manchmal kann es passieren, daß sie sich nicht mehr lieb haben und dann müssen sie sich trennen. Das ist nun einmal so im Leben. Aber du kannst deinen Papa immer besuchen, wenn du möchtest. Okay?"

„Kann Papa mich denn auch besuchen?"

„Na klar kann Papa dich besuchen", beruhigte sie die Kleine. Dieses Problem hatte Susanna bisweilen gut verdrängt. Aber mit der Zeit, so hoffte sie, würde sich die Kleine an ein Leben ohne Papa gewöhnen. Und sie auch. Andere Frauen mit Kindern schafften es doch auch.

Nach dem Essen schlichen sie nochmals um das Haus herum. Und ihr erster Eindruck ließ nicht nach. Im Gegenteil. Susanna war sich hundertprozentig sicher, daß sie dieses Haus haben wollte.

Dann gingen sie ins Hotel und schliefen die erste Nacht in Hannover.

*****

Drei Wochen später war es endlich soweit. Der Umzugswagen stand vor dem Lindemanndomizil. Die Möbelpacker schleppten eifrig diverse Kartons mit

Kleinigkeiten, persönlichem Schnick- Schnack, vielen Büchern, Kleidung und die Einrichtung der Kinderzimmer in dessen Innenraum. Die Möbel gehörten ja sowieso Konstantin. Susanna wollte sich neue kaufen.

Dann war alles verstaut. Es galt Abschied zu nehmen. Ein letzter gemeinsamer Kaffee, ein letzter Gang durchs Haus, ein letzter Blick in den Garten. Eine letzte Umarmung.

Dann stiegen die Kinder, Heike und als letzte Susanna in ihren Wagen. Pauline weinte herzzerreißend. Sie fuhren langsam davon.

Konstantin schnürte es die Kehle zu. Das war das Ende einer Liebe, die den Zahn der Zeit nicht überstanden hatte. Seine Susanna hatte ihn einfach verlassen. Damit hatte er nie gerechnet, und wenn er es gewußt hätte, hätte er sich anders verhalten. Er wäre ihr treu geblieben. Seine Beschwichtigungsversuche und Annäherungsversuche in den letzten Wochen haben nichts genützt. Obwohl er sich total angestrengt hatte. Seine Susanna blieb hart wie Stein. Nichts half. Allmählich verschwand der Wagen mit seinen drei Frauen aus seiner Sichtweite.

Er stand regungslos da.

Einige Zeit verstrich, dann ging er zurück ins große, einsame Haus. Geisterhaus. Die Einrichtung sah aus wie immer. Bis auf einige Leerstellen. Susannas Lieblingspalme war weg. Susannas goldener Spiegel, vor dem sie sich oftmals geliebt hatten und vor dem sie dann besonders geil wurde, verschwand auch. Er erinnerte sich schmerzhaft wie sie es das letzte Mal getrieben hatten: Sie hatte ein kurzes, enges Kleid, unter dem sich halterlose Seidenstrümpfe befanden, an. Ihre Füße steckten in hohen Pumps. Sie war leicht angetrunken und somit eine leichte Beute. Er zog sie voller Leidenschaft an sich heran und schob ihr das Kleid so hoch, daß ihr wohlgeformter Hintern, der nur durch einen kleinen Streifen roter Spitze geteilt war, im Spiegel zu sehen war. Sie wußte, daß ihn das antörnte und daß sie begehrenswert war. Und dieses Wissen machte sie wild.

Sie kreiste sehr langsam mit ihrem Po und stöhnte vor Lust, wenn er sie befingerte. Bei diesen Gedanken bekam er jetzt noch einen Steifen. Doch seine Trauer war stärker als sein

Trieb. Er sehnte sich nach seinen drei Frauen. Und wollte die Zeit am liebsten zurückdrehen.

Stattdessen blieb nur sein Haus mit Erinnerungen für ihn übrig. Und ein leeres großes Bett. Für ihn ganz allein. Mühsam schritt er zum Badezimmer, der Ort der häufigen Streitereien. Er betätigte den Lichtschalter, gleichzeitig ertönte automatisch das Radio: „Und sie ist weg. Und ich bin wieder allein, allein...“ Die Fantas sangen es und berührten seine Sinne. Ihr Parfüm war weg. Ihre Zahnbürste und die der Kinder waren weg. Ebenso die gesamten Kosmetika. Auch die witzige Dekoration, viele Fische, die Susanna teils selbst gebastelt, teils in jahrelanger Sammelleidenschaft aufgestöbert hatte, waren verschwunden. Nichts war mehr da, daß erkennen ließ, sie könnte gleich wiederkommen. Nichts. Das Bad wirkte wie eine kalte Zelle. Steril, anonym. Ohne Leben. Ohne Streit. Ohne Liebe. Er hatte sich zu sehr um seine eigenen Belange gekümmert, und sie zu sehr verletzt. Nun war er allein. Ganz allein in diesem großen Haus. Nur ihr Duft hing noch in der Luft, und drang wie ein Schwert in sein Bewußtsein, um ihn zu quälen. Zu spät. Es war zu spät. „Sie ist weg und ich bin wieder allein, allein...“

Er ging in den Wintergarten zu dem alten vertrauten Ohrensessel, den Susanna ihm gelassen hatte. Er schaute in den bewegten Himmel und weinte. Das erste Mal in seinem Leben. Danach holte er sich seinen Whisky.

*****

Pauline beruhigte sich allmählich und schlief auf der Fahrt ein.

„Gar nicht so einfach, so ein Abschied. Hm?“ sagte Heike.

„Einfach nicht, aber notwendig. Zum Ende wird es doch immer traurig. Und du wirst mir auch tierisch fehlen, weißt du das? Was machst du eigentlich ohne mich in diesem verdammten Kaff? Willst du nicht zu mir ziehen? Es ist genug Platz da.“

„Das Angebot ist sehr verlockend. Aber ich muß leider meine Ausbildung zu Ende bringen. Ich hasse Abhängigkeiten!

Falls ich aber demnächst zu den arbeitslosen Lehrern gehöre, komme ich gerne auf dein Angebot zurück."

„Tue das. Du bist jederzeit herzlich willkommen."
Endlich kamen sie an.
 Voller Stolz zeigte Susanna Heike ihr Eigentum.

„Ich könnte platzen vor Neid. Mensch Susanna, das ist ja Wahnsinn!" rief sie aus.

„Warum bist du auch so unsportlich? Du könntest sonst bei mir einsteigen. Oder willst du das Kindermädchen sein? Wegen deiner Unabhängigkeit meine ich." Versuchte sie ihre Freundin zu behalten.

„Ich muß verrückt sein, so ein Angebot auszuschlagen. Das fällt mir nicht leicht. Aber ich kann das nicht", sagte sie traurig.

„Schon gut. Du kannst es dir ja überlegen. Ich koche uns jetzt erst einmal einen Kaffee, bevor wir die Sachen auspacken."

„Das ist eine gute Idee."

*****

Die folgenden Tage vergingen mit organisatorischen Notwendigkeiten: Ummelden, Möbel kaufen, Einrichten. Alles Dinge, die so ein Umzug mit sich bringt. Aber es machte Susanna riesigen Spaß mit ihren Kindern durch Einrichtungsgeschäfte und kleinen Möbelboutiquen zu stöbern und nach Herzenslust einkaufen zu können, ohne auf den Preis zu achten. Susanna überkam trotzdem ab und an ein schlechtes Gewissen, weil die meisten anderen Frauen, deren Ehe zu Ende ging, nicht so gut gestellt waren wie sie. Schlimmstenfalls mußten sie zum Sozialamt gehen, um überhaupt weiterleben zu können. Grauenvoll! Die Welt ist ungerecht.

Susanna hatte eine Glückssträne erwischt. Für ihre kleine Tochter ergatterte sie einen der heißbegehrten Kindergartenplätze in ihrer Nähe. Endlich konnte ihre Kleine mit Gleichaltrigen spielen. Und es war ein richtiger Kindergarten. Keiner dieser teilweise heruntergekommenen Kinderläden, wo sie für die häufigen und obligatorischen

Elternsprechabende und anderen zahlreichen Verpflichtungen, wie kochen, waschen, renovieren etc. einen zusätzlichen Babysitter benötigen würde. Das wäre zwar nicht das Schlimmste für sie, sie hatte ja schließlich Geld genug. Noch. Denn ihr Vorhaben, sich selbständig zu machen würde fast ihr ganzes Vermögen auffressen. Aber die kostbare Zeit, sich mit diesen meist birkenstockbeschuhten Eltern über die Sorte des Müslis zu unterhalten oder sich darüber zu streiten, wie lang oder dick die Möhren zu schneiden sind und andere nichtige Details zu erörtern. Das war die reinste Horrorvorstellung für sie. Zeitverschwendung pur. Sie fragte sich, wie es weniger betuchte und alleinerziehende Frauen bewerkstelligten, diesen Streß neben der monetär bewerteten Arbeit zu leisten. Und wie sie es finanzierten, daß die Kinder dann abends nicht alleine waren. Wahnsinn! Susanna war so froh, das ihr dieses Los erspart blieb.

Auch Marlene fand gleich Anschluß in ihrer neuen Klasse. Sie war ja auch eine hübsche Erscheinung und liebenswert. Und in jungen Jahren ist das Leben ja noch ziemlich unkompliziert. Jedenfalls was solche Dinge wie Bekanntschaften und Freundschaften betraf. Susanna hat noch nie eine Kontaktanzeige gelesen, in der eine Sechszehnjährige dringend eine Freundin sucht. Das fängt erst später an, wenn viele Busenfreundschaften aus beruflichen oder familiären Gründen räumlich getrennt werden. Oder aber wenn die beste Busenfreundin den Mann ihrer Freundin bumst und mit ihm durchbrennt. Geschichten, die das Leben täglich schreibt. Leider! Ab den Dreißigern war es gar nicht mehr so einfach, neue Leute kennenzulernen. Außer man begibt sich in ein Fitneßstudio, tritt einem Sportverein bei oder besucht zahlreiche Volkshochschulkurse. Aber das ist immer noch keine Garantie, die oder den Richtigen zu treffen. Dennoch war so ein Sportstudio schon sehr geeignet, neue Kontakte zu knüpfen. So hoffte sie für sich, wieder eine Freundin zu finden wie Bärbel oder Heike. Die beiden fehlten ihr schon sehr. Und es tat ihr weh, Heike allein zurückgelassen zu haben. Sie verstanden sich einfach gut. Und der Vorfall mit Konstantin und ihr hat beide Freundinnen sogar noch mehr zusammengeschweißt. Es würde nicht leicht sein etwas vergleichbares wiederzufinden.

Susanna genoß die letzten sonnigen Herbsttage in Hannover. Frühmorgens, nachdem sie Pauline in den Kindergarten gebracht hatte, fuhr sie zum Maschsee. Sie schlenderte um diesen herum und genoß den Kontrast zwischen dem silbergrauen Farbton des Wassers und dem Bunt der Bäume, die wie ein Zaun diesen See umgaben. Einige kleine Segelboote schlummerten einsam und verlassen auf dem seichten Gewässer, und die Sonne machte sich langsam durch den frischen Herbstnebel, der wie eine Wolldecke über dem Wasser schwebte, Platz. Die vielen Enten und Schwäne ließen sich auf dem glitzernden Wasser, welches kleine weiche Wellen schlug, gemächlich treiben. Auf dem Bootssteg reihten sich unendlich viele Möwen, was Susanna mit freudigem Herzen vernahm, da es sie an ihre Küste erinnerte. Heimatgefühl. Fürstlich ragte am Horizont das Neue Rathaus mit seiner türkisfarbenen Kuppel empor und gab dem See seine Vollendung. Susanna atmete die frische Luft des jungfräulichen Tages tief ein und fühlte sich wie schon lange nicht mehr in ihrem Leben: Zufrieden. Anschließend genehmigte sie sich am „Pier" einen Cappuchino.

Sie rief Bärbel in Boston an. „Hallo Bärbel. Ich wollte dir endlich mitteilen, daß ich jetzt in Hannover wohne", sagte sie stolz.

„Was willst du denn da?" fragte sie entsetzt.

„Ich will hier ein Fitnessstudio für Frauen eröffnen."

„Sehr originell!" sagte sie ironisch. „Aber warum ausgerechnet Hannover? Hannover ist doch wirklich häßlich und total provinziell", fügte sie beleidigend hinzu.

„Findest du? Wieso?" wollte Susanna wissen.

„Ja, weiß ich auch nicht so genau", gab sie etwas kleinlaut zu, sagte dennoch trotzig: „Ich finde die Stadt nun einmal häßlich."

„Ich finde diese Stadt toll. Sie ist nicht zu groß und nicht zu klein. Man hat alles, was man zum Leben braucht. Und etwas Wasser ist auch vorhanden. Ich sitze hier gerade am Maschsee und trinke Cappuchino. Der Maschsee ist zwar nicht ganz mit der Nordsee zu vergleichen, aber hier ist es lebendiger. Viele Jogger, Skater und Segler. Leider scheint er auch ein Tummelplatz für die Liebe zu sein. Viele verliebte Pärchen schlendern hier engumschlungen herum oder sitzen wie hier im

Cafe und turteln wie Tauben. Das kann einen ganz schön fertig machen. Ich möchte mich auch wieder so richtig verlieben." seufzte sie. "Aber ansonsten ist es hier echt toll. Die Menschen sind auch freundlicher hier als im hohen Norden. Und wenn erst die Expo kommt, dann ist hier multi-kulti angesagt. Wirklich, ich bin total begeistert. Hannover ist der Himmel", schloß sie ihre Lobeshymne auf diese Stadt, die ihr ein neues zuhause bot. „Komm doch auch hierher", sagte sie naiv.

„Bin ich etwa vom Affen gebissen? Bei aller Liebe nicht. Aber ich komme dich ab und an besuchen. Versprochen", sagte sie schon milder.

„Na gut. Ich komme hier auch alleine klar. Und meine Nachbarn sind auch ganz nett", schwärmte Susanna weiter.

„Ah, ist da etwa ein hübscher Hausgenosse dabei?"

„Leider muß ich dich enttäuschen. Nichts Aufregendes dabei.   Aber kommt Zeit, kommt Rat. Außerdem leide ich momentan an einer Männerallergie", fiel ihr ein.

„Hoffentlich ist sie heilbar, deine Allergie. Ich würde, wenn es schlimmer wird, unbedingt einen Arzt konsultieren. Nicht, daß du noch Ausschlag bekommst", frotzelte Bärbel wie in alten Zeiten.

„Ach, so schlimm ist es auch wieder nicht. Ich habe sowieso keine Zeit für Liebeleien, ich will mich in erster Linie um mein Sportstudio kümmern. Und ich muß auch erst Konstantin verdauen, bevor ich etwas neues anfangen kann. Alles braucht seine Zeit.   Die Hauptsache ist, man fühlt sich nicht ganz alleine. Und das tue ich in meinem Haus bestimmt nicht. Hier wohnen einfach nette junge Leute, mit denen man öfter Klönschnack halten kann. Und ich liebe es, in anderer Leute Wohnung gucken zu können. Da fühlt man sich doch sehr geborgen. Zu sehen, ach da drüben brennt noch Licht und dort arbeitet einer bis spät in die Nacht am Schreibtisch, oder da unten bügelt einer seine Hemden glatt. Du mußt jetzt nicht denken, daß ich wie angewurzelt am Fenster stehe und glotze. Nein..., aber beim hin und her gehen durch mein privates Reich, machen meine Augen einen kleinen Streifzug   zur gegenüberliegenden Seite. Zu den Lichtern.   Nicht wie im Eigenheim an der Küste, wo der Blick nur den Garten oder die gegenüberliegenden,   aber   versteckten   anderen

Einfamilienhäuser mit ihren Zäunen und Gardinen zeigte. Dieser ganze spießige Muff ist endlich weg. Weg vom Fenster. Hier hocken die Leute nicht nur vorm Fernseher. Ich finde das total stimulierend. Und ich fühle mich belebt, wie eine Raupe, die zum Schmetterling wurde", beendete sie ihre Platitüde.

„Ach ja, hört sich gut an, Darling oder soll ich dich von nun an Schmetterling nennen? Aber im Ernst, ich freue mich für dich, daß es dir dort so gut geht", meinte sie ehrlich. „So ein Umzug in eine andere Stadt verändert vieles. Man sieht die Welt mit ganz anderen Augen. Macht neue Erfahrungen und findet neue Bekannte und Freunde. Und wenn Fortuna es ganz gut meint, noch die große Liebe."

„Ach, schön wär's!" sagte Susanna. „Aber leider kann man die nicht kaufen."

„Und fehlt dir dein Göttergatte gar nicht?"

„Konstantin fehlt mir überhaupt nicht. Ich bin sogar froh, endlich von diesem Mann losgekommen zu sein. Ich habe ihm schon zu viele meiner kostbaren Jahre geschenkt. Die letzten waren auf jeden Fall verschenkt. Aber immerhin habe ich noch die Kurve gekriegt. Auch wenn dafür erst mein Vater sterben mußte."

„Ja, alles im Leben hat seine zwei Seiten. Das Schicksal wollte es wohl so. Da kann man nichts machen. Leider. Dein Vater war ein toller Mann. Du kannst stolz auf ihn sein."

„Ja. Das bin ich auch. Und ich bin ihm unendlich dankbar."

„Und Susanna will sich nun selbstständig machen?" wechselte sie das Thema.

„Ja, das will ich." Sie erzählte ihrer Freundin detailliert ihre Vorstellungen und die Beschaffenheit ihres Hauses.

„Da hast du ja noch eine Menge Arbeit zu erledigen, bis alles fix und fertig ist."

„Das sage ich dir. Vor allem eine Menge Rennerei. Und dann der ganze Dreck, den die Handwerker verursachen. Und denen muß man sowieso ständig auf die Finger gucken, damit sie auch alles so machen, wie man es sich vorstellt. Aber es ist ein grandioses Gefühl. Es ist für einen selbst. Und ich kann es gar nicht erwarten bis ich meine ersten Sportstunden geben kann."

„Vorfreude ist doch die schönste Freude. Also genieße es."

„Ich hoffe, du kommst mich bald besuchen. Spätestens, wenn
ich meine Einweihungsparty gebe.“

„Ich glaube, daß läßt sich einrichten.“

„Gut, wir hören voneinander. Bis dann.“ Verabschiedeten sie
sich.

Susanna war voller Power.

Seit Hannover hatte Susanna nicht mehr diese Traurigkeit im
Gesicht. Sie war fröhlich, ausgelassen, kontaktfreudig. Durch
den Kindergarten hatte sie sich auch schon mit ein paar Frauen
angefreundet. Ihre Lebensfreude übertrug sich auch auf ihre
Kinder. Zudem meckerte keiner mehr an ihnen herum. Auf
niemanden mußten sie Rücksicht nehmen. Auf niemanden
mußte sie vergeblich warten. Sie konnte schlafen, wann sie
wollte, ohne störende Geräusche. Sie mußte nicht mehr soviel
Dreck wegräumen. Kein Mann im Haus und alles bleibt sauber.
Sie brauchte nicht soviel und so reichhaltig kochen. Bald
konnte sie sich Freunde einladen, wann und wie oft sie wollte.
Sie konnte machen, was sie wollte. Kein Streit, keine schlechte
Laune. Freiheit. Endlich.

*****

Alles   war   fertig   und   Susanna   gab   eine   riesige
Einweihungsparty. Sie kannte zwar noch nicht so viele Leute in
Hannover, aber das ganze Haus kam und die Bewohner des
gegenüberliegenden ebenfalls und jeder brachte irgendjemanden
mit, so daß genug buntes Volk da war, um Spaß zu haben. Und
den hatte Susanna. Sie tanzte ausgelassen und flirtete heftig mit
einem Unbekannten. Sie war nicht verliebt, aber sie genoß es,
mit ihren weiblichen Waffen zu kämpfen. Die Signale ihrer
Körpersprache waren auf grün gestellt. Sie brauchte jetzt das
erotische Spiel. Ihr Selbstwertgefühl war ja in der letzten Zeit
ziemlich angeschlagen gewesen. Und was hilft dagegen am
besten? Ein gutaussehender, charmanter Lover, mit dem man
ein paar Runden dreht. Der einen mit fetten Komplimenten
zuschüttet,   daß   man   anschließend   glaubt,   man   wäre   die

Schönste. Denn wenn man glaubt, man ist schön, dann ist man auch schön. Eine ganz einfache Regel. Sich einfach einen gutgebauten Körper hingeben und genießen. Ohne Herzschmerz. Ohne Schmetterlinge oder Flugzeuge im Bauch. Einfach puren Sex mit einem Mann, der einem vorübergehend gefällt. Und wenn er nicht mehr gefällt, dann nimmt frau sich den nächsten oder gleich zwei auf einmal. Das war Unabhängigkeit pur. Und im heutigen Zeitalter keine Seltenheit und vor allem keine Schande mehr. Bloß die nach Liebe sich sehnende Seele ging dabei leer aus und schmachtete weiter vor sich hin. Und Tränen dieser unerfüllten Sehnsucht kullerten die Wangen runter, wenn sich in Hollywoodstreifen am Ende die Paare ewige Liebe und Treue schworen.

Auch Bärbel kam wie versprochen. Allerdings aus zwei Gründen: Erstens wegen Susanna. Zweitens wollte sie ihre Zelte in Boston abbrechen. Ihr Mann Walter machte es Bill Clinton nach und vernaschte ebenfalls junge Sekretärinnen. Scheint eine Seuche unter Männern zu sein. Doch Bärbel machten diese Abenteuer ihres Mannes nicht so viel aus, sie war schon immer mehr hinter dem Geld her als hinter ihm. Und über Geldmangel konnte sie sich nicht beklagen, schließlich war er nicht geizig und sein schlechtes Gewissen ließ ihn über Gebühr zahlen. Lediglich ihre Eitelkeit und ihr Selbstwertgefühl waren leicht angeknackst.

„Ach, Scheiße. So eine Affäre kann einem den ganzen Spaß an seinem eigenen Körper rauben. Man fühlt sich auf einmal so alt und auf das Abstellgleis gestellt. Und die beschissenen alten geilen Säcke können in ihrem Alter noch frisches Fleisch genießen. Das ist doch total ungerecht", ereiferte sich diesmal Bärbel und trank einen großen Schluck Rotwein.

„Ja, das ist es. Ich finde, wir sollten uns auch einfach einen jüngeren Mann suchen. Die finden so alte Schachteln wie uns manchmal interessanter als die jungen Hühner", sagte Susanna.

Beide Frauen haben es sich in einer Ecke gemütlich gemacht und machten Pause von der Party.

„Ach, so junge Männer interessieren mich aber nicht", trotzte Bärbel. „Ich will einen Mann, der im Leben steht. Und nicht so einen Halbwüchsigen und am besten ohne Geld. Nee, nicht mit mir", sagte sie bestimmt..

„Du und dein blödes Geld. Mit Geld kannst du dir zwar fast alles kaufen, aber keine Gesundheit und wahre Liebe. Und genau diese beiden Kleinigkeiten sind das wichtigste im Leben."

„Du mußt es ja wissen, Frau Millionärin", giftete Bärbel plötzlich.

„Das weiß ich auch. So und nun will ich mich weiter vergnügen. Morgen können wir uns weiter ärgern. Aber für heute ist Schluß!" Sie stand auf und zog ihren frischen Fang auf die Tanzfläche.

Bärbel tröstete sich ebenfalls mit einem Hannoveraner. Sie fand diese Stadt nach wenigen Tänzen gar nicht mehr so häßlich.

Einige Tage später zog Bärbel Hals über Kopf zu Ulrich, einem Architekten, der im gegenüberliegenden Haus von Susanna wohnte. So wurden beide Frauen mit einem Schlag Nachbarinnen. Sie konnten sich von nun an ohne Mühe sehen und auch die kleinen Alltäglichkeiten gemeinsam meistern. Freundschaft auf Distanz ist gut, aber Freundschaft aus der Nähe ist besser. Viel besser. Und eine Busenfreundin zu haben, ist mit das Wichtigste auf der Welt. Fast wichtiger als die große Liebe.

Bärbel hatte sich tatsächlich ein bißchen in diesen Ulrich verguckt. Und er fand sie auch atemberaubend und war froh, seine Abende nicht mehr allein sein zu müssen. Bärbel zeigte sogar Hausfrauenqualitäten. Sie bekochte ihn, bemutterte ihn wie einen Sohn, aber nachts war sie die wilde Geliebte. Ulrich hätte es nicht besser treffen können.

Konstantin indessen bombardierte Susanna mit Telefonanrufen. Jeden Tag rief er an und flehte sie an, zu ihm zurückzukommen. Sie hätten sich doch immer so gut verstanden und auch für die Kinder wäre es besser, Mutter und Vater zu haben. Susanna konnte diesen Wandel kaum glauben. Hätte er sich doch bloß früher mal für sie so ins Zeug gelegt. Aber da konnte er sie ja nie anrufen. Nie war er für sie da, wenn sie ihn brauchte. Und nun soll sie wieder die Krankenschwester spielen für seine verletzte Psyche? Nur weil die Erinnerung für denjenigen, der leidet, immer gnädig ist? Alles verschönt? Susanna ging es gut und sie wollte nicht mehr in alte Gewässer zurück. Sie wollte nicht alles aufgeben und vor allem wollte sie nicht mehr so leiden wie in ihrer Ehe ohne Trauschein, in der sie sich so oft so einsam gefühlt hatte. Einsamer als jetzt, wo sie allein lebte. Im übrigen: Aufgebackene Brötchen schmecken auch nicht mehr so gut wie am ersten Tag. Und in Liebesangelegenheiten platzen die alten Wunden, wenn sie nicht gleich behandelt wurden, immer wieder auf. Es bleibt einfach ein Teufelskreis, da kann auch kein Ehetherapeut mehr helfen. Alles Scharlatanerie.

„Konstantin... Hör auf mit diesem jämmerlichen Geschwafel. Es hat doch keinen Sinn mehr. Wir passen nicht zueinander und das weißt du ganz genau. Also, hör endlich auf damit, dich und mich weiter zu quälen", sagte sie kategorisch.

„Susanna, Liebes ... kannst du mir denn immer noch nicht verzeihen? Denk doch auch mal an unsere Kinder!" ermahnte er sie.

„Seit wann nennst du denn Pauline **und** Marlene unsere Kinder? Woher der plötzliche Sinneswandel? Jahrelang habe ich darauf vergeblich gewartet, Konstantin."

„Ja, ich weiß. Ich war ein Idiot. Und ich will alles wieder gut machen. Komm zurück zu mir, bitte", flehte er sie an.

„Nie im Leben, Konstantin. Und nun hör bitte endlich auf mit diesem Liebesgejammer. Es nervt", sagte sie knallhart und legte den Hörer auf.
Sie wählte Bärbels Nummer.

„Hallo Bärbel. Konstantin hat gerade wieder angerufen. Und mich vollgejammert. Ich kann es nicht mehr hören. Das hätte er sich doch wirklich Jahre vorher überlegen können. Typisch Männer", ließ sie ihren Dampf ab.

„Besorg dir eine andere Nummer. Eine Geheimnummer. Nicht daß er dir letzten Endes wieder leid tut und du reumütig zu ihm zurückkehrst. Ich kenne doch die Frauen", sagte sie lebenserfahren.

„Bestimmt nicht. Ich werde ganz bestimmt nicht zu ihm zurückkehren. Dazu hat er mich viel zu sehr verletzt und belogen. Ich könnte doch gar kein Vertrauen mehr zu ihm haben. Und Vertrauen ist die Basis einer jeden Beziehung. Das siehst du schon bei den Kleinkindern. Die haben noch das Urvertrauen in sich."

„Richtig so. Und ich sag dir, wenn du zu ihm zurückkehren solltest, dann dauert es nicht lange und alles wäre wieder beim Alten. Glaub mir das. Wenn man den Männern die kalte Schulter zeigt, sind sie verrückt nach dir. Wenn du lieb bist und viel für sie tust, lassen sie dich fallen wie eine heiße Kartoffel", brachte sie es auf den Punkt.

„Ja, Männer sind Schweine." stimmte Susanna zu.

„Ja, aber leider bin ich keine Vegetarierin", bedauerte Bärbel.

„Ach, ich auch nicht. Und weißt du was, ich glaube, ich habe da ein besonders schönes Stück Fleisch in Aussicht", schwärmte Susanna ihrer Freundin vor.

„Du Glückliche! Aber mein Ulrich ist ja auch ein ganz zartes Stück. Filet, sozusagen."

„Aber wer ist denn dein Braten?" fragte sie neugierig nach.

„Er heißt Jan. Er ist Fahrradkurier und kommt öfter in mein Studio und bringt für mich Post. Und er hat so zärtliche Augen und so wunderschöne Hände", schwärmte sie.

„Ein Fahrradkurier! Ich glaube es nicht. Der muß ja wirklich gut im Bett sein."

„Ich war noch nicht mit ihm im Bett. Ich habe lediglich einen Kaffee mit ihm getrunken."

„Na, dann besteht ja noch Hoffnung, dich zur Vernunft zu bringen."

„Du und deine Geldsäcke!" sagte sie boshaft. „Aber Jan ist auch Akademiker. Er ist alleinerziehender Vater zweier Jungs und arbeitsloser Lehrer. Und er ist so süß."

„Ja, ich merke schon. Bei dir ist wieder Hopfen und Malz verloren. Aber Hauptsache Du wirst glücklich."

„Na, hoffentlich."
Beide Freundinnen legten den Hörer auf.

ENDE

Epilog

Ein paar Monate waren vergangen. Susanna putzte sich die Zähne vor dem großen beleuchteten Badezimmerspiegel und wippte rhythmisch nach dem Lied, das aus dem Radio erklang. „Sonne in der Nacht, was hast du gemacht...?" sang Peter Maffay. Susanna sah in den Spiegel und fand sich schön: Ihr Teint sah frisch und leicht gebräunt aus und ihre Haare glänzten nach der letzten Intensivtönung auch wieder recht ordentlich. Sie war verliebt. Verliebt in Jan. Sie fragte sich, ob dieses Gefühl nach den berühmten drei Monaten wieder verschwinden würde? Die Biochemiker behaupteten dies jedenfalls. Und klauten einem mit ihrer Wissenschaft die letzte Illusion. Und ob es bei diesem Mann wirklich alles anders würde als mit Konstantin? Aber diese Illusion raubte ja schon Eva Heller.

Jan stieg aus der Dusche, umfaßte Susanna zärtlich von hinten und hauchte ihr ein paar gefühlvolle Küsse auf ihre nackten Schultern. Sie reagierte sofort. Sie schmiegte ihren geschmeidigen, schlanken Körper an den seinen. Ihre Brustwarzen stellten sich in Erwartung auf hingebungsvolle Leidenschaft auf.

„Du siehst wunderschön aus!" hörte sie ihn sagen.

„Ich weiß", sagte sie keck, lehnte ihren Kopf zurück an seine breiten Schultern und strahlte ihn durch den Spiegel an als ob sie mit der Morgensonne konkurrieren wollte. Dann drehte sie sich langsam um und sagte: „Nur durch dich. Durch dich und deine Liebe." Oder vielleicht doch nur durch das Testosteron, dachte sie sich. Wodurch auch immer. Egal. Sie stellte sich auf die Zehenspitzen und küßte ihn.

ANFANG